Number Seven

넘버세븐

FANTASY FRONTIER SPIRIT

이모탈 판타지 장편 소설

넘버세븐 1

이모탈 판타지 장편 소설

초판 1쇄 찍은 날 § 2013년 10월 16일
초판 1쇄 펴낸 날 § 2013년 10월 21일

지은이 § 이모탈
펴낸이 § 서경석

편집부장 § 권태완
편집책임 § 어정원
편집 § 이효남

펴낸곳 § 도서출판 청어람
등록번호 § 제1081-1-89호
등록일자 § 1999. 5. 31
어람번호 § 제1-1692호

주소 § 경기도 부천시 원미구 심곡2동 163-2 서경B/D 3F (우) 420-822
전화 § 032-656-4452팩스 § 032-656-4453
http://www.chungeoram.com
E-mail § chungeorambook@daum.net

ISBN 978-89-251-3517-5 04810
ISBN 978-89-251-3516-8 (세트)

이모탈 판타지 장편 소설

NuMboR Sehen

FANTASY FRONTIER SPIRIT

넘버 세븐

1

CONTENTS

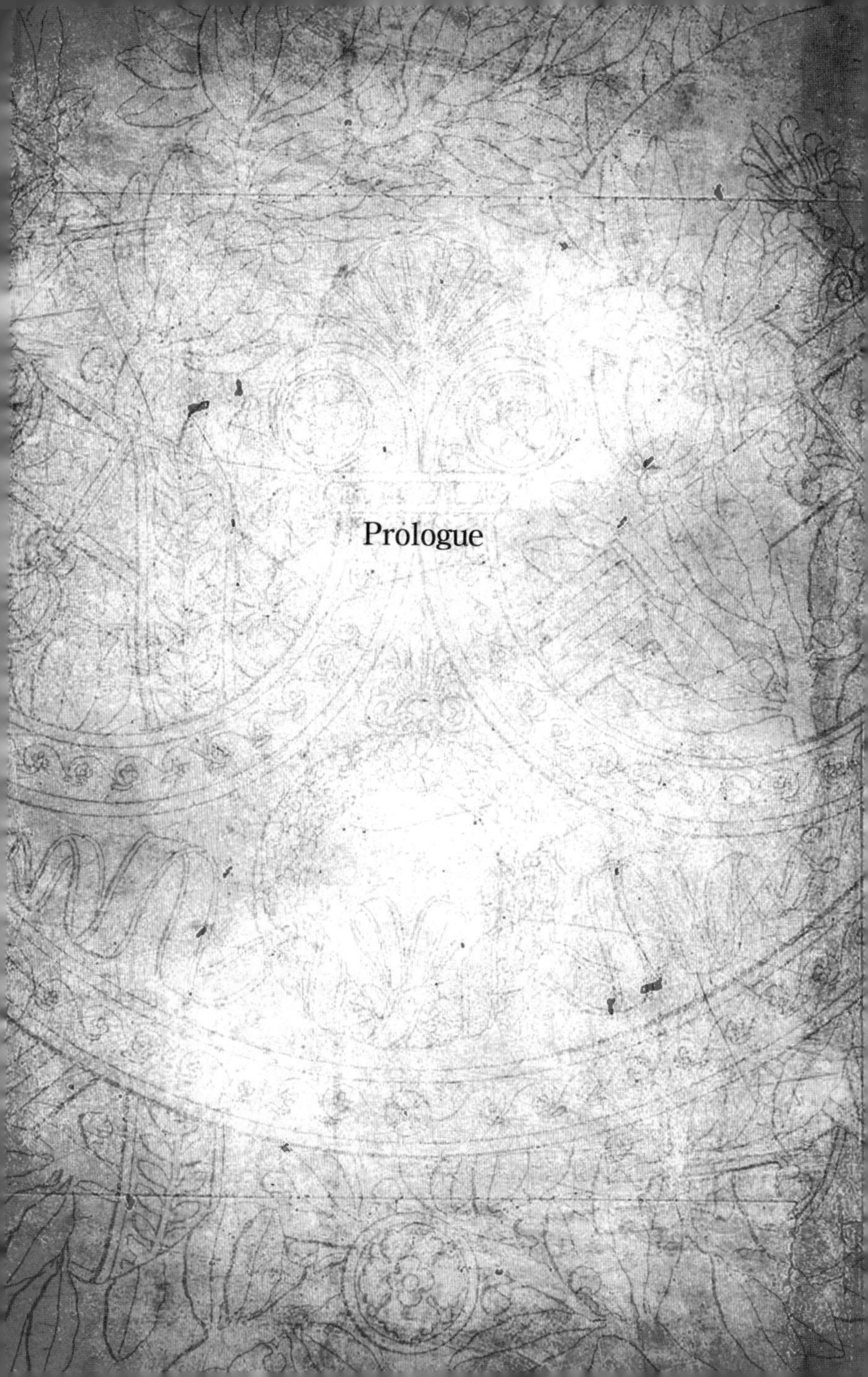

Prologue

Number Seven

으득!

"끄득!"

뼈가 갈리는 소리가 났다. 그리고 이어지는 정적. 한 명의 목숨을 거둔 자, 온통 검었다. 날카롭게 빛나는 눈동자만 살아 있었다.

죽은 자를 눕히고, 그리 멀지 않은 구덩이에 집어넣고, 흙을 덮고, 나뭇잎을 덮었다. 한 치의 오차도 없었다. 마치 미리 계획되었던 것처럼 말이다.

조그마한 불빛조차 없는 곳에서 훤한 대낮처럼 행동하는

사내였다. 그 행동은 차치하고라도 소리 한 올 흘리지 않고 있었다. 심지어는 나뭇잎을 덮을 때조차 소리 한 올 흘리지 않았다.

모든 행동을 마친 사내는 고개를 들어 사방을 살폈다. 그리고 처음 나타났을 때와 같이 아무런 소리와 족적조차 남기지 않고 완벽하게 어둠 속으로 사라졌다.

＊　　＊　　＊

"미복귀자 스물세 명입니다."
"……."

말이 없었다. 질식할 만큼 무거운 정적이었다. 야전 의자에 앉아 있던 크림슨 자작의 눈가에 경련이 일었다. 수염이 덥수룩하게 얼굴을 덮고 있었고, 피부는 푸석해 보였다.
"죽은 게로군."
"죄송합니다."
"후우~"

또다시 찾아온 정적이다. 크림슨 자작은 자신의 앞에 놓인 지도를 바라보았다. 군사 작전용 지도였다. 그만큼 상세하다는 말이다. 그 상세한 지도에는 여기저기로 얽히고설킨 붉은색 점선이 교차하고 있었고, 몇 군데는 엑스 자로 마킹

되어 있었다.

벌써 석 달째. 며칠을 밤샘했는지 기억도 안 난다. 작전 초기에는 쉬울 줄 알았다. 이미 도주하는 적에 대한 정보가 완벽하게 입수되었기 때문이다. 탈출 루트와 인원, 그리고 그들의 신상명세와 무장 정도까지 모두 말이다.

그 정보가 어디서 어떻게 흘러들어 왔는지는 중요하지 않다. 중요한 것은 정보가 사실이고, 제국의 중요 인물을 제거했다는 것이다. 그리고 명백한 사실은 자신들이 구축한 포위망 안에 그들이 있다는 것이다.

도망자는 모두 열 명. 그중 여덟 명을 제거했다. 여덟 명을 제거하기까지 무려 석 달의 시간이 걸렸다. 모든 것을 알고 있음에도 불구하고 열에 여덟을 제거하는 데 석 달이라는 시간을 소요된 것.

그리고 남은 두 명을 마저 제거하기 위해 제국 정보국 소속 요원 스무 명과 그들이 도주하고 있는 동부 헬로스 산맥의 몬스터의 준동을 막고 있는 동부군이 동원되었다.

하지만 석 달이 지난 지금 열 명 중 여덟은 사살했지만, 두 명을 잡지 못하고 지속적인 병력 손실만 입고 있었다. 그 둘의 신출귀몰함은 치가 떨리도록 잔인하고 신속했다.

"그래서……."

"그래서?"

“상부에서 새로운 지시가 내려올 모양입니다.”

꿈틀.

자존심이 상한 것이다. 비록 자신이 정보국을 총괄하는 정보국장은 아니지만 정보 1차장을 역임하고 있다. 그런데 따로 상부에서 새로운 지시가 내려온다고 하자 인상을 찡그린 크림슨 자작이었다.

스무 명의 정예 요원과 2천의 동부군으로도 해결 못했으니 당연한 것이겠지만 그래도 자존심이 상하는 것은 어쩔 수 없었다. 대체로 지금의 상황에서 상부의 지시란 새로운 특수부대의 투입을 의미하기 때문이다.

하지만 자존심만으로 현 상황을 타개할 수 없다는 것을 분명히 인지하고 있는 크림슨 자작이었다. 크림슨 자작의 그런 행동에 부관은 슬며시 자리를 벗어났다.

지금은 자리를 비켜주는 쪽이 예의일 것이다. 부관이 슬며시 나가는 것을 슬쩍 바라보면서도 크림슨 자작은 아무 말도 하지 않았다. 지금은 혼자 있고 싶은 마음이 간절했기 때문이다.

스스슷!

하지만 정보국은 그 간절함을 무시했다. 귀에 거슬리는 미세한 소리. 유저라면 몰라도 자신과 같은 익스퍼트라면, 그리고 이렇게 사위가 적막한 늦은 시간이라면 충분히 알아들을 수 있는 소리였다.

"……!"

"……."

크림슨 자작의 신형이 움찔 떨었다. 하지만 이내 침착함을 되찾고는 탁자에 놓인 차를 들어 입술을 축였다. 그러한 크림슨 자작의 앞에는 예의 흑의복면인과 칙칙한 검은색의 로브를 뒤집어쓴 자가 그림처럼 서 있다.

"다크 쉐도우인가?"

"그렇습니다."

대답은 의외로 흑의복면인이 아니라 검은색 로브를 뒤집어쓴 자가 했다. 다크 쉐도우라면 크림슨 자작도 알고 있는 조직이다. 정보국 소속은 아니지만 매우 까다롭고 특수한 임무만을 수행하는 특작국 소속이다.

"크음. 그래, 내가 도울 일이 있나?"

"있습니다."

"그래? 설명을 부탁하지."

"알겠습니다."

로브의 사내가 크림슨 자작의 맞은편에 앉았다. 그러고는 상부의 명령서쯤 되어 보이는 서류를 꺼내 자작에게 건넸고, 자작은 말없이 그 서류를 읽어 내려갔다.

이미 짐작하고 있었다. 자존심이 상하지만 그렇다고 해서 상부의 명령에 대하여 불쾌감을 표할 정도로 미련하지는 않았다. 귀족에게는 얼굴에 깔아놓은 가면이 몇 개쯤은 있게 마련이니까 말이다.

크림슨 자작 역시 다르지 않았다. 기사이기도 했으나 귀족이었으며 한 영지의 영주이다. 가면 몇 개쯤은 일도 아니다. 속이 시꺼멓게 타고 자존심이 상해 배알이 뒤틀려도 얼굴에는 당연하다는 표정이 떠올라 있었다.

"몰이사냥인가?"

"……."

"……."

둘 다 말이 없었으나 크림슨 자작은 알 수 있었다. 좋은 말로는 촘촘한 그물처럼 산 전체를 둘러싸고 한 곳만 열어두어 그곳으로 유인한 뒤 제거하는 방법이다. 이를 두고 포위 섬멸 작전이라고 한다.

하지만 그것은 군대에나 해당되는 말. 겨우 열 명, 아니, 이제 고작 두 명을 잡으려고 그렇게 한다는 것은 몰이사냥이라고 하는 것이 타당했다. 누군가의 유흥거리이거나 혹은 확실한 매듭을 원하는 사람이 있다는 것을 의미했다.

"이곳이 최종 지역이 되겠군."

"그렇습니다."

"그렇게 하지. 작전은 언제부터인가?"

“내일 날이 밝는 시점부터 작전 시작입니다.”

“그럼 자네들은 지금 움직여야겠군.”

“그렇습니다.”

“그래, 그럼 수고들 하게.”

축객령이다. 로브에 가려져 코 밑만 겨우 보이는 사내의 입술이 잠깐 실룩거렸다. 그럴 줄 알았다는 것일 게다. 아무리 평정심을 유지한다 해도 인간인 이상 당연히 자존심이 상할 것이라는 것을 예상이라도 했다는 듯이.

그리고 당연한 반응이 나왔다는 것을, 거기에 더하여 이 정도 선에서 작전을 승낙한 것이 다행이라는 안도의 한숨까지 모두 포함한 복잡한 표현일 게다.

“그럼 작전이 끝날 때 뵙겠습니다.”

“…….”

＊　　＊　　＊

“흡!”

우득!

“후욱! 후욱!”

“허억! 헉!”

한 명의 기사가 어떻게 죽었는지도 모르게 죽었다. 그리고 그 뒤로 한 사내가, 아니, 두 명의 사내가 서 있었다. 하지만 온전하지는 않았다. 두 명 다 피 칠갑을 한 것은 확실하지만 포개진 형태였다.

아니, 정확하게는 한 명이 다른 한 명을 업고 있는 상태였다. 피를 많이 흘렸는지 하얗다 못해 파리한 안색. 업고 있는 사내의 피라기보다는 업힌 사내의 피라는 것쯤은 대략이나마 알 수 있었다.

심각한 부상을 입은 사내를 업고 있던 사내는 조심스럽게 죽은 기사를 내려놓고 사방을 휘둘러보았다. 그리고 눈을 반짝이고는 어둠 속으로 몸을 숨겼다. 이어 몸을 숨겼다고 여기는 순간 사내는 이미 어둠 속에서 완전히 사라져 버렸다.

*　　　*　　　*

깊고 깊은 숲. 해질녘이다. 사방으로 울려 퍼질 야생동물과 몬스터의 울음소리가 들려야 할 시간이건만 지금 이 깊고 깊은 숲은 정적만이 감돌고 있었다.

그 정적 가운데 희미한 발소리와 함께 고함 소리가 여기저기에서 들려왔다. 마치 몰이사냥을 하듯이 말이다. 하늘에서 보면 하나의 꼭짓점을 두고 한 방향만을 트고 나머지는 에워싼 모습.

그 하나의 꼭짓점은 어느 정점을 향해 정신없이 달리고 있었다. 그러한 와중에도 자신의 길을 방해하는 자들을 여지없이 죽여 나갔다. 끊임없이 움직이며 사라졌다 나타났다를 반복하고 있었다.

그리고 그 꼭짓점이 멈추어 선 곳. 천장단애가 길을 가로막고 있었다.

"후욱! 후욱!"

투욱!

새하얗고 눈부신 도신. 겨우 50센티미터 내외의 도신에 검붉은 피가 도첨의 끝으로 몰려 가느다란 잡초가 있는 곳을 적셨다. 녹색으로 푸르러야 할 새벽의 잡초가 점점이 검붉은 색으로 물들어 있다.

기형의 도를 역수로 잡고 거친 숨을 내쉬는 사내는 전방을 응시하고 있었다. 수백, 수천이 되어 보이는 제국의 병사들과 기사들이 창과 방패를 들고 두려움에 젖은 눈으로 자신을 바라보고 있다.

이미 자신의 앞에 널려진 시체만으로도 산을 이룰 정도이다. 자신이 서 있는 곳조차도 시신을 발로 딛고 서 있을 정도이니 말이다. 지쳤다.

눈을 부릅뜨고 전방을 매섭게 주시하고 있지만 창백한 얼굴과 가늘게 떨리는 손은 이미 자신이 한계에 도달했음을 의미했다.

"지쳤나 보군."

어디선가 들리는 소리, 그리고 갈라지는 병사들. 그 안에서 칙칙한 검은색 로브를 둘러쓴 자가 걸어 나오고 있다. 로브를 뒤집어써 그의 전체적인 얼굴은 알아볼 수 없었다.

하지만 밝게 드러난 입꼬리가 비틀리듯 관자놀이를 향해 있다. 비웃고 있는 것이다. 아니, 승리했다는 자신감의 표시일 것이다. 그리고 지금 이렇게 말을 거는 것은 승리한 자의 여유라고 할 수 있었다.

지친 기색, 하지만 지극히 냉정한 눈으로 검은색 로브의 사내를 바라보는 기형도를 든 사내. 흑의 로브를 입은 사내의 손이 까딱거렸다. 그러자 병사들이 물러났다.

기사들도 물러났다. 대신 그곳을 채운 것은 스무 명 남짓의 풀 플레이트 메일을 입은 기사였다. 검은색의 풀 플레이트 메일을 입은 기사들. 그들은 제국의 악명 높은 흑색 창기대였다.

펄럭!

한 기사가 흑의로브인 곁으로 다가서더니 무식하리만치 큰 창을 들어 올렸다. 그리고 그 창끝에서부터 사람 키만 한 천이 풀려져 나왔다. 검은색의 깃발. 거기에는 포효하는 드래곤이 수놓아져 있었다.

기사들이 기형도를 들고 있는 사내를 포위했다.

"이곳까지 도망 오다니 예상 밖이다."

쇠를 긁는 듯한 탁한 목소리가 흑의로브인의 입에서 흘러 나왔다. 그러한 로브인을 말없이 바라보고 있는 기형도의 사내. 사내는 여전히 자신을 포위하고 있는 흑색 창기대에서 눈을 떼지 않고 있었다.

투욱!

또다시 도첨을 타고 흘러내리는 핏방울.

"…어떻게?"

갈라진 목소리로 힘겹게 물어오는 기형도의 사내이다. 알고 싶었다. 자신들은 행적이 알려질 정도로 드러난 행동을 하지 않았다. 완벽한 잠입과 완벽한 제거였다.

한데 어떻게 알았는지 제국의 정보국은 물론이고 특수작전국까지 나서서 자신들을 쫓아왔다. 열 명 중 무려 여덟이 죽었다. 물론 자신의 등에 업힌 자 역시 죽었을 가능성이 높다.

알고 싶다는 욕구와 의문이 가득 찬 사내의 눈동자에 유쾌한 듯이 웃어젖히던 로브인이 품속에서 무언가를 꺼내 펼쳐 보이며 친절하게 설명까지 해줬다.

"작전명, 화려한 휴가. 작전조, 코란 왕국 국외 작전 4조. 203번의 작전을 실행하여 100% 성공률을 자랑하는 최고의

에이스. 조장, 넘버 1 이하 여섯 명. 총 일곱 명 일 개 조. 작전 개시일, 제국력 3041년 6월 25일. 작전 대상, 제국 정보원 소속 국외 정보 총괄국 부국장 에덤스 밀러 자작. 작전 시 침투 루트……."

"……."

기형도를 든 사내의 눈이 살짝 떨렸다. 그 모습을 보았는지 로브인은 쥐고 있는 서류를 살짝 흔들어 보였다.

"재미있지 않은가? 자국이 자랑하는 최고의 작전조에 대한 모든 것이 이 손안에 있다니 말이야."

너무나도 친절한 설명. 마치 친구에게 진실을 고백하기라도 하듯이 말하는 로브인이었다.

"……."

여전히 말이 없는 기형도의 사내.

"궁금하지 않은가? 궁금하겠지. 하지만 먼저 여기서 살아남는 것이 가장 중요한 당면의 현실일 것이고 말이지."

로브인은 말을 하면서도 여전히 무엇이 그리 재미있는지 히죽히죽 웃었다. 하지만 그것도 잠시, 이내 무표정한 얼굴로 돌아왔다.

"정치라는 것, 그리고 그 속에 살아 숨 쉬는 권력이라는 것, 참으로 씁쓸하나 그곳에 몸을 담고 있는 나이기에 어쩔 수 없이 죽어줘야겠어."

꿀꺽!

기형도를 든 사내의 목젖이 부지불식간에 크게 움직였다. 식도를 타고 넘어가는 침이 마치 송곳처럼 식도를 찔러댔다. 며칠간 쫓기고 쫓겨 피로가 누적되어서 부르트고 갈라진 입술을 혀로 핥았다.

이미 기형도를 든 사내는 로브인의 말이 끝남과 동시에 끝을 향한 모든 것이 시작됨을 직감하고 있었다. 로브인과 같은 유의 사람은 철저함을 그 기본으로 삼고 있으니 말이다.

그것을 증명이라도 하듯이 잔잔한 호수처럼 가라앉아 고요하기만 하던 마나가 들끓기 시작했다. 마치 모든 것을 집어삼킬 듯이 말이다.

마나가 요동쳤다.

파하앗!

스무 개의 창이 기형도를 든 사내를 향해 빛살처럼 쇄도했다. 그에 사내는 맞서는 척하더니 뒤도 돌아보지 않고 그대로 절벽으로 몸을 날렸다. 로브인의 가느다란 입술이 호선을 그렸다.

쉬아아악!

하나의 창이 날았다.

"큭!"

하나의 창이 두 명의 몸을 관통했다. 갑자기 시간이 느리게 흐르는 듯했다. 핏방울이 반짝이면서 사방으로 비산했다. 자신의 가슴을 뚫고 들어온 은빛의 창. 그 끝에 맺힌 한 방울의 피가 떨어졌다.

*   *   *

죽은 듯 미동조차 하지 않는 두 명의 사내.

마치 둘을 하나로 묶어버린 듯 창 하나가 둘을 꿰뚫고 있었다. 그리고 꿰뚫린 곳에서는 검붉은 피가 흘러나오고 있었다. 한 명이 아닌 두 명의 피 때문인지 유난히도 진득진득하고 비릿한 냄새를 풍긴다.

툭! 투둑! 주르르륵!

한 방울 두 방울 흘러내리던 검붉은 피는 이내 한 줄기가 되어 바위틈을 따라 흘러들어 갔다. 아주 깊숙하게 흘러내렸다. 별로 많지도 않은 피가 어찌 그리 흘러내릴 수 있을까 하는 생각마저 들 정도다.

인간이 내려갈 수조차 없는 깊고 깊은 곳으로 흘러 동굴의 종유석처럼 생긴 끝에 핏방울이 맺혔다. 처음 도착한 핏방울 위에 다음 핏방울이 겹치고 또 겹치더니 종내에는 그 무게를 이기지 못하고 떨어져 내렸다.

찰나의 순간이나 어찌 보면 영원의 순간처럼 떨어져 내

렸다.

투우훅!

떨어졌다. 아주 미세한 소리가 울렸다. 오래된 먼지가 풀썩이며 하늘로 치솟아올랐다. 한 방울, 또 한 방울. 핏방울이 핏물이 되었다. 그릇처럼 동그란 곳에 핏물이 가득 고였다.

정적이 찾아들었다. 더 이상 핏방울은 떨어지지 않았고, 넘칠 듯 가득한 핏물의 파동이 멈췄다.

잠시지간,

철컥!

날카로운 소리가 들리며 그릇의 여덟 방위가 쪼개지듯 열렸다. 그릇에 가득 찼던 검붉은 핏물이 여덟 방위로 흩어졌다. 가늘고 길게 이어진 방사선 형태의 여덟 방위.

쿠구구구궁!

진동하기 시작했다. 빛조차 들어오지 않은 천장에서 무언가 부서져 나가며 돌가루와 먼지가 떨어져 내렸고, 동굴의 바닥은 쩌적 갈라지며 몸살을 앓았다.

그것은 지하 깊숙한 이 동굴만 그러한 것이 아니었다. 지상의 바위 위에 죽은 듯이 엎드려 있던 사내가 있는 주변 바윗덩어리들이 움직였다.

그그그그극! 쿠르르르릉!

바위와 바위가 부딪치고 돌과 돌이 엇갈리며 기괴한 소리를 내었고, 사내의 주변으로 직사각형의 바위 형태가 서서히 가라앉기 시작했다. 보고도 믿을 수 없는 기사 중의 기사였다.

사내가 바위와 함께 바위 밑으로 사라졌다. 그리고 사내의 모습이 완전히 보이지 않게 되자, 직사각형으로 뻥 뚫려 있던 바위는 다시 기이한 음향을 토해내며 제자리로 돌아오고 있었다.

그그그그극!

다시 돌아온 바위.

적막에 잠긴 동굴 안이다. 전혀 인위적이지 않은, 그야말로 자연적인 모습의 동굴. 그 거대한 동굴 중앙 석벽에는 마치 살아 있을 적 모습 그대로인 듯 착각할 정도의 거대한 동상이 서 있었다.

두 명의 사내에게서 흘러내린 핏물은 흐르고 흘러 그 동상의 발밑으로 서서히 빨려들어 가고 있었다. 그 모습이 어찌나 자연스러운지 마치 동상이 피를 흡수하는 것처럼 보였다.

그그그그극!

무언가 바위가 엇갈리는 듯한 소리가 들려왔다. 그러고는 약간의 진동과 함께 천 년은 넘었을 법한 거대한 동상이 조금씩 흔들리고 종내에는 그 동상을 감싸고 있던 이끼가 떨어져 내렸다.

거대한 동상이 조금씩 깨어져 나가고, 갑작스럽게 동굴이 진동하기 시작하며 빛이 폭사되기 시작했다. 작은 진동이 끊임없이 이어지고 폭사되는 빛의 양이 점점 많아지면서 종내에는 강렬한 빛만이 동굴 전체를 채웠다.

이어 동굴 전체를 감싸던 빛이 사라지고 다시 어두워진 공간. 그리고 허공에 맺히는 하나의 형상.

그것은 분명 사람의 형상이었다. 그리고 그 바로 뒤에 또 하나의 형상이 맺혔으니 사람의 형상이나 또한 사람의 형상이 아닌 것이 맺혀 있다.

공간에 맺힌 영상의 손이 들렸다.

스스슷!

그러자 절벽에서 떨어져 내린 두 사내를 하나로 연결하고 있던 창이 서서히 뽑혀져 나왔다. 보는 사람이 지루할 정도로 서서히. 끝이 삐죽해서 빠지려면 살을 한꺼번에 긁어낼 것만 같은 창두마저 뽑혀져 나왔다.

그리고 창이 뽑혀져 나온 곳이 마치 아무런 상처도 없었다는 듯이 서서히 아물기 시작했다. 그 역시 아주 느리게 진행되었다. 그러는 동안 동굴의 어디선가 바람이 불어왔다.

휘이잉! 스릇! 스르릇!

한 사내를 엎고 있던 사내의 몸이 바람에 흩날렸다. 마치 가루가 된 듯 발끝에서부터 서서히 모래가 되어 사라지기 시작했다. 발목이 사라지고, 다리가 사리지고, 허리가 사라지고, 가슴이 사라지고, 마지막으로 머리가 사라졌다.

이어 황금처럼 반짝반짝 빛나는 바람이 되어 허공을 부유하던 모래는 이내 상처가 아문 상태에서도 여전히 엎드려 미동조차 하지 않는 사내가 흘린 피 속으로 스며들기 시작했다.

아주 미세한 거품을 내며 금빛의 모래가 검붉은 피와 섞였다. 길고 긴 홈을 따라 흐르던 검붉은 피가 다시 엎드려 있는 사내의 피부 속으로 스며들기 시작했다.

금빛의 모래와 함께.

스륵! 스륵! 스르르!

사내는 긴 꿈을 꾸기 시작했다.

사내의 앞에는 예의 한 명의 사내가 서 있었다.

거구의 사내.

거구의 사내가 조용히 엎드려 있는 사내를 바라보았다. 엎드려 있던 사내는 이내 몸을 뒤척여 몸을 바로 하고 거구의 사내를 올려다보았다. 팔과 허리, 그리고 다리를 움직여 몸을 일으켜 세웠다.

마치 달팽이가 움직이듯 흐느적거리며 지극히 느린 동작으로 몸을 일으켜 세우는 사내의 모습을 그저 아무런 말도 없이 바라보는 거구의 사내.

‘나는 베르누크 아이젠이라 한다.’

사내가 몸을 일으켜 세워 투명하게 빛나는 거구의 사내를 바라보자 입을 열지 않았음에도 불구하고 사내의 뇌리에 또렷하게 울려 퍼지는 음성.

‘이름…….’

사내는 망설였다. 이름이 생각나지 않았기 때문이다. 자신은 그저 작전명 넘버 7, 암호명 골든 플라이일 뿐이다. 갑자기 짜증이 밀려왔다. 그리고 그 짜증 뒤로 격렬한 통증이 밀려들었다.

‘끄으응!’

격렬한 통증은 온몸을 마비시킬 정도였고, 얼굴의 핏기를 사라지게 했으며, 얼굴 전체에 식은땀이 송골송골 맺혀 굴곡을 따라 흘러내렸다. 사내는 인상을 잔뜩 쓰며 온몸을 부들부들 떨었다.

그것을 말없이 바라보던 거구의 사내가 불현듯 손을 들어 올렸다. 온몸을 부들부들 떨던 사내는 무엇에라도 이끌리듯이 거구의 사내가 들어 올리는 손을 바라보았다.

거구사내의 검지가 부들부들 떨고 있는 사내의 미간을 향했다. 정신없이 땀을 흘리며 오만상을 쓰고 찌푸리며 부들부들 떨던 사내의 그 모든 행위가 마치 정지된 듯 멈췄다.

사내의 입이 서서히 벌어지기 시작했다. 점점 벌어지는

입. 그리고 어느 순간 사내는 입을 벌린 그 상태 그대로 굳어
져 버렸다.

　사내는 빛을 보았다.
　눈도 뜰 수 없을 정도의 강렬한 빛.
　그리고 그 빛과 함께 찾아온 이루 형언할 수 없을 정도의
크나큰 고통이 뇌를 태우고 있다.
　움직일 수만 있다면 스스로 자신의 머리를 쪼개고 싶을 만
큼의 극심한 고통에 온몸의 피가 거꾸로 흐르는 것만 같았다.
미칠 듯한 시간. 그 시간이 흘렀다.
　그리고 그 모든 시간이 흘렀을 때 사내는 자신의 이름을 생
각해 낼 수 있었다. 또한 자신의 사라졌던 과거도 생각해 낼
수 있었다.
　마치 마법 영상을 보듯이 끊임없이 흐르는, 나고 자라고 울
고 웃고 절망하는 공간을 보았다. 아니, 공간이 아닌 실제 자
신이 살았던 잃어버린 삶을 보았다.
　그 속에는 아버지가 있었으며, 어머니가 있었고, 형이, 동
생이, 친구가 있었다. 그리고 가장 마지막에 떠오른 친구의
모습.
　자신을 보고 환하게 웃고 있는 친구의 모습이 보였다. 그
친구를 바라보는 자신은 피에 절어 있었다. 누구를 죽여서 피

에 절은 것이 아닌, 온갖 고문을 당해 너덜너덜해진 자신이었다. 죽어가는 자신을 내려다보며 환하게 웃고 있은 친구의 모습.

그리고 그의 옆에는 한 명의 노년의 인물이 있었으니, 그의 얼굴이 떠오르자 자신은 펄떡이듯이 진저리를 쳤다.

차갑게 가라앉은 노인의 입이 떨어졌다.

'준비는 되었는가?'

'그렇습니다.'

'하면 이제는 이 작자를 볼 일이 없겠군.'

'영원히 그럴 일은 없을 것입니다.'

'믿도록 하지.'

무섭도록 무심한 노인이 몸을 돌려 나갔다. 노인이 나가는 모습을 바라보는 친구가 자신에게 다가와 얼굴을 쓰다듬었다. 피 칠갑을 하고 고통에 몸부림치는 속에서도 자신은 그 어떤 고통보다도 친구가 자신의 얼굴을 쓰다듬는 그 순간이 더욱 고통스러웠다.

'너 따위가 감히 나와 친구가 되어야 하겠느냐? 너 따위가 감히 크리스틴을 사랑할 자격이 있더란 말이냐. 천한 노예 주제에 말이다.'

자신은 입을 열려 하였다.

'아니다. 어찌 내가 노예란 말이냐. 나는 너의 친구가 아니

더냐. 나는 코란 왕국의 검인 패트리아스 백작가의 장자가 아니더냐.'

하나 자신은 입을 벌려 그 말을 내뱉지 못하였다. 입을 열 힘도 말을 할 힘도 없었기 때문이다. 그런 자신을 바라보며 친구는 의미심장한 웃음을 지으며 일어섰다.

'실시하도록!'

그것으로 모든 기억은 끝이 났다. 그리고 다시 이어지는 기억들.

짧지만 짧지 않은 기억의 시간이 흘러갔다. 자신에 대한 시간이 흐르고 또 다른 하나의 시간이 흐르기 시작했다. 익히 아는 얼굴.

넘버 1.

작전명 쉐도우.

그의 이름을 알았다.

그레인키 포들란. 나이 54세. 슬하에 스물한 살의 딸이 있으며, 딸은 넘버 1, 아니, 그레인키를 타 왕국과 거래하는 상인으로 알고 있었다. 그에게 있어 단 하나의 혈육이라 할 수 있다.

사내는 그레인키 포들란의 54년 인생을 살았다. 철저하게 이중적인 삶을. 그리고 남은 것은 딸의 얼굴조차 제대로 보지 못하고 제국에서 자신이 평생 동안 충성을 다했던 왕국에 배신당해 죽음을 맞이하였다.

그러함에도 그는 잊히기를 원했다.

'이것은 기회다.'

'무슨?'

그레인키의 말에 의문을 제시하는 사내.

'이 개미지옥을 빠져나갈 절회의 기회.'

개미지옥이라는 말에 말문을 닫는 사내였다. 벗어나려 하면 더욱더 빠져드는 개미지옥. 그래서 종내에는 모든 것을 잃고 죽음을 맞이해야만 하는 개미지옥.

그러했다. 왕국 최고의 특수 작전조의 조장이자 넘버 1이라는 최고의 호칭을 받았지만 그는 이곳을 개미지옥이라 부르고 있었다. 그리고 그는 그 개미지옥을 죽음으로써 벗어나야만 했다.

사내는 그레인키의 말에 고개를 끄덕였다. 사실 기억을 되찾았다 하나 마치 내 일이 아닌 양 전혀 감흥이 없었다. 감정이입이 되지 않은 탓이다. 세월이 지난 것인지 아니면 지극히 냉철해진 것인지는 몰랐으나 어찌 된 일인지 별다른 감흥이 일지 않았다.

놓아버렸다.

모든 것을 놓아버렸다.

다시 찾은 과거의 기억도, 같은 하늘 아래 살아갈 수 없을
만큼의 처절한 복수심도, 이미 죽어 한 줌의 혈수가 되어버린
그레인키의 삶조차도.

그러자 찾아오는 새로운 모습.

그 모습은 거구의 사내와 그 사내를 바라보는 자의 것이었
다.

'나의 이름은 베르누크 아이젠.'

'나의 이름은 제논 패트리아스.'

서로의 이름을 스스로 내뱉는 두 사내.

제논 패트리아스라 자신의 이름을 밝힌 사내가 서서히 자
세를 잡았다. 이 세계에서는 볼 수 없는 자세. 다리를 꼬아 반
대편 무릎에 올려 발바닥이 하늘을 향한 자세.

손은 손바닥이 하늘을 보게 하여 가볍게 양 무릎에 올려놓
고 눈은 지그시 내리깔아 배꼽 부분을 바라보았다. 숨은 가슴
으로 내쉬는 것이 아닌 아랫배로 내쉬고 그 숨의 간격은 무려
3분이 넘어가고 있었다.

처음에는 고통스러워하던 제논 패트리아스의 얼굴이 점점
평온하게 바뀌더니 이내 나긋한 미소를 띠었다. 그 모습을 바
라보던 베르누크 아이젠의 투명한 신형이 점점 흐려지기 시
작했다.

'제논 패트리아스, 그대에게 모든 것을 전하고 나 베르누크 아이젠은 이제 영원한 안식에 들고자 한다.'

거구의 사내.

과거 3천 년 전 멸망한 폴라리스 제국의 초대 황제이자 아군에게는 기사들의 왕이라 불리고 적군에게는 악마 왕이자 전신이 불렸던 사내의 모든 것이 제논 패트리아스에게로 향했다.

투명하게 빛나던 베르누크 아이젠의 신형이 한줄기 하얀 연기로 화하여 기이한 자세로 앉아 있던 제논 패트리아스의 정수리로 향했고, 잠시 멈칫거리더니 이내 빨려들 듯이 제논 패트리아스의 정수리로 흡수되었다.

그리고 동굴은 다시 어두워지고 정적 속으로 빠져들며 시간이 흘러갔다. 하나 사방이 어둠에 둘러싸인 동굴이어서인지 시간의 흐름이 느껴지지 않았다.

다만 동굴 위의 숲 속은 수백, 수천의 낮과 밤이 교차되었을 뿐이다.

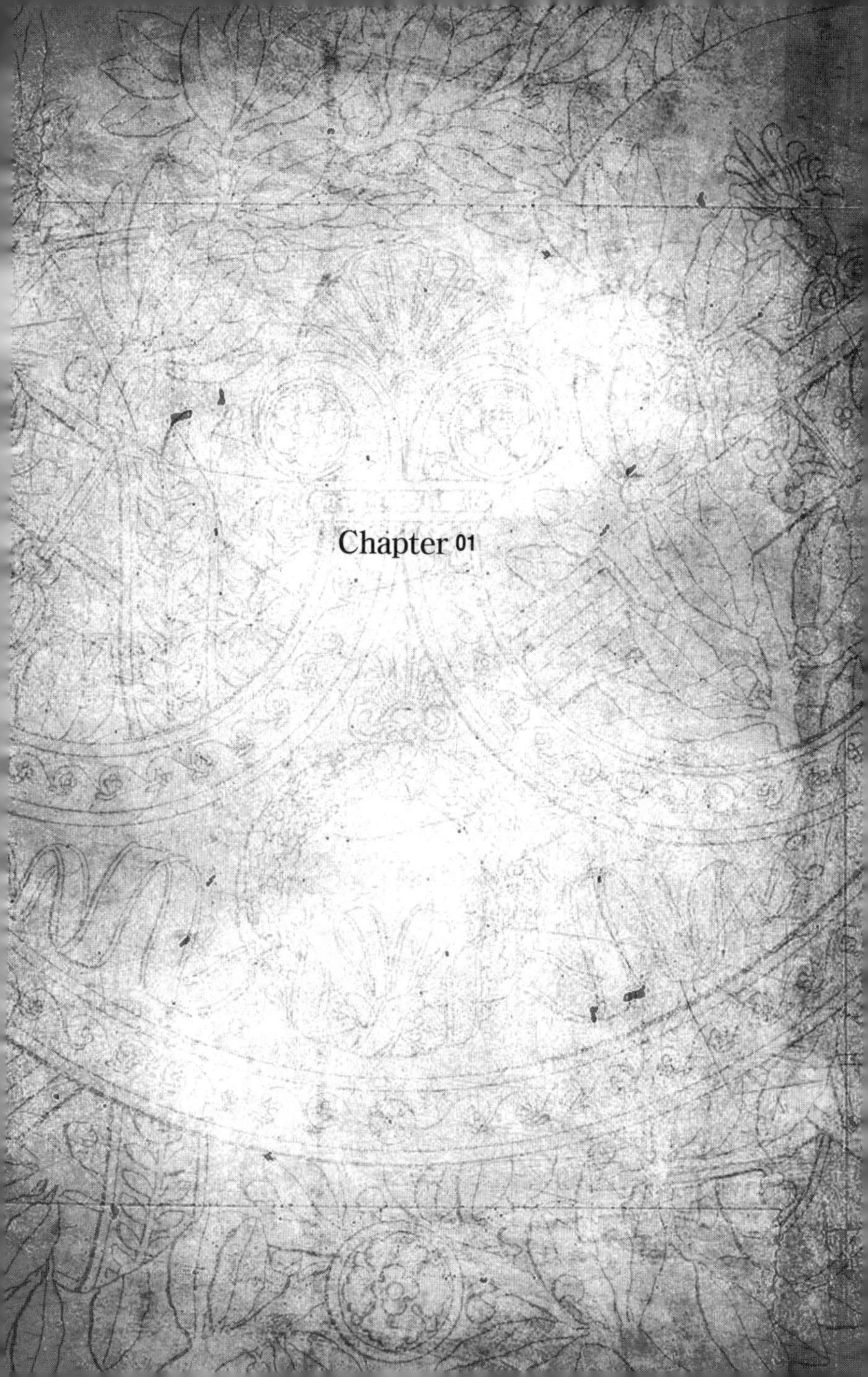

Chapter 01

그레이든 산맥.

판데모니움 대륙의 최남단을 가로지르는 거대한 산맥으로 사시사철 그 푸름을 자랑하는 지형이다. 혹자들은 이 그레이든 산맥을 드래곤의 등뼈라 하며 드래곤 산맥이라 칭하는 이들도 있었다.

그렇게 원래의 이름 대신 별칭으로 많이 불리는 이유는 이 그레이든 산맥이 몬스터의 천국이기 때문이기도 했다. 판데모니움 대륙의 가장 큰 산맥이자 자칫 길을 잘못 들면 백골이 되어도 헤어나지 못할 정도로 우거졌기에 드래곤 산맥이라고 부르는 것에 이견을 다는 이는 없었다.

그러한 거대하고 극히 위험한 지역의 깊은 곳에서 한 명의 사내가 움직이고 있었다. 사방으로 뻗은 나뭇가지와 습도가 높아 비가 오지 않음에도 불구하고 질척거리는 바닥을 스치듯 날아가고 있었다.

보통 사람들이 그 모습을 본다면 마치 전설 속에서나 나오는 엘프가 아닐까 할 정도로 빠르게 움직이고 있었다. 그러나 사내의 움직임은 비단 빠르다는 데에만 있지 않았다.

그의 움직임은 지극히 절제되고 신속했으며 은밀하기까지 하였다. 그 한 예로 사내가 쫓아가고 있는 듯 보이는 한 마리의 트롤. 야성이 짙고 육상 몬스터 중 오우거를 제외하고는 그 적수를 찾아보기 힘들다는 그 트롤마저도 사내의 기척을 감지하지 못하고 있었다.

20미터, 15미터, 10미터, 5미터!

순식간에 트롤의 지척으로 다가간 사내. 그때가 되어서야 무언가 이상함을 느낀 트롤이 목을 돌리려 하였다.

하지만,

서걱!

크르르르륵!

툭!

마치 미끄러지듯이 질척한 정글 바닥으로 떨어져 내리는

트롤의 목. 하나 사내는 결코 트롤의 목이 바닥에 떨어지도록 놓아두지 않았다. 어느새 한 손으로 트롤의 목을 잡아가고 있었다.

그 순간까지 트롤의 몸은 여전히 뻣뻣하게 서 있었다. 기이한 광경임에도 불구하고 사내는 일말의 동요도 없었다. 마치 지금 일어나는 모든 상황을 이미 예견했거나 마치 자주 있던 일이라는 듯이 말이다.

비록 죽었으나 3미터에 달하는 트롤일진대 전혀 동요조차 없는 사내. 175 정도의 키에 단단하고 넓은 가슴과 표범처럼 날렵한 허리, 덥수룩하게 얼굴을 뒤덮은 거친 수염.

등에는 자신의 키만 한 대검과 함께 상체를 전부 가릴 정도의 커다란 배낭이 메어져 있었고, 허리춤에는 성인 손바닥보다 조금 더 긴 단검이 촘촘하게 둘러져 있었다.

날렵한 허리 아래의 양 허벅지에는 60센티미터가량의 기형 정글도가 양쪽으로 단단히 매어져 있었다. 사내는 상체를 온통 덮고 있는 배낭을 내려놓고 트롤의 머리를 배낭에 집어넣었다.

그리고 배낭의 입구를 조이지 않고 열어놓은 상태에서 허벅지에 매어져 있는 쿠쿠리를 뽑아 들어 아직도 그대로 서 있는 트롤의 몸체를 향해 휘두르기 시작했다.

사삭! 서걱! 서걱!

마치 무를 자르는 듯 갈라지는 트롤의 가죽. 그 가죽의 두 꺼움이 마나를 사용하지 않으면 생채기조차 낼 수 없음에도 불구하고 트롤을 정형하고 있는 사내였다.

특이한 것은 핏방울이 하나도 튀지 않는다는 것이다. 기이한 일이었다. 트롤의 가죽을 다 벗긴 사내는 이내 트롤의 힘줄을 적출하고 트롤의 뼈를 발라내었다.

그리고 차곡차곡 커다란 배낭에 집어넣었다. 무려 3미터에 달하는 트롤의 몸체이다. 아무리 큰 배낭이라 할지라도 3미터에 이르는 트롤의 부산물이 모두 들어갈 수는 없는 법.

하나 사내는 그 모든 것을 배낭에 집어넣고 있었다. 설명은 길었으나 그 모든 행위는 불과 5분 이내에 벌어졌다.

스륵! 탁!

이윽고 단숨에 트롤을 분해해 버린 사내는 배낭 입구를 조이고 다시 짊어졌다. 그리고 나직이 한숨을 내쉰 사내가 입을 열었다.

"실프, 정찰! 운디네, 클린!"

그러자 무언가 움직였다. 정령이라 불리는 미지의 존재. 지금의 판데모니움 대륙에서 사라진 정령. 그 정령이 다시 이곳에서 살아나고 있었다. 그 존재조차 알 수 없는 한 사내에 의해서 말이다.

간단하게 트롤을 잡았지만 그 수고로움을 인정한다는 듯

이, 혹은 실력이 많이 늘었다고 칭찬해 주듯이 살랑거리는 바람이 사내의 얼굴을 스쳐 지나갔다.

사내의 얼굴을 스쳐 지나간 살랑거리는 바람이 사라지고, 어른 엄지손가락만 한 물방울 모양의 운디네가 사방으로 퍼져 나간 트롤의 피 냄새를 제거했다. 다른 누구에게도 보이지 않고 오직 사내에게만 보이는 정령이었다. 그러한 정령들의 모습을 잠시 보던 사내의 입이 살짝 벌어졌다.

"노움!"

그러자 대지가 꾸물거리며 솟아올랐다. 질척한 대지가 솟아오르더니 이내 사람이 앉을 수 있는 의자의 형태로 변했다. 그리고 물기가 모두 사라졌으며, 안락해 보이기까지 했다.

누구도 상상할 수도 없는 너무나도 자연스러운 모습. 그러한 모습을 보여주는 사내는 그곳에 다리를 꼬고 앉아 품속에서 양피지를 꺼내 들고 간단하게 무언가 기입하고는 조용히 바라보았다.

S등급 의뢰—No 12

담장자:엔젤러스 용병지부 지부장 에릭 톰슨

의뢰자:나파즈 왕국 왕실 마탑 서부지부 지부장 엘하인 그리썸

기간:제국력 3056. 07. 01~3056. 12. 31까지

의뢰금:3,000골드

오우거:목이 잘린 사체 1마리—미완

트롤:목이 잘린 사체 3마리—완료

자이언트 스파이더:겹눈알 500개—완료

레드 울프:가죽 30장—완료

웨어 울프:심장 7개—완료

　　　　손톱 50개—완료

　　　　콩팥 5개—완료

"……."

말없이 양피지를 바라보는 사내.

양피지에는 상당한 양의 몬스터 부산물이 기록되어 있었다. 당연히 단신으로 잡을 수 있는 의뢰 내용이 아니었다. 적어도 열다섯 명 이상의 베테랑 용병이 파티를 이루어야 잡을 수 있는 그런 의뢰였다.

그러함에도 사내는 홀로 드래곤 산맥에 들어와 S등급 의뢰를 거의 완수하고 있었다. 남은 것은 오직 오우거 한 마리뿐이었다.

양피지를 확인한 사내는 덥수룩한 수염을 한 손으로 쓸었다. 무언가 생각하는 듯한 표정이다. 하지만 그 행동은 오래가지 않았다. 이내 배낭의 옆구리에 묶여 있는 끈을 풀고 잘

말린 육포 하나를 꺼내 질겅질겅 씹기 시작했다.

무언가를 기다리는 듯한 표정이다. 그때 사내의 귀로 들려오는 아련한 소리가 있었다. 아니, 귀가 아니라 정신적인 울림으로 전달되는 소리.

'전방 5.7킬로미터 지점, 오우거 세 마리.'

그에 손에 쥐고 있던 육포를 주섬주섬 다시 배낭 옆구리에 집어넣고 묶은 다음 일어났다. 그러자 안락했던 의자가 자취도 없이 사라지고 원래의 질척거리는 대지만이 남았다.

사내는 그러한 것에는 신경 쓰지 않고 고개를 좌우로 흔들고, 어깨를 돌리고, 허리를 돌린 뒤 다리와 발목을 돌려보았다.

"후읍!"

파아앙!

숨을 크게 들이쉰 사내는 급작스럽게 앞으로 튀어나갔다. 그 속도가 어찌나 빠른지 마치 가죽 북이 터지는 소리가 흘러나왔다. 그리고 그 소리의 진원지를 확인할 때쯤 사내는 이미 자리에 없었다.

그의 신형은 마치 바람과 같았다. 땅을 박차는 것도 아니었다. 풀을 밟고 날아가고 있었다. 얽히고설킨 이런 숲속을 아무것도 건드리지 않고 아무렇지도 않게 보이지도 않을 속도로 움직이는 사내의 모습은 그야말로 경이롭기까지 했다.

타다닷!

나무를 박찼다. 사내의 몸이 껑충 뛰어올랐다. 그렇게 나무와 나무 사이를 움직여 나갔다. 때로는 3미터, 때로는 10미터로 대중없었다. 가로막는 나무를 타고 올랐고, 나뭇가지를 박차고 앞으로 뻗어 나갔다.

순식간에 5.7킬로미터라는 거리는 가시거리로 줄어들었다. 순간 사내는 소리도 없이 나뭇가지를 박차 적당한 나무에 안착했다. 트롤이 3미터라 하나 사내가 안착한 나무는 적어도 20미터 남짓.

그러한 나무의 중턱쯤. 무성한 나뭇가지와 나뭇잎으로 인해 사내의 모습은 보이지 않았다. 나뭇가지에 안착하자마자 치렁치렁 늘어져 있는 사내의 백발이 살랑였다.

번뜩이는 눈동자. 사내의 눈이 포식자의 그것으로 변해 전방을 주시했다. 의념으로 전달된 상황대로 사내가 바라보는 곳에는 예의 오우거 세 마리가 한 마리의 죽은 미노타우르스의 시신을 두고 으르렁대고 있었다.

그에 사내의 신형이 움직였다. 이 또한 쏘아진 화살처럼 거침없었고, 10미터의 높이와 오우거와 떨어진 15미터의 거리가 아무런 제약이 되지 않는다는 듯한 움직임이었다.

사내는 빛의 속도로 튕겨져 나갔다. 그러자 사내의 양손에는 30센티미터 정도의 쿠쿠리가 쥐어져 있었다. 시퍼렇게 날이 서 그 예기에도 베일 것 같은 쿠쿠리.

바람을 안고 사내는 내달렸다. 마치 바람이 그를 받치고 있는 듯이 얼음 위를 미끄러지듯 세 마리의 오우거를 향해 쇄도하는 사내. 세 마리의 오우거는 사내의 존재를 눈치채지 못하고 있었다.

움찔!

세 마리의 오우거 중 한 마리가 움찔 몸을 떨었다. 순간 나머지 두 마리의 오우거가 멈칫했다. 무언가 다른 느낌이 들었던 것이다. 아무리 먹을 것이 눈앞에 있다고는 하지만 괜히 육상 몬스터의 제왕이라 불리는 것은 아니었다.

스르릇.

투훅!

미노타우르스를 가운데 두고 다투던 오우거 한 마리의 머리가 떨어졌다. 그에 살아남은 오우거 두 마리가 동시에 붉은 눈동자를 번뜩이며 주변을 살폈다. 그 와중에 목이 잘린 오우거가 서서히 뒤로 넘어가기 시작했다.

쿠우웅!

먼지를 일으키며 뒤로 넘어지는 오우거. 그 소리가 또 하나의 시작이었다. 5미터에 이르는 성체 오우거가 대지 위로 쓰러지자 작은 소란이 일어났다. 먼지가 피어오르고 부유물이 비산했다.

일순간 두 마리 오우거의 시야를 가렸고, 그 속에서 번뜩이는 빛살이 살아남은 오우거의 목을 스치고 지나갔다.

스걱!

또 한 마리의 오우거가 움찔거렸다. 그에 마지막 남은 한 마리가 눈을 크게 뜨고 주변을 둘러보았다. 도무지 이해할 수 없었기 때문이다. 적이 보이지 않는다.

그런데 두 마리의 오우거가 목이 잘렸다. 평소 같았으면 단박에 두 오우거의 사체를 뜯었겠지만 지금 살아남은 오우거에게는 본능적으로 공포와 두려움이 몰려들고 있었다.

꾸어어엉!

마지막 남은 오우거는 두려움을 떨쳐 내려는 듯 커다랗게 포효를 내질렀다. 그 소리가 어찌나 크던지 아름드리나무에 매달린 나뭇잎이 부르르 떨렸다. 육상 몬스터 제왕의 광포한 포효는 깊고 깊은 숲을 그야말로 적막하게 만들고 말았다.

스스스슷!

미세한 소음.

오우거는 지체없이 소리가 들려오는 쪽을 향해 들고 있던 몽둥이를 휘둘렀다. 말이 몽둥이지, 어른 몸통만 한 나무다.

쿠와아앙!

하나 없었다. 그에 오우거는 닥치는 대로 부수기 시작했다. 마치 공격할 틈을 주지 않겠다는 듯이, 혹은 견디지 못하고 튀어나오게 하고야 말겠다는 듯이. 그런 오우거의 시도는 맞아들어 가는 것 같았다.

사방을 풍비박산으로 만들고 있는 오우거의 뒤편 5미터 지점에 예의 한 사내가 모습을 드러냈다. 여전히 덥수룩한 수염에 가려 그 표정이 어떠한지 알 수 없었다.

삐이이익!

순간 사내의 입에서 날카로운 휘파람 소리가 들려왔다. 마치 나 여기 있다고 알려주듯이 말이다. 그에 오우거가 돌아섰다. 그 난장의 와중에도 휘파람 소리를 들었음을 의미한 것이리라.

크르르르르!

벌게진 눈동자. 몬스터의 제왕인 자신이 한 인간에게 놀림을 당했다는 것에 분노했음인지 나직한 으르렁거림과 함께 한 걸음 한 걸음 걸음을 옮기는 오우거였다.

오우거의 손에는 예의 아름드리나무가 통째로 뽑힌 채로 들려져 있었다. 그때 사내의 손이 올라가고 그 손이 펴졌다.

까딱까딱.

꾸어어어엉!

숲을 울리는 거대한 외침이 터져 나왔다. 오우거는 인간의 언어를 모른다. 다만 자신의 허리에도 미치지 못하는 보잘것없는 인간 따위가 자신을 농락했다는 것 자체를 용납할 수 없었다.

선불 맞은 멧돼지처럼 사내를 향해 쇄도해 들어가는 오우거. 그것을 본 사내의 덥수룩한 수염이 꿈틀 움직였다.

'쌍월도!'

츄이잉! 딸깍!

두 자루의 기이한 정글도가 연결되었다. 정글도의 손잡이는 대략 25센티미터. 연결되니 50센티미터가량의 가운데 손잡이와 양쪽으로 바람개비처럼 엇갈린 칼날이 날카롭게 빛났다.

분명 양손으로 사용하는 무기이건만 사내는 가운데 손잡이를 잡고 오우거와 정면으로 맞부딪쳐 갔다. 전혀 두려움이 없는 모습.

좌라라랏!

쌍월도라 불리는 무기가 풍차처럼 돌아갔다. 사내의 몸 역시 희미한 잔상을 남기면서 쇄도해 오는 오우거를 향해 다가들었다. 오우거는 당황했다. 이 조그만 생물체가 내뿜는 기세가 자신보다 월등했기 때문이다.

덥석!

그림자처럼 10미터의 거리를 순식간에 좁혀드는 생물체를 향해 오우거는 손에 잡히는 대로 집어 던지기 시작했다. 나무가 통째로 뽑혀져 날아갔고, 바위가 돌이 되어 사방으로 흩뿌려 졌다.

콰가가강! 쿠드드득!

하나 그 모든 것을 마치 허깨비처럼 피해내는 사내였다. 때로는 풍차처럼 돌아가는 쌍월도로 쳐 내고, 때로는 몸이 쭈욱 늘어나며 피했다. 그러면서 오우거와의 거리는 순식간에 좁혀지고 있었다.

꾸어어엉!

오우거의 목을 스치고 지나가는 날카로운 무엇. 하나 자르지 못했다. 그 찰나의 순간 오우거가 다가오는 무엇을 느끼고 본능적으로 피했기 때문이다. 하지만 공격의 끝은 그것이 아니었다.

서거걱!

또다시 느껴지는 등 쪽의 극통. 비명도 지르지 못하고 오우거는 입을 쩍 벌린 채 휘청거렸다. 그 순간이었다.

슈화아악! 투후욱! 쿠우웅!

그 짧은 시간 베어진 목 부분이 다시 아물어가던 타이밍에 오우거의 목이 완벽하게 잘려 나가 마치 미끄러지듯 땅으로 떨어졌다. 그리고 5미터에 이르는 오우거의 몸체가 대지 위로 떨어졌다.

그와 함께 나타나는 사내의 신형. 마치 허공을 찢고 나타나는 것 같았다.

"경계! 클린!"

샤라라랑!

다시 바람의 정령과 물의 정령이 나타났다. 바람의 정령은 사방을 휘돌며 경계를 실시했고, 물의 정령은 피 냄새를 지웠다. 마치 아주 당연하다는 듯이 말이다. 신기하기도 하건만 사내는 그러한 존재에 일체 관심을 보이지 않고 땅에 떨어진 오우거의 머리를 툭툭 차 굴려 보냈다.

오우거의 목은 예의 얇은 빙판같이 얼어 있어서 피 한 방울 흘러내리지 않았다. 사내는 주변을 한번 둘러보더니 난도질 당한 미노타우르스 사체를 한참이나 바라보았다.

그 모습은 마치 저걸 가져가야 할지 말아야 할지 고민하는 것 같았다. 하지만 이내 미노타우르스의 사체에서 눈을 떼고 목이 잘려 죽은 세 마리의 오우거를 향해 움직였다.

"아공간 오픈!"

오우거의 사체를 조각내 마법 배낭에 담는 것이 아니라 죽은 사체 그대로 집어넣었다. 만약 마법사가 보았다면 거품을 물어야 할 일이나 다행히도 이곳에는 사내 혼자밖에 없었다.

그리고 예의 품속에서 오우거를 잡기 전 보았던 양피지를 꺼내 무언가를 기입하였다.

S등급 의뢰—No 12

담당자:엔젤러스 용병지부 지부장 에릭 톰슨

의뢰자:나파즈 왕국 왕실 마탑 서부지부 지부장 엘하인 그리썸

기간:제국력 3056. 07. 01~3056. 12. 31까지

의뢰금:3,000골드

오우거:목이 잘린 사체 1마리—완료

트롤:목이 잘린 사체 3마리—완료

자이언트 스파이더:겹눈알 500개—완료

레드 울프:가죽 30장—완료

웨어 울프 : 심장 7개 — 완료

　　　　손톱 50개 — 완료

　　　　콩팥 5개 — 완료

*　　　*　　　*

그레이든 산맥에 가장 인접한 도시.

그곳은 바로 엔젤러스라 불리는 도시였다. 원래는 그저 화전민 열댓 가구가 모여 살던 곳이다. 하지만 이곳은 그레이든 산맥으로 들어가는 몇 안 되는 요충지 중의 요충지.

덕분에 몬스터 헌터나 트레져 헌터 등을 업으로 하는 용병들을 시작으로 자연스럽게 사람이 몰려들기 시작했다. 처음

에는 알음알음 알려지던 곳이 어느 순간 입소문을 타면서 용병지부가 들어섰고, 몬스터의 부산물을 사고파는 상설 시장이 형성되었다.

또한 상설 시장이 들어서자 그들을 따라 상인들이 움직이고 종내에는 마법사들이 움직이기 시작했다. 마법사가 움직이기 시작하자 마탑이 움직였다. 용병지부와 마탑지부가 이 엔젤러스에 들어선 것이다.

그러하니 자그마하던 화전민촌이 이제는 제법 규모를 가진 도시가 되어버렸다. 물론 제국의 수도나 왕국의 도시와 비견되는 그런 도시가 아닌, 그저 사람들이 몰려들어 자연스럽게 형성된 도시였다. 그렇다 하더라도 도시는 도시.

마법사가 있고 자경대가 있으며, 용병들이 있고 상인들이 있는 곳이니 당연하다 할 것이다. 약간은 지저분하고 거칠며 어둠이 있는 그런 곳이 엔젤러스라다.

그러한 한쪽 편에는 예의 몬스터의 부산물을 다루는 상점이 주욱 들어서 있었다. 그곳은 상당히 많은 사람들로 붐볐다. 호객하는 상인들도 있었고, 노예를 거느린 마법사, 혹은 각 지역에서 몰려든 상인이나 기사, 귀족까지 보였다. 왁자지껄하면서도 정신없이 시끌시끌한 곳이다. 도시라고 보기에는 너무나도 생경한 곳.

그러한 것을 대변이라고 하듯이 귀족들과 마법사들은 손

수건으로 코와 입을 막고 있었으며, 기사들은 차마 손수건으로 코와 입을 막고 있지는 않았으나 잔뜩 얼굴을 찌푸리고 있었다.

그러한 곳의 끝자락 부분에 주변 상점들과는 다르게 조금은 더 튼튼하고 단층 구조가 아닌 목조로 된 3층 건물이 서 있었다. 그곳이 다름 아닌 이곳 엔젤러스의 모든 용병들이 드나드는 용병지부였다.

용병지부는 몬스터의 부산물을 다루는 상점이 몰려 있는 상업지구의 끝자락에 위치해 있었다.

하지만 용병지부 앞에 작지 않은 공터도 있었고, 용병지부에서부터 몬스터의 부산물을 다루는 상가 지역과 숙박 지역, 또는 주거 지역 등 모든 것으로 통한다.

그렇기에 엔젤러스의 중심이라고도 할 수 있는 곳이 바로 용병지부였다.

그러한 용병지부였기에 낮이든 밤이든 상관없이 늘 사람들로 북적거렸는데, 오늘도 역시 전과 다르지 않게 상인들과 용병들, 그리고 마법사들이 한데 어우러져 상업지구보다 더 시끌벅적했다.

"정말로 이자가 엔젤러스 최고의 길잡이요?"

헬름을 벗어 옆구리에 낀 기사는 약간은 의심쩍은 눈초리로 용병지부 데스크에 앉아 있는 자를 바라보았다. 그리고 시선을 옮겨 그자가 추천한 용병을 바라보았다.

얼굴을 온통 수염으로 뒤덮은 용병이었다. 그래서인지 정확하게 나이를 측정할 수 없었지만 드러난 눈동자의 심유함에 삼사십 세 정도이지 않을까 하는 생각이 들었다.

크지 않은 체구다. 아니, 오히려 왜소하다고 해야 할 것이다. 그 용병 주변으로 있는 용병들과 비교해 보면 말이다. 보통 용병이나 기사들의 체구는 일반인보다 크다.

기본 신장이 180센티미터 정도이니 당연하다 할 것이다. 물론 그 실력을 체구로 평가하는 것은 아니지만 아무리 그래도 노련한 느낌이 전혀 들지 않는데다 체구마저 작으니 의심쩍은 눈초리를 보내지 않을 수 없었다.

그러한 겜블 경의 심정을 짐작했는지 데스크에 앉아 있는 용병은 크게 고개를 끄덕이며 말했다.

"몬스터 헌터 제논이라고 하면 이곳 엔젤러스에서 모르는 사람이 없을 정도로 유명하우. 기사님께서 아주 운이 좋은 거유. 보통 제논이 사냥을 가면 석 달은 기본이거든."

용병 사내의 말에 겜블 경은 그저 고개를 끄덕일 수밖에 없었다. 그것을 인정한다는 끄덕임이 아닌 그저 무심결에 끄덕이는 것이었다. 버릇처럼 말이다.

"그렇다 하더라도 보기에는 너무 허약한 것 같군. 나는 경험이 많고 노련한 사람이 필요한데 말이지. 꽤 깊은 곳까

지 들어갈 예정이니까 가진 바 무력도 한몫해야 하고 말이
지.”

기사의 말에 용병은 어깨를 한번 으쓱했다. 상당히 깊은 곳
까지 들어가려면 당연히 가장 뛰어난 길잡이가 필요할 것이
다. 그리고 자신이 알기로 이 엔젤러스에서 가장 뛰어난 길잡
이는 제논이었다.

“뭐, 기사님께서 싫다면 할 수 없지요. 미스릴보다 금이나
은을 더 좋아하는 사람도 있는 법이니까 말이우.”

용병의 말에 기사의 눈이 한 차례 날카롭게 빛났다. 상당히
노골적인 비유였다. 상대가 기사임에도 불구하고 이렇게 노
골적인 표현을 한다는 것은 분명 그가 소개한 용병을 잘못 보
았다는 것을 의미한다.

그에 기사는 다시 데스크의 용병이 소개한 용병을 바라보
았다. 기사가 바라보는 수염이 덥수룩한 용병은 지금의 이 상
황에 관심이 없는 건지 팔짱을 끼고 다를 쭉 뻗어 등을 의자
에 기댄 채 눈을 감고 있었다.

그러한 모습을 모니 자신을 흘깃거리며 바라보는 다른 용
병들과 다르게 보이기는 했다. 왠지 모르게 의연해 보이면서
처음 느끼지 못했던 노련함까지 묻어나오는 듯했다.

“흐음……．”

기사의 입에서 한숨이 새어 나왔다. 그 한숨에는 고심의 흔

적이 잔뜩 묻어 있음은 말할 것도 없다. 그러면서도 기사의 걸음은 어느새 데스크의 용병이 소개시켜 준 용병에게로 향하고 있었다.

"자네……."

"목적지는?"

기사가 말을 꺼내자 눈을 감고 있음에도 불구하고 그 존재를 알아차렸는지 가볍게 눈을 뜨며 물어보는 용병이다.

"일단은 그레이든 산맥의 불귀의 계곡이다."

"출발일은?"

"내일."

"하겠소. 보수는 200골드요."

그 말에 기사가 멈칫했다.

"말 같지 않은 소리로군. 그레이든 산맥의 중간 지점까지 간다 해도 10골드면 충분하다 들었다."

기사의 말에 제논의 몸이 뒤로 젖혀지면서 스르륵 눈이 감겼다.

"그럼 다른 사람 알아보슈."

전혀 아쉬울 것 없다는 듯한 제논의 태도에 기사는 당황해서 잠시 침묵해야만 했다. 도대체 알 수 없었다. 물론 불귀의 계곡이 왜 불귀의 계곡인지는 잘 안다.

하지만 그렇다 해도 50골드면 뒤집어쓸 것이라 생각했다.

한데 무려 200골드를 불렀으니 당황할 수밖에 없었다. 그때 기사의 등 뒤에서 들려오는 소리가 있었다.

"불귀의 계곡이라면 그 용병밖에 없을 거유. 살아 돌아온 자가 그자밖에 없으니."

데스크에 있는 용병의 목소리였다.

"크음."

그에 헛기침을 하는 기사였다. 데스크의 용병을 바라보고 다시 제논을 바라볼 때 기사는 보았다. 자신을 흘깃거리던 용병들이 자리를 뜨거나 이미 자신을 외면하고 있음을 말이다.

"하아, 어쩔 수 없지. 고용하도록 하지."

그에 감았던 눈을 뜨고 의자에 깊숙하게 기대었던 등을 떼어 일어서는 제논이었다.

"어디로 가면 됩니까?"

"내일 새벽, 그리움이 있는 곳으로 와라."

"알겠소."

그것으로 끝이었다. 제논은 다시 등을 의자에 대고 몸을 깊숙이 묻어 눈을 감았다. 그 모습을 본 기사는 여전히 무덤덤한 제논의 태도에 적응하지 못했는지 인상을 찡그리더니 휑하니 용병지부를 벗어났다.

기사가 나가는 것을 본 제논이 느긋하게 자리에서 일어났다. 그리고 데스크에 앉아 있는 용병에게 무언가를 던졌다.

데스크 용병은 아주 능숙하게 그 무엇인가를 집어 들고 말했다.

"이번에도 같은 곳인가?"

"그래."

"흐음. 알았네."

"수고비는 알아서 챙겨."

그 말을 끝으로 데스크에 앉아 있는 용병의 말도 듣지 않고 문을 나서는 제논이었다. 그러한 제논의 등에 대고 외치는 데스크의 용병이었다.

"살아서 돌아오려고!"

제논은 데스크 용병의 말에 뒤도 돌아보지 않고 손을 흔들어 보였다. 걱정하지 말라는 손짓일 것이다.

다음 날, 제논은 기사가 말한 시각보다 이르게 그리움이 있는 곳이라는 여관 앞에 도착했다. 30분 정도 이른 시각에 도착했음에도 불구하고 이미 그곳에는 많은 인원이 준비를 마치고 명령을 기다리고 있었다.

대략 스무 명의 기사와 두 명의 마법사, 그리고 이백 명에 이르는 병사가 도열해 있었다. 대규모라면 대규모라 할 수 있는 인원이 움직이기에 상당한 볼거리를 제공하였으나 이른 새벽이라 그런지 그런 광경을 지켜보는 이는 없었다.

제논이 멍하니 그런 시끌벅적한 상황을 지켜보고 있을 때 용병지부 건물에서 보았던 기사가 다가왔다. 그러고는 따라오라는 듯이 고개를 까딱였다. 그를 따라 조금 걸어가자 한 명의 소년이 보였다.

아마도 이들을 이끄는 귀족가의 자제일 가능성이 높았다.

"공자님, 길잡이를 데려왔습니다."

기사의 말에 짐을 정리하거나 마구나 방어구를 준비하고 있던 몇몇 기사들이 눈살을 찌푸렸다. 그리고 또 몇몇은 노골적으로 비웃음을 보냈다.

특히 한 명의 기사는 매우 못마땅한 눈으로 제논과 그를 소개하고 있는 기사를 바라보고 있었다.

"공자님, 길잡이 따위는 필요없습니다. 이미 지도도 구했고 대강의 방향까지 알고 있으니 저희가 이끄는 정예 이글 기사단이 길을 뚫고 앞으로 나아가 최종 목적지까지 안전하게 도착할 수 있을 것입니다."

그러한 기사의 말에도 불구하고 제논을 소개하는 기사는 별다른 반응을 보이지 않았다. 아니, 그의 얼굴에는 전혀 어떠한 표정도 떠오르지 않았다. 다만 아무도 주의 깊게 보지 않는 그 기사의 주먹만이 가늘게 떨릴 뿐이다.

"이미 결정된 일입니다."

아직 변성기가 지나지 않은 목소리가 흘러나왔다. 하지만 그 속에는 귀족가의 자제로서, 혹은 가문을 이끌어야 할 자로서의 위엄이 깃들어 있었다. 그 말에 제논을 소개한 기사의 주먹은 펴졌고, 단장을 비롯한 몇몇의 기사들 얼굴에 불만이 어렸다.

"명령이시라면."

"명령입니다."

단호하게 말을 하는 소년의 말에 기사단장은 살짝 고개를 숙여 보이고는 돌아섰다. 그리고 만반의 준비를 하고 대기하고 있는 기사들과 병사들을 향해 크게 소리쳤다.

"출발!"

상당히 신경질적인 목소리가 흘러나왔다. 그것은 지금의 상황에서 단장의 심정을 대변하는 것이라 할 것이다. 어찌 보면 상당히 불손한 태도라고 할 것이나 누구 하나 그러한 단장의 기세에 말을 하는 이는 없었다.

아니, 오히려 몇몇은 그것이 당연하다는 듯한 표정이었고, 몇몇은 슬슬 단장의 눈치를 보고 있었다. 그것은 기실 제논을 고용한 기사도 마찬가지였다. 그 역시 단장의 손아귀에서 벗어날 수는 없었으니 말이다.

다행히 주군은 자신의 편을 들어줬다. 아군이 한 명도 없는 상황에서 돈을 주고 고용했으나 아군이 한 명이라도 있고 없고의 차이는 컸으니 말이다.

　물론 돈으로 고용했으니 돈으로 넘어갈 수도 있을 것이다. 하지만 아직까지는 분명 용병이 주군과 자신의 편이라는 것이 중요하다. 비록 제대로 된 역할을 할지 못할지는 모르지만.

Chapter 02

Number Seven

그레이든 산맥에 접어든 지 5일째.

그레이든 산맥의 초입을 지나고 이제는 인적이 드문 곳으로 접어들고 있었다. 사람의 손길이 전혀 닿지 않은 곳이며, 가끔 트레저 헌터나 몬스터 헌터들이 드나드는 곳으로, 우거진 숲으로 인해 그 길마저 희미하다.

지금까지는 간츠 경의 주도하에 잘 진행되어 왔다. 아니, 딱히 진행이랄 것도 없었다. 파티 단위로 몬스터를 사냥하는 용병들이 선점해 놓은 쉘터나 그들이 확보한 길을 따라 걸으면 되니까 말이다.

물론 그렇다 해서 지난 5일간의 여정이 순탄하기만 했다는 것은 아니다. 이곳은 기본적으로 몬스터들의 천국이라 일컬어지는 그레이든 산맥이니 말이다.

초입 중의 초입이라 하나 몬스터가 없는 것은 아니다. 몬스터를 만나지 않은 날은 최초 그레이든 산맥으로 접어든 하루뿐이었다. 그리고 이틀째부터는 스파클(50센티미터가량의 딱정벌레)을 비롯하여 고블린, 놀, 오크 등 무수히 많은 몬스터들과 조우해야만 했다.

그리고 마침내 그레이든 산맥의 초급 지역을 벗어나 중급 지역에 들어서고 있는 탐사대였다. 그 와중에 제논은 이 탐사대에 대하여 많은 것을 파악하게 되었다.

이 던전 탐사대의 명목상의 탐사대장은 이제 갓 열여섯 살로, 그레이든 산맥과 인접해 있는 아이작스 남작 가문의 장남인 코튼 아이작스였다. 실질적인 탐사대장은 아이작스 남작 가문의 글로리어스 기사단의 단장인 세르지오 간츠 경이고 말이다.

하지만 그것이 다가 아니라는 것을 제논은 지난 5일간의 여정을 통해 충분히 느낄 수 있었다. 이 탐사대는 두 부류로 나뉘어져 있었다. 코튼 아이작스를 따르는 부류와 기사단장인 세르지오 간츠 경을 따르는 이들로.

거기까지 파악은 했으나 아직까지 이렇다 할 파탄이 드러난 적은 없었다. 그것은 그레이든 산맥을 들어선 순간부터 모든 것을 기사단장이 지휘했고, 코튼 아이작스는 그에 일절 어떠한 간섭도 없었으니 말이다.

어찌 보면 사상자도 없고 그리 힘들지도 않은 지극히 신속하고 평온한 탐사대의 여정이라고 할 수 있었다. 하지만 지금부터는 달랐다. 이곳은 그레이든 산맥의 중급 지역이 시작되는 곳이니까 말이다.

제대로 된 지도가 없음은 물론이고 몬스터 헌터들의 쉘터나 확보된 길조차도 없는 지역이다.

기사단장인 세르지오 간츠 경은 이 중급 지역에 들어섬과 동시에 잠시 휴식을 취했다. 환한 대낮인데도 불구하고 초급 지역을 벗어난 중급 지역의 숲에서는 음산한 기운이 흘러나오고 있었다.

기사들은 의연하였지만 그 기사들을 따르는 병사들은 결코 그렇지 못하였다. 병사들은 쉬는 동안 그저 숲을 보는 것만으로도 몸을 부르르 떨었다.

"그레이든 산맥이라……. 이름값을 하는군."

간츠 경의 말에 그의 근처에 있던 기사들이 무겁게 고개를 끄덕였다. 마나를 다루는 기사임에도 불구하고 음습하게 다가오는 숲에 경각심을 일으키고 있었기 때문이다.

"조심하지 않으면 안 될 것 같습니다."

기사의 말에 간츠 경은 슬쩍 기사를 본 후 다시 음산한 기운을 내뿜고 있는 숲을 바라보며 냉랭하게 말했다.

"흥! 우리가 언제 조심하지 않은 적이 있나? 자랑스러운 글로리어스 기사단은 아무리 쉬운 임무라 하더라도 최선을 다한다. 당연히 이번 탐사 역시 그리할 것이고, 그리될 것이다."

간츠 경의 냉랭한 말에 그의 주변에 있던 기사들은 고개를 살짝 숙임과 동시에 가슴 앞으로 주먹을 올렸다. 기사로서 전혀 위축됨 없이 의연한 단장의 모습에 나약한 모습을 보였던 기사들이 스스로 자책하며 의지를 다지는 것일 게다.

"명심하겠습니다!"

우렁찬 외침이 흘러나왔다. 기사들의 그러한 모습을 보며 간츠 경은 만족스럽다는 표정으로 고개를 끄덕였다.

"좋군. 충분히 쉬었을 터이니 출발 준비를 하도록."

간츠 경의 말에 기사들이 일사불란하게 움직였다. 여기저기 명령을 내리고 잠깐의 시간 동안 심신을 이완시켰던 병사들을 독려해 출발 준비를 서둘렀다. 이백 명이라는 적지 않은 인원인만큼 서두른다 하여도 다시 출발 준비를 하는 데에는 상당한 시간이 필요했다.

그렇게 기사들과 병사들이 움직이는 동안 간츠 경은 서서히 걸어 역시 부산하게 움직이고 있는 코튼 아이작스가 있는 곳으로 갔다. 멀지 않은 거리임에도 불구하고 기사들을 대할 때의 강직한 표정은 사라지고 찬바람이 풀풀 날릴 정도로 냉랭하게 변해 있었다.

"출발하겠습니다."

예의 냉랭한 목소리로 코튼 아이작스에게 말하는 간츠 경이었다. 그저 간단하게 눈인사만 올리는 간츠 경. 그에 코튼 아이작스 역시 냉랭하게 목례를 받고 있다.

"두 갈래의 길이 있다 합니다."

"듣겠습니다."

"힘드나 빠른 길과 쉬우나 돌아가는 길이라고 합니다."

코튼의 말에 슬쩍 제논을 바라보던 간츠 경이 코웃음을 쳤다. 지금 자신의 앞에서 턱을 치켜세우고 알량한 자존심을 내세우며 말하는 이에게 길을 알려준 이가 누구인지 알 만하기 때문이다.

간츠 경은 경멸하는 듯한 웃음을 지어 보였다.

"저 길잡이의 의견입니까?"

"그렇소."

코튼 아이작스의 대답에 간츠 경은 냉정하게 몸을 돌려세웠다.

"길잡이 따위는 필요없습니다. 아이작스 가문의 글로리어스 기사단은 일개 길잡이 따위에 기댈 정도로 약하지 않습니다."

그러고는 코튼의 말을 듣지도 않고 걸어가 버리는 간츠 경이다. 그에 코튼의 주먹을 꽉 쥔 손이 부들부들 떨렸다. 그의 얼굴에는 치욕감이 여실히 드러나 있었다.

"참으십시오."

그때 그의 곁을 지키고 있던 겜블 경이 코튼을 진정시켰다.

"후우~ 알아요. 하지만… 이건 너무 비참하군요."

말리는 겜블 경에 의해 코튼은 이내 고개를 푹 숙였다. 안다. 알고 있다. 너무나 잘 알아서 탈이다. 이곳이, 이 빌어먹을 곳이 자칫 잘못하면 자신의 뼈를 묻어야 할 곳이라는 것을.

그리고 그 빌어먹을 숙부란 놈이 아이작스 남작 가문을 꿀꺽할 것이라는 것을. 자신을 죽이고, 자신의 아버지를 죽이고 남작 가문을 차지할 것이라는 것을. 그래서 더 분통이 터졌다.

힘이 없기에 이리도 무시당하고 있다는 것을 절절히 깨닫고 있기에 코튼의 비참함은 이루 말로 형언할 수 없을 정도였다. 그것은 코튼을 달래고 있는 겜블 경도 다르지 않았다.

자신이 선택한 주군의 심정을 이해하지 못할 기사란 없는 법이다. 하물며 죽음이 갈라놓지 않는 한 평생을 근거리에서 호위해야 할 호위기사임에는 말할 필요조차 없었다.

　더군다나 20세에 기사가 되어 지금의 주군을 업어서 키우다시피 한 겜블 경이니 코튼이 느끼는 감정을 모를 리 없는 겜블 경이었다. 단장보다 오래 글로리어스 기사단에 머물렀음에도, 단장보다 뛰어난 실력을 지녔음에도 불구하고 자신은 여전히 평기사요, 기사단에서 배척받는 기사였다.

　스무 살에 익스퍼트에 올라 서른여섯 살에 익스퍼트 상급에 오르는 기염을 토한 자신의 천재성에 의하여 오히려 무리에 끼이지 못하고 겉돌게 되었고, 배척받았으며, 그 강직함 탓에 세력을 이루지 못한 겜블 경이다.

　어찌 보면 동병상련이라 할 것이다.

　"걱정하지 마십시오. 주군의 곁에는 제가 있지 않습니까?"

　물론 이 말이 지금에 와서 자신의 주군에게 도움이 되지 않는다는 것을 알고 있으나 지금 겜블 경이 할 수 있는 말은 이 말뿐이었다. 겜블 경의 말에 크게 심호흡을 한 코튼이 주변을 훑어보았다.

　겜블 경을 중심으로 겜블 경을 따르는 다섯 명의 기사가 자신을 바라보고 있었다. 심히 걱정스럽다는 얼굴로 말이다. 그에 퍼뜩 정신을 차린 코튼이었다.

　자신이 아직 어리다 하나 어엿한 남작 가문의 장자이다. 자신이 약하다 하나 이들은 전적으로 자신을 바라보고 있음을 느낀 것이다. 그것을 깨달은 코튼은 어금니를 지그시 깨물었다.

"언젠가는, 언젠가는 이 치욕을 돌려줄 것입니다."

그 말을 하는 코튼의 음성이 가늘게 떨리고 있었다. 그것을 느끼지 못할 젬블 경과 그를 따르는 기사들이 아니다. 어느 순간 정적이 찾아왔다. 간츠 경을 따르는 기사들은 이미 출발 준비를 완료하고 있었다.

"출발 준비가 완료되었습니다."

어느새 다가왔는지 간츠 경이 출발 준비 완료 보고를 했다. 그는 철저하게 보고를 하고 있었다. 당연한 것이겠으나 코튼과 그를 따르는 기사들이 느끼는 감정은 또 달랐다.

"이쪽으로 곧장 가시면 됩니다, 공자님."

코튼은 간츠 경의 말에 가타부타 대답하지 않고 걸음을 옮겼다. 또한 그를 둘러싼 기사들 역시 일제히 움직였다.

그러한 모습에 간츠 경은 만족한 얼굴로 고개를 끄덕였고, 그것을 신호로 남은 병력과 기사들이 이동하기 시작했다. 기사 다섯 명과 병사 스무 명이 앞장서서 길을 뚫었고, 나머지 병력은 코튼을 크게 감싸듯 진형을 이루었다.

일사불란한 움직임이었다. 마치 한 몸처럼 움직이고 있었다. 그러한 모습을 바라본 코튼의 표정이 살짝 굳어졌다.

'과연 내가 이곳에서 살아갈 수 있을까?'

코튼은 불안한 표정으로 음습하게 다가오는 불귀의 계곡

을 바라보았다. 마치 이 세상 모든 것을 집어삼킬 듯이 커다란 아가리를 벌리고 있는 것 같았다.

탐사대가 이동을 시작하는 것과 발을 맞춰 숲 속에서도 무언가 움직이기 시작했다. 자세히 보지 않는다면 결코 알 수 없는 그러한 은밀한 움직임.

그때 코튼과 겜블 경의 옆에서 같이 움직이던 제논이 잠시 자리에 멈춰 서서 숲속을 훑어보았다. 무언가 감각에 걸리는 것이 있었다. 덥수룩하게 그의 얼굴 전체를 덮은 수염이 꿈틀거렸다.

그러한 제논을 물끄러미 바라보는 이가 있었으니 그는 다름 아닌 겜블 경이었다. 겜블 경은 그러한 제논의 모습에 입맛을 다셨다.

'잘못 선택한 것인가?

괜히 길잡이를 고용한 것이 아닌지 내심 당혹해하고 있다. 이곳 그레이든 산맥은 험하기로 유명했다. 아무리 기사 스무 명, 마법사 그리고 200에 이르는 병력이 있다 하나 결코 만만한 곳이 아니라는 것을 잘 알고 있다.

그래서 길잡이를 고용했다. 하지만 지난 5일 동안 걱정하던 일은 일어나지 않았다. 몬스터의 공격도 이 정도면 충분히 감내할 수 있을 정도이고 말이다.

물론 충분히 감내할 수 있다 하여서 전혀 어렵지 않았다는 것은 아니다. 하지만 아직까지 사상자가 나지 않았으니 이 정도면 예상했던 것보다 훨씬 양호하다 할 수 있었다. 아니, 오히려 수월하다 할 수 있었다.

그러하니 지금의 상황에서 200골드나 들여 고용한 길잡이가 마뜩잖은 것은 사실이다. 아무런 활동을 하지 않고 있으니 말이다. 물론 거기에는 기사단장인 간츠 경의 철저한 무신경함이 한몫하기는 했다.

"왜 그러나?"

젬블 경의 목소리가 날카로워졌다. 이동 중에 움직이지 않고 여전히 무표정한 모습과 어떠한 안내도 없이 사방을 둘러보는 그 모습이 너무나도 답답했기 때문이다.

그때 제논의 눈동자가 젬블 경을 향했다. 그리고 그와 보조를 맞춰 서서히 움직이기 시작했다.

"그레이든 산맥에 대해서 아무런 준비도 하지 않고 왔나 보구려. 한번 호되게 당하고 나면 정신을 차릴 수밖에 없겠지만."

제논의 말에 젬블 경의 안색이 잠깐 굳어졌다 다시 펴졌다.

"무슨 의미인가?"

"그레이든 산맥이 위험한 것은 단지 몬스터가 많아서가 아니오. 몬스터보다 더 무서운 마수들이 있기 때문이오. 느꼈을지 모르겠으나 이미 우리는 그들의 표적이 되어 있소."

제논의 말에 흠칫한 겜블 경이 사방을 둘러보았다. 여전히 그레이든 산맥은 대낮임에도 불구하고 빽빽하고 커다란 나무로 인해 햇볕이 들지 않았고, 쌀쌀할 정도의 음습함을 내뿜고 있었다.

"먹어두시오."

겜블 경은 제논이 건넨 풀 쪼가리를 바라봤다. 마치 방금 뜯어낸 것처럼 뜯겨진 부분에는 즙이 배어 있고 흙과 자잘한 무언가가 묻어 있어 상당히 꺼려지는 것이다.

"뭔가?"

"……."

하지만 여전히 말이 없는 제논이다. 그리고 여전히 제논의 손에는 예의 그 풀 쪼가리가 들려져 있다. 겜블 경은 제논의 눈동자를 바라봤다. 전혀 어떠한 사심도 깃들어 있지 않은 눈동자.

"크음."

겜블 경은 무슨 연유인지는 모르겠으나 제논의 눈동자를 보자 반드시 이 풀 쪼가리를 먹지 않으면 안 될 것 같은 생각이 들었다. 그에 절로 손이 움직여 풀 쪼가리를 집어 들었다.

겜블 경은 결코 자신만 그것을 복용하지 않았다. 자신의 주군인 코튼과 자신을 따르는 다섯 명의 기사에게까지 모두 하나씩 나눠 주었다. 그들 역시 그 지저분한 풀 쪼가리를 손에 쥐고는 의문이 가득한 눈으로 겜블 경을 바라보았다.

겜블 경은 말없이 그 풀 쪼가리를 입으로 가져가 거침없이 씹었다. 하나 이내 인상을 있는 대로 찡그릴 수밖에 없었다. 마치 독초를 먹은 것처럼 썼다. 입안이 얼얼하도록 말이다.

저절로 그 풀 쪼가리를 준 제논에게 시선이 돌아갔다. 그런데 제논은 자신과 같은 풀 쪼가리를 거의 한 움큼을 집어 입에 털어 넣고 있었다. 인상조차 쓰지 않은 채 말이다.

억지로 그 쓴 풀 쪼가리를 삼킨 코튼과 겜블 경을 따르는 다섯 기사가 겜블 경을 바라보았다. 해명을 요구하는 눈동자들이다. 하지만 해명하는 목소리는 겜블 경의 입에서 흘러나오는 것이 아니었다.

"조금 있으면 마수들의 공격이 있을 것이오. 레오파드라는 마수인데 그 껍질이 얼마나 단단한지 보통의 도검으로는 생채기조차 낼 수 없는 놈이오. 하지만 진정 무서운 것은 그놈이 내쉬는 숨 속에 포함된 독이오."

"마수에 독?"

여전이 입안이 얼얼하지만 겜블 경은 반문하고 있었다. 그는 두 가지 면에서 지금 놀라고 있었다. 첫째는 자신조차도 감지하지 못하는 마수들의 존재를 파악한 것이고, 둘째는 그레이든 산맥에 마수가 있다는 것을 처음 들었기 때문이다.

"겪어보면 알 것이오."

제논의 표정이 조금 변했다. 그 조금 변한 표정에 갬블 경은 긴장했다.

"경계!"

크지는 않았지만 자신의 주군을 지키는 다섯 명의 기사에게는 충분히 전달되고도 남음이 있었다.

바로 그 순간이었다.

"크아아악!"

"모, 몬스터닷!"

대열의 앞과 뒤에서 동시에 들려오는 비명 소리와 외침이었다.

"방진을 형성하라!"

그에 간츠 경이 기민하게 외쳤다. 물론 그의 입에서 터지는 외침은 당혹함이 가득 배어 있었다. 간츠 경의 외침에 병력과 기사들이 앞과 뒤로 신속하게 움직였다.

하지만 그것은 오히려 잘못된 행동이 되었다.

크아아앙!

수십 마리의 몬스터가 앞뒤로 움직이는 병력을 공격하기 시작한 것이다. 마치 매복하고 있었다는 듯이 말이다.

"크허억!"

크르르륵!

병사 한 명의 목을 물어뜯는 동물. 지금껏 한 번도 본 적이 없는 몬스터였다. 보통 맹수 과의 동물이나 몬스터가 가진 털이 아닌 뱀의 비늘처럼 딱딱해 보이고 눈동자는 회색으로 반짝이고 있었다.

그 크기는 말보다 컸으나 민첩하기는 웨어 울프를 능가하였다.

까가가강!

기사 한 명이 부지불식간에 그 몬스터의 몸통을 공격하였다. 하지만 불똥이 튀며 비늘에 튕겨 나오는 기사의 검이다.

크아아앙!

몬스터가 움직였다. 대경한 기사는 검을 거두어들이며 방어에 나섰다. 하지만 무언가 이상한 듯 몸을 움찔거렸다. 그 순간을 놓치지 않고 몬스터가 그대로 기사의 목을 물고 목줄기를 뜯어내고 있었다.

단지 한 명의 기사와 한 명의 병사만이 그러한 것이 아니었다. 대열의 전방과 후방은 이미 난장판이 되어 있었으나 다수의 기사들과 병사들이 이동한지라 적절하게 대처할 수 있었다.

하지만 중앙은 그렇지 못했다. 중앙을 두껍게 방어하던 병력이 앞뒤로 빠져나가니 상대적으로 빈약해진 중앙은 순식간에 세 명의 기사와 수십 명의 병사가 목이 뜯겨 나간 채로 죽어갔다.

그에 간츠 경은 침음성을 흘리며 목이 터져라 외쳤다.

"전속 전진! 전속 전진!"

지금 이 순간 그가 내릴 수 있는 최선의 판단이었다. 뒤로 물러날 수도, 또는 중앙을 두껍게 할 수도 없는 이 상황. 하면 남은 것은 빠르게 이곳을 벗어나는 것이었다.

이상하게도 전면과 후위를 공격하던 몬스터의 수는 그리 많지 않았던 것이다. 그리고 중앙의 무리보다 훨씬 더 약하게 느껴지고 말이다. 간츠 경의 말에 기사들과 병사들은 방진을 펼치며 공격해 오는 몬스터를 방어하며 신속하게 이동하였다.

하지만 모두가 그런 것은 아니었다. 중앙 지역의 몇몇, 즉 코튼 아이작스를 비롯한 삼십여 명의 기사와 병사는 거센 몬스터들의 공격에 밀려 본대와 떨어지고야 말았다.

하지만 당사자들과 탐사대는 그것을 몰랐다. 사방에서 죽어가는 병사들과 무섭게 공격해 들어오는 표범을 닮은 몬스터의 공격에서 살아남기 위해 정신이 없었기 때문이다.

쉬아아악!

까가가강!

"병사들은 견제를, 기사들은 공격을!"

그때 잔잔하게 울려 퍼지는 누군가의 목소리. 제논의 목소리였다. 다행히 제논의 목소리에 코튼 아이작스를 가운데 두고 병사들은 긴 창으로 레오파드를 견제하였고, 기사들은 검에 오러를 두르고 레오파드를 공격해 나갔다.

그럴 수밖에 없는 것은 오러가 깃들지 않은 검으로 내려치면 그저 불똥만 튕길 뿐, 전혀 상처를 입힐 수 없으니 지금 상황에서는 제논의 말이 최선의 방법이었기 때문이다.

서걱!

캬아아앙!

그 와중에 한 마리의 레오파드가 그대로 두 동강이 나며 뜨거운 검녹색의 피를 흘리며 죽어갔다. 그러자 무려 서른 명의 인간을 압박하던 열 마리 남짓의 레오파드가 급격하게 후퇴했다.

크르르릇!

열 마리 남짓한 레오파드를 이끄는 듯한 레오파드가 나직하게 울었다. 그에 제논이 검녹색의 피가 뚝뚝 흘러내리는 검을 들고 무심한 표정으로 나직하게 울부짖는 레오파드에게 다가갔다.

크르르르!

레오파드는 물러나지 않았다. 나직하게 으르렁거리며 회색 투명한 눈동자로 자신에게 다가오는 덥수룩한 수염을 지닌 인간을 바라볼 뿐이다.

좌라라랏!

그와 함께 수백, 수천의 비늘을 곧추세우며 마치 얇은 쇠가 서로 부딪치는 소리를 내며 위협을 가했다. 하나 덥수룩한 수염을 지닌 인간은 무표정했다. 그리고 축 늘어뜨렸던 검을 다시 들어 올려 우두머리 레오파드를 향해 검첨을 들이댔다.

순식간에 숲속은 정적에 휩싸였다. 레오파드도 으르렁거리지 않았고, 새도 울부짖지 않았으며, 인간도 숨 쉬는 소리도 내지 않고 침조차 삼키지 않았다.

투둑! 투두둑!

무언가가 수북하게 쌓인 나뭇잎으로 떨어지는 소리가 들려왔다. 그것은 다름 아닌 병사들이 긴장한 나머지 그만 오줌을 지리고 만 것이다. 그것은 병사들과 기사들 가운데 첩첩히 둘러싸여 있는 코튼 아이작스 역시 다르지 않았다.

오줌을 지리지 않았을 뿐 그의 몸은 티가 나도록 덜덜 떨고 있었고, 안색은 핏기 하나 없이 창백해져 있었다. 지금의 상황은 검끝에 살고 있는 기사들마저 오금이 저릴 정도의 상황인데 어찌 겨우 열여섯 남짓의 귀족가의 자제가 견딜 수 있겠는가.

그러한 와중에도 우두머리 레오파드와 제논의 대치는 여전했다. 하지만 이내 상황은 달라졌다. 뱀 비늘 같던 비늘을 곧추세우며 위협을 가하던 레오파드가 비늘 깃을 내리더니 한 발자국 뒤로 물러난 것이다.

캬아아아앙!

그러더니 길게 한번 울부짖고 몸을 돌려 숲 속으로 사라졌다. 역시 제논과 대치하고 있던 레오파드가 우두머리가 맞았는지 그 레오파드가 사라지자 나머지 레오파드 역시 포위를 풀고 사라졌다.

그러자 제논은 서서히 아주 서서히 들고 있던 검을 내려놓았다. 너무 느려 정말 검을 내리고 있는 것인지 알 수 없을 정도로 서서히 말이다. 그리고 제논이 팔을 모두 내렸을 때 사방에서 한숨 소리가 터져 나왔다.

"후우~"

"허어억!"

몇몇의 병사는 창을 든 채로 그대로 땅에 털썩 주저앉았고, 몇몇은 아직도 긴장이 풀리지 않은지 여전히 창을 전방으로 향한 채 있었다. 기사들 역시 다르지 않았다. 너무나도 순식간에 당한 일이라 아직도 긴장이 풀리지 않는지 검에 오러를 두르고 있었다.

제논은 말없이 검에 묻은 진득진득하고 이상한 냄새가 나는 검녹색의 몬스터 피를 털어냈다.

후두두둑!

검녹색의 몬스터의 피가 나뭇잎에 떨어지면서 마치 빗방울 떨어지는 듯한 소리를 내었다. 그제야 다시 현실로 돌아온 기사들과 병사들은 무기를 거두고 숨을 내쉬었다.

"괜찮으십니까?"

그 와중에도 겜블 경은 코튼 아이작스에게 괜찮냐고 물었다. 확실히 코튼 아이작스의 호위기사는 호위기사인 모양이었다. 정신없을 때도 그의 곁에서 떨어지지 않더니 정신이 들자마자 안부를 묻는 것을 보니 말이다.

하지만 돌아오는 대답은 없었다. 겜블 경이 걱정하는 코튼 아이작스의 시선은 단 한 곳에 집중되어 있었다. 그 방향에는 바로 아무렇지도 않게 검에 묻은 검녹색의 몬스터 피를 털어내고 검을 갈무리하고 있는 제논이 있었다.

그러한 코튼 아이작스의 눈을 따라 겜블 경 역시 자연스럽게 제논을 바라보았다. 아무것도 느낄 수 없었다. 그가 있는 지조차 가끔 잊어먹을 정도였다. 그런데 그러한 자가 기사들의 오러에도 잘리지 않는 레오파드라는 마수를 두 동강이 낸 것이다.

레오파드라는 마수도 그러했다. 생전 한 번도 들어본 적이 없는 마수였다. 그레이든 산맥은 몬스터의 천국이라고 불린다. 그만큼 몬스터도 많고 몬스터가 여타 산맥보다 강하다.

또한 그레이든 산맥은 알려진 것보다 알려지지 않은 곳이 더 많았다. 그 넓이가 넓은 만큼 아직 그 중심부까지 들어간 파티나 원정대가 없다는 것도 그 이유였다.

“어떻게 알았나?”

젬블 경이 의심스러운 눈초리로 제논에게 물었다. 제논의 무심한 눈동자가 젬블 경을 향했다.

“난 대륙 최고의 길잡이요.”

그 한마디로 모든 것을 대변하는 제논이었다. 또한 그 한마디에 젬블 경은 침묵할 수밖에 없었다. 이미 사전에 들었기 때문이다. 이 제논을 고용하면서 말이다. 그럼에도 믿지 않았다. 그냥 용병들의 허풍이라 생각했다.

“B급 맞나?”

절대 B급일 리 없다는 확신에서 나오는 물음이다. B급이면 자신의 눈을 속일 수 없다는 것을 젬블 경은 알고 있다. 자신은 상급의 기사이니까. 하지만 지금 젬블 경의 눈에 비친 제논의 모습은 어떻게 설명조차 할 수 없었다.

“그것보다는 어떻게 본대와 합류해야 할지 걱정하는 것이 더 중요하지 않소?”

제논의 말에 주변을 둘러보는 젬블 경이었다. 자신을 포함해서 기사 다섯에 병사 서른 명, 그리고 어린 주군.

“본대에 합류한다 해도 뾰족한 방법이 없어요.”

그때 지금까지 조용하게 있던 코튼 아이작스 대공자가 입을 열었다. 그 말 속에 포함된 의미는 실로 다양했다. 하지만 제논은 그 의미를 단박에 파악할 수 있었다.

지금 본대와 분리된 이 상황이 절대 의도된 것은 아니었으나 그렇다고 전혀 의도하지 않았다고 할 수도 없는 상황이라는 것을 말이다. 대공자의 말인즉슨 합류한다 해도 결코 좋아하지 않을 것이며 다시 의도적이든 의도적이지 않든 이러한 상황이 벌어지리라는 것이다.

그때는 지금과 같이 살아남는 것이 아닌 죽을 수도 있다는 것을 의미했다. 제논의 눈동자가 대공자와 마주쳤다. 열여섯의 어린 나이. 하지만 너무나 많은 것을 어깨에 짊어지고 있었다.

"우선은 쉬어야겠군요."

제논의 말에 그제야 고개를 끄덕이는 겜블 경이었다.

"여기는… 안전한가?"

"여기서 조금만 더 가면 쉴 만한 동굴이 있소."

"다행이로군."

제논과 겜블 경의 대화를 들은 기사들과 병사들이 알아서 움직였다. 여기서 쉴 수는 없었다. 마수의 죽음이 있던 곳이니 말이다. 진득한 피 냄새는 마수는 물론이고 몬스터를 불러들일 터이니까.

제논이 길을 잡았다. 그 뒤를 두 명의 기사가 따랐고, 중간에 겜블 경과 아이작스 가문의 대공자가 자리하자 병사들이 방어벽을 이루고, 마지막에 다시 두 명의 기사와 병사가 위치했다.

제논은 이미 이곳을 몇 번이나 와봤다는 듯이 아주 능숙하게 길을 잡았고, 불과 30분이 지나지 않아서 동굴 하나를 발견할 수 있었다. 동굴은 약간 언덕진 곳에 위치하고 있었는데 경사가 높은 관계로 경계하기가 편해 보였다.

"이곳과 이곳을 경계 지점으로 잡고 동굴 안에서는 불을 피워도 될 거요. 이곳 동굴에는 몬스터가 싫어하는 진저가 자라고 있으니 배고파 죽기 직전의 몬스터 아니고는 오지 않을 거요."

제논의 말에 고개를 끄덕인 겜블 경이었다. 그리고 물었다.

"어디 가려나?"

"식량이 남아 있소?"

제논의 말에 난처한 얼굴을 하는 겜블 경이었다. 식량이 없었다. 본대에 모든 것이 있으니 말이다. 병사들 역시 레오파드라는 마수의 공격으로 식량을 제대로 챙기지 못한 상태였다.

난처해하는 겜블 경을 뒤로하고 제논은 모습을 숲속으로 감췄다. 그러한 제논의 모습을 멍하게 바라보는 겜블 경. 그러한 그의 곁으로 아이작스 가문의 대공자가 다가왔다.

"그는 대체 어떤 사람일까요?"

"모르겠습니다. 하지만……."

"……."

말끝을 흐리는 겜블 경을 바라보는 대공자였다. 대공자는 참을성 있게 겜블 경의 입이 떨어지기를 기다렸다.

"확실한 것은 그는 우리가 고용한 길잡이라는 사실입니다."

"확실히 그렇군요."

겜블 경의 말에 다소 안심한 듯한 대공자가 살포시 미소를 지으며 고개를 끄덕였다. 지금에 와서 느낀 거지만 제논이라는 길잡이는 확실한 아군이었다. 이미 그에게 한 번의 목숨을 빚졌다.

물론 200골드라는 거금을 주기는 했지만 말이다. 그 한 번의 목숨이라는 것은 바로 레오파드가 공격해 오기 전에 준 풀쪼가리였다. 레오파드는 잠시지만 마나를 다루는 기사마저도 움직일 수 없게 하는 독연을 내뿜고 있었다.

그렇기 때문에 마나를 다루는 기사들이 있음에도 불구하고 본대와 떨어지게 된 것이다. 그리고 결정적으로 레오파드라는 마수는 생김새 자체는 표범과 다르지 않은데 그 사냥 습성은 늑대와 같았다.

바로 자신들이 그러한 레오파드의 사냥 대상이었다는 것을 의미한다. 그런데 제논이라는 용병이 단숨에 격퇴시켰다.

기사들도 잡기 힘든 레오파드를 단숨에 두 동강이 내버린 것이다.

기사들과 아이작스 가문의 대공자가 자신을 어떻게 생각하는지 아는지 모르는지 제논은 동굴을 벗어나 몬스터가 아닌 숲 속에서 사는 야생동물을 찾아다녔다.

보통의 사람이라면 지극히 찾기 힘든 숲 속이었으나 이미 이곳을 여러 차례 와본 적 있는 제논에게는 그리 어려운 일이 아니었다. 어찌 보면 이곳은 제논의 손바닥 안이라고 할 정도로 훤했다.

그것을 대변이라도 하듯이 동굴에서 벗어난 지 단 몇 분 만에 제논은 멧돼지를 발견할 수 있었다. 성체 멧돼지로 500킬로그램은 충분히 될 만한 놈이었다. 제논의 몸놀림이 은밀해졌다.

이곳은 그레이든 산맥.

여타의 곳에서는 그저 그런 평범한 성체 멧돼지이겠으나 이곳의 멧돼지는 그렇지 않았다. 몬스터의 틈에서 살아남은 멧돼지였으니 그 야생성은 이미 몬스터와 견주어도 될 것이다.

순식간에 제논의 몸이 마치 카멜레온이 보호색을 띠며 주변과 동화되기 시작했다. 풀잎 스치는 소리조차 내지 않은 제논이 은밀하고 신속하게 움직여 나갔다.

무언가 먹을 것을 찾아 길쭉한 코로 연신 땅을 파내던 멧돼지는 잠깐 하던 일을 멈추고 주변을 둘러보았다. 분명 무언가이상함을 느낀 탓일 게다. 하지만 그 예민한 후각과 청각으로아무것도 알아낼 수 없었다.

잠깐 주변을 탐색하던 멧돼지는 이내 안전하다는 것을 깨달았는지 다시 길쭉한 코로 땅을 파고들었다. 주변의 상황에완전히 신경을 끈 상태. 바로 그때 멧돼지의 정수리 바로 위에서 새하얀 빛이 터져 나왔다.

파앗!

뀌이이잇!

외마디의 울음이 숲의 정적을 일깨웠다. 하지만 그 이상의울음은 없었다. 어느새 한 명의 인영이 모습을 드러내었고,그 인영은 빛보다 빠르게 두꺼운 멧돼지의 목을 그어 몸통과분리시켰다.

"아이스!"

쯔즈즉!

순식간에 살얼음이 끼면서 얼어붙은 멧돼지의 목. 어찌나깔끔하게 베어냈는지 살얼음이 낀 단면은 거울처럼 투명할정도였다.

"클린!"

진득하게 퍼지던 피 냄새가 씻은 듯이 사라졌다. 이것으로 충분했다. 기사나 병사들이 아무리 많이 먹는다 해도 한 사람이 먹는 양은 정해져 있다. 남으면 훈제나 육포를 해도 상관없을 것이다.

제논은 죽은 멧돼지의 앞발과 뒷발을 묶고 그 가운데로 두꺼운 나무토막을 건 뒤 질긴 끈으로 양쪽을 묶어 짊어졌다. 500킬로그램이라는 무게는 결코 혼자 들 수 있는 무게가 아님에도 불구하고 제논은 모습은 아주 가벼워 보였다.

거기에 은밀하기까지 하니 과연 그가 잡은 멧돼지가 500킬로그램이나 나가는 멧돼지인지 의심스러울 지경이다. 제논은 빠르게 이동했다. 그런 그의 귓등으로 아련하게 비명 소리가 들려왔다.

그것은 분명 사람의 비명 소리일 것이다. 주 사냥감을 잃은 레오파드는 차선으로 본대를 노리고 다시 분리해 낸 것일 게다. 레오파드는 그만큼 집요한 마수이니까 말이다.

아마도 오늘 사냥 이후 며칠간은 잠잠할 것이다. 이곳을 대표하는 마수는 오우거라는 몬스터가 아닌 레오파드라는 마수이니까 말이다. 먹이사슬의 최상위에 있는 레오파드라는 마수가 노린 이상 그들은 이미 살아도 산목숨이 아니었다.

잠깐 멈춰 비명 소리가 들리는 쪽을 바라보던 제논은 이내 고개를 돌려 자신이 가고자 하는 방향으로 몸을 틀어 이동했다. 그리고 얼마 안 가서 사방을 주의 깊게 경계하던 병사들이 있는 곳에 도착할 수 있었다.

"누구냐!"

"길잡이요."

그 말에 길을 터주는 기사와 병사들이었다. 이런 곳에 와서 다가오는 이에게 누구냐고 물어보는 것 자체가 우스운 일이었지만 제논은 그들을 비웃을 생각이 전혀 없었다.

이들은 많이 준비했다고는 하지만 여전히 이 그레이든 산맥에 대해서 모르는 초보자일 뿐이다. 여전히 등에는 500킬로그램의 육중한 무게를 자랑하는 멧돼지를 짊어진 채 제논은 그러한 기사들과 병사들을 스쳐 지나가며 한마디 했다.

"다음부터는 누구냐가 아니라 바로 창과 검으로 위협을 하기 바라오. 이곳은 인간 세상이 아닌 몬스터와 마수의 세계니까."

"그……."

병사 한 명이 제논에게 무슨 말을 하려 하자 기사가 병사의 어깨에 손을 얹어 말을 막았다.

"알겠소."

어느새 기사는 제논을 평대하지 않았다. 제논은 별로 신경 쓰지 않고 있지만 이미 기사들은 제논의 실력이 자신들을 뛰어넘고 있다는 사실을 인지하고 있었다.

이들이 그저 그런 건달 같은 기사가 아닌 진실한 실력으로 정통 기사도를 숭배하는 기사들이기에 가능한 행동일 게다. 기사든 용병이든 실력이 우선이다. 물론 기사에게는 기사도라는 것이 있고 귀족가의 무력을 담당하는 최정예 전투 조직이라는 오롯함이 있었다.

그것은 분명 용병과는 다르나 그것을 빼면 기사나 용병이나 다르지 않았다. 전투를 위해 존재하는 자들. 그러한 자들이기에 정통 기사도를 숭배하는 기사들이라면 그 신분이 천한 평민이든 그 직업이 용병이든 간에 상관없이 강함에 이끌리게 되는 것은 당연한 일이다.

"경계할 필요는 없을 것이오. 이곳에는 레오파드보다 강한 마수는 없으니."

그에 기사와 병사는 말없이 제논의 뒤를 따랐다. 그가 그렇다면 그런 것일 게다. 이곳을 가장 잘 알고 있는 것은 바로 그라는 것을 이미 경험했으니 말이다.

기사들과 병사들이 몰려들었다.

그 가운데 제논은 무려 500킬로그램에 달하는 멧돼지를 가장 중앙에 있는 불이 있는 곳에 부려놓았다. 그리고 멧돼지의 뒷발을 묶어 동굴의 벽 쪽에서 삐죽 튀어나온 돌에 걸어 피를 빼기 시작했다.

제논은 멧돼지의 피를 버리지 않고 배낭에서 꺼낸 물주머니에 담아 다시 배낭에 넣었다. 그리고 피를 다 뺀 멧돼지의 가죽을 벗기기 시작했다. 병사들의 어떠한 도움도 없이 순식간에 500킬로그램에 달하는 멧돼지의 가죽을 벗겼다.

그것도 차곡차곡 갠 후 다시 배낭에 집어넣었다. 그리고 배를 갈라 내장을 꺼내고 뼈와 근육, 그리고 힘줄을 분리해 내기 시작했다. 그러한 제논의 손놀림은 신기와 같았다.

순식간에 500킬로그램에 달하는 멧돼지가 완전 분리되었고, 뼈는 뼈대로, 힘줄은 힘줄대로, 가죽은 가죽대로, 내장은 내장대로 차곡차곡 쌓였다. 그러자 기다리고 있었다는 듯이 병사들이 달려들었다.

몇몇은 고기를 굽고, 수프를 끓이고, 혹은 내장을 굽기도 하였다. 그러한 모습을 처음부터 끝까지 모두 지켜보던 아이작스 가문의 대공자가 자신의 할 일은 다했다는 듯이 쉬고 있는 제논의 곁으로 다가왔다.

"냄새는 어찌하지요?"

열여섯 살의 소년이 수염이 덥수룩한 길잡이 제논에게 물었다. 제논의 눈동자가 소년에게로 향했다. 힘든 일정을 겪었음에도 아이작스 가문의 대공자는 의연했다. 그리고 특별하게 자신이 귀족이라는 것을 내세우지도 않았다.

제논이 바라보는 소년의 눈동자 깊숙한 곳에는 많은 아픔이 숨어 있었다. 제논은 그 깊은 아픔을 느낄 수 있었다. 왠지 모르게 관심이 가는 그런 소년이라 할 수 있었다.

제논에게 있어 지금 자신에게 호기심을 가지고 물어오는 소년은 아이작스 남작 가문의 대공자가 아닌 그저 영혼의 깊은 상처를 드러내지 않기 위해 안간힘을 쓰는 불쌍한 소년으로 보였다.

"힘들지 않습니까?"

자신이 물어본 냄새에 대한 답은 주지 않고 되레 전혀 상관없는 질문을 하는 제논이었다. 코튼은 그러한 엉뚱한 질문을 한 제논을 바라보았다. 제논의 눈동자와 코튼의 눈동자가 부딪쳤다.

잠깐 동안 두 눈동자가 얽혀들었다.

코튼은 제논의 눈동자에 자신이 빨려들어 가는 것 같았다. 하지만 기분이 나쁘지 않았다. 왠지 모르게 15년 동안 한 번도 느껴보지 못한 푸근함까지 느꼈다. 그때 문득 생각이 들었다.

'아버지라면 이런 눈동자일까?

순간적으로 든 생각이다. 여느 용병이라면 불쾌하기도 하련만 제논이라는 용병에게서는 기이하게 그러한 느낌이 들지 않았다.

"괜찮아요. 익숙하니까."

힘든 것이 익숙하단다. 도저히 열여섯 살의 소년에게서 나올 말은 아니었다. 하지만 왠지 모르게 제논은 고개를 끄덕이고 있었다.

"힘들면 힘들다고 하십시오. 공자님 나이에는 결코 익숙해질 수 없는 고통입니다."

익어가고 있는 멧돼지를 보며 심드렁하게 대답하던 코튼이 제논을 바라보았다.

'나의 고통을 이자가 알고 있는 것일까? 어떻게? 무엇을? 도대체 왜?'

한꺼번에 많은 생각이 떠올랐다. 무슨 말을 하려 할 때 제논이 앉은 자리에서 일어났다. 그리고 익어가고 있는 멧돼지를 몇 번 뒤집고 멧돼지 고기에 무언가를 뿌렸다.

그리고 이내 후각을 자극하는 맛있는 냄새. 이루 형언할 수 없는 호사라 할 것이다. 설마 이런 곳에서 향신료를 쓴 멧돼지 고기를 먹을 수 있을 것이라고는 상상조차 해보지 못했다.

그것을 증명이라도 하듯이 병사든 기사든 상관없이 불을 뿜을 듯한 눈동자로 익어가는 멧돼지를 바라보고 있었으며, 목울대의 침 넘어가는 소리가 천둥처럼 들려왔다.

하지만 그러한 그들과는 별개로 코튼은 심각하게 고민하고 있었다. 아직도 길잡이 용병이 자신에게 했던 말의 의도를 이해하지 못했기 때문이다. 지금까지 한 번도 들어보지 못했고, 한 번도 경험해 보지 못한 생경함이 밀려왔다.

그때 겜블 경이 나무로 대충 만든 접시에 멧돼지 고기를 담아 코튼에게 가져왔다.

"드십시오."

"아, 고맙습니다."

멧돼지 고기는 정말 맛있었다. 한 접시가 아니라 두세 접시는 더 먹을 수 있을 정도로 훌륭한 맛이었다. 그러면서도 코튼의 뇌리에 가득 찬 의문은 바로 제논이라는 길잡이였다.

제논이라는 길잡이는 자신을 어려워하지 않았다. 물론 그만한 실력이 되는 용병이라면 귀족을 그리 어려워하지 않는다. 백작 이상이라면 모를까, 그 이하의 귀족에게는 그리 허리를 굽히지 않는 용병들이었다.

이상한 용병이었다. 코튼의 눈동자는 여전히 제논을 향해 있었다. 복잡한 심사가 엿보이는 눈동자였다. 그중 가장 큰 것은 역시 지워지지 않는 의심이었다.

'설마… 숙부가?'

Chapter 03

식사를 마친 병사들은 각각 조를 짜 동굴 입구를 경계하는 경계조를 구성하였고, 기사들 다섯 명은 순번을 정하여 그 경계조와 같이 번을 서기로 하였다.

모든 것이 편안하였다. 오후쯤에 겪었던 치가 떨리도록 공포스러운 상황은 안전한 지역이라는 점과 든든한 포만감으로 인해 머리에서 서서히 지워지고 있었다.

그것을 증명이라도 하듯이 병사들의 표정은 훨씬 밝아졌고, 기사들은 조금씩 원래의 여유를 되찾고 있었다. 그 와중에 코튼 아이작스 대공자와 겜블 경, 그리고 제논은 중심부에 피워놓은 커다란 화톳불에 둘러앉아 있었다.

"솔직히 말해주세요."

코튼 아이작스 대공자가 제논을 똑바로 바라보며 말했다. 무언가 심각하게 고민한 흔적이 보이는 얼굴이다.

"언제든지."

제논은 얼마든지 물어보라는 듯이 말했다. 아무런 거리낌도 없다는 듯이 말이다.

"어느 쪽이죠?"

"……?"

대공자의 물음에 제논은 의문 섞인 눈동자로 대공자를 바라보았다. 그것은 질문의 의도를 전혀 모르겠다는 그런 표정이다.

"숙부 쪽인가요, 아니면 계모 쪽인가요?"

대공자는 진지한 눈동자로 제논을 바라보며 물었다. 그에 겜블 경 역시 혹시나 하는 심정을 가지고 있었는지 무언가 답을 바란다는 표정으로 제논을 바라보았다.

그러한 그들의 눈길을 받은 제논은 자신의 옆에 있던 나무 토막을 집어 불 속에 던져 넣으며 말했다.

"왜 그런 생각을 하셨소?"

"상식적으로 이해할 수가 없어서요. 엔젤러스의 용병지부에서 유난히도 당신을 권했던 것도 있고, 기사단장이 일행을 이끌 때는 아무런 말도 없다가 마치 기다리고 있었다는 듯이 우리에게 건네준 풀 쪼가리, 기사의 검으로도 상대하기 어려운 레오파드를 단숨에 반으로 갈라 버리는 실력, 거기에 마치 우연인 듯하지만 적절하게 나타난, 외부에는 전혀 노출되지 않은 이런 기묘한 동굴까지."

거기까지 말한 후 잠시 숨을 고른 대공자는 타오르고 있는 불을 나뭇가지 하나로 휘휘 헤집었다. 마치 뭔가 풀리지 않아 화가 난다는 듯이 말이다.

"결정적으로 나에 대해 아는 듯한 그 표정과 말투."

"그리고……."

대공자의 말이 끝나자 겜블 경이 대공자의 뒤를 이어 제논을 추궁하기 시작했다. 가벼운 대화이기는 하나 분명 이것은 추궁과도 같은 것이었다. 그리고 어느새 제논의 주변에는 세 명의 기사가 둘러싸고 있었다.

여차하면 검을 뽑을 준비까지 마치고 말이다. 그들은 지금 제논을 대공자를 제거하기 위한 암살자쯤으로 여기고 있었다. 하지만 정작 그 의심의 중심에 있는 제논은 태평했다.

"용병지부에서 당초에 나를 뭐라 소개했소?"

"그야… 최고의 몬스터 헌터."

겜블 경이 기억난다는 듯이 말했다. 최고의 몬스터 헌터. 그는 길잡이가 아니라 최고의 몬스터 헌터였다. 그는 길잡이가 아니었다.

"이 배낭은 마법 배낭이오. 엔젤러스 마법지부에서 산 거지. 마법 배낭에는 기본적으로 그 분실을 방지하기 위해 일련번호와 함께 상세 내역이 포함되어 있소. 마나를 다룰 줄 아는 자라면 모두 확인할 수 있지요."

그러면서 마법 배낭을 겜블 경의 앞으로 툭 던지는 제논이었다. 배낭을 받아 든 겜블 경은 마나를 일으켜 마법 배낭의 입구 부분에 불어 넣었다. 그가 제논의 말을 확인하는 동안 제논은 계속 말을 이었다.

"또한 내가 아무리 용병이라 하나 전쟁용병으로도 활동했고 호위용병으로도 오랫동안 활동했소. 그러한 내가 귀족가의 대공자가 직접 던전을 발굴하기 위해 그레이든 산맥으로 왔다는 것을 보고 아무 생각을 가지지 않으리란 보장은 없지요."

그러했다.

제논은 몬스터 헌터이자 베테랑 용병이었다. 한마디로 산전수전 다 겪은 용병이었다. 그러한 그가 귀족가의 생리를 모를 리 없었다. 그들은 제논을 그저 길잡이로만 생각했겠으나 제논은 그저 그런 길잡이가 아니었다.

"그는 엔젤러스를 근거지로 해서 최근 15년간 활동한 B급의 용병 맞습니다. 트레져 헌터이며 몬스터 헌터이고, 바운티 헌터까지 겸직하고 있는 자로 엔젤러스 마탑지부에서 공식 인증하고 있습니다.”

마법 배낭에 마나를 불어 넣어 상세하지는 않지만 간략한 약력을 볼 수 있었던 겜블 경은 제논에 관해 설명을 해주었다.

제논이 B급의 용병이라는 데 모두들 놀랍다는 표정을 지었다. B급의 용병은 극히 보기 힘들었다. B급의 용병이라면 적어도 겜블 경과 동일한 상급의 실력자이다. 하지만 난전이나 그 경험으로 보았을 때 겜블 경을 압도하리라는 것은 자명한 사실이다.

사실 용병의 실력이 미천한 것은 사실이다. 제대로 된 마나 호흡법과 검술이 없으니 당연한 결과이다. 하지만 마나를 다루면서부터는 그 사정이 조금 다르다.

그 연유는 바로 기사들과 비교조차 할 수 없을 정도의 대단한 경험 차 때문이다. 그것은 하급에서 중급으로, 중급에서 상급으로, 상급에서 최상급으로 올라갈수록 급속도로 그 격차가 벌어지는데 그 역시 경험을 바탕으로 한 실전적인 검술과 임기응변 덕택이었다.

해서 상급 이상에서 동급의 기사와 용병이라면 누구든 기사보다는 용병의 손을 들어주는 것이 상식이었다. 다만 상급 이상의 용병을 보기란 바닷가의 모래사장에 빠진 깨알보다 찾기 힘들다.

각 용병지부에서도 몇 대부분 대도시의 지부에 몇 안 되게 등록되어 있어 그들은 대영주들이 선점하거나 장기 의뢰를 맡기에 특히 더 그러했다.

그런데 상급의 기사만큼이나 보기 힘든 B급의 용병이 눈앞에 있고, 더군다나 트레져 헌터와 몬스터 헌터, 그리고 바운티 헌터까지 겸직한 자라니 믿을 수 없다는 듯이 제논을 바라보는 대공자와 기사들이었다.

"오해가 풀렸소?"

"충분히."

충분하고도 넘쳤다. 아무리 자신의 숙부가 발이 넓기로서니 영지와 수천 킬로미터나 떨어져 있는 이곳까지 신경 쓸 여유는 없었다. 더군다나 숙부의 심복인 기사단장까지 붙여준 상황이니 더 이상 자신에게 신경 쓸 이유는 없었다.

괜한 기우인가 싶었다.

"하지만 나 말고도 초대받지 않은 손님이 있군요."

"초대받지 않은 손님?"

대공자와 겜블 경이 동시에 놀라며 물었다. 그 말과 함께 겜블 경은 빠르게 일어나 사방을 경계하였다. 느끼는 바가 있었기 때문이다.

"동굴 앞에 은신해 있습니다. 수가 꽤 되는군요."

"어째신?"

끄덕.

말없이 고개만 끄덕이는 제논. 눈을 동그랗게 뜨며 손을 부르르 떠는 대공자. 지금의 상황을 대체 어떻게 대처해야 할지 몰라 순간적으로 얼어붙은 겜블 경.

"피를 보기에는 시간이 좋지 않소. 그들 또한 그것을 알고 있소."

"끄으음."

제논의 말에 순간적으로 상황 판단을 내리지 못하던 겜블 경이 이내 앓는 소리를 내며 자리에 털썩 주저앉았다. 빳빳하게 세운 비늘처럼 순간적으로 곤두세웠던 신경이 무뎌지며 절로 다리에 힘이 풀린 것이다.

"그들이 암습과 밤을 좋아하지만 이곳은 몬스터의 천국인 그레이든 산맥. 밤에는 몬스터들의 후각과 청각과 시각 등 모든 감각이 두 배 이상 확장되는 시간. 그들은 그들의 존재를 지우는 것만으로도 벅찬 시간이오."

그렇게 말을 하고는 불 곁에서 물러나 배낭을 대충 툭툭 정리하더니 그 위에 팔베개를 하고 드러누워 눈을 감아버리는 제논이었다. 어이없기 그지없는 행동.

하지만 왠지 모르게 그 행동이 그렇게 자연스러울 수가 없었다. 그리고 배낭에 머리를 댄 지 불과 1분도 안 되어 낮은 코고는 소리와 함께 잠들어 버리는 제논이었다.

그러한 그를 바라보던 겜블 경은 고개를 절레절레 젓더니 이내 일어나 대공자가 편히 잘 수 있게 마련된 곳에 자신이 가지고 있던 침구류를 깔고 물러났다.

겜블 경이 물러났음에도 불구하고 대공자는 여전히 타오르는 불을 멍한 눈으로 바라보며 가끔씩 자고 있는 제논의 얼굴을 바라보았다.

"힘들다면 힘들다고 하라. 나도… 나도 그러고 싶어요. 그런데 힘들어도 기댈 이가 없군요. 아버지도 어머니도 형제도 말이지요. 하아~"

대공자는 길게 한숨을 내쉬었다. 그리고 한참 더 불 곁에 있었다. 몇 번의 불침번이 깼다 자기를 반복할 즈음 대공자는 겨우 자리에 누워 눈을 붙였다. 드디어 힘들었던 하루를 마감하는 것이리라.

그레이든 산맥의 이름 모를 숲 속의 하루가 그렇게 흘러가는 듯했다. 밤은 점점 깊어가고 있었고, 그레이든 산맥은 이제야 깨어난 몬스터와 야행성 동물들의 처절한 사투의 세계로 접어들고 있었다.

깊어가는 가을을 알리는 붉은 달 레드가 하늘에 떠 만천하를 밝히고 있건만, 지금 이곳 그레이든 산맥은 빽빽하게 들어찬 아름드리나무가 그러한 레드의 밝힘마저 거부하고 있었다.

모두가 잠든 시각.

동굴의 불꽃도 조금씩 사그러지고, 불침번을 서던 경계병도 졸음을 참지 못하고 고개를 떨구었으며, 그들을 감독하는 기사마저도 무거운 눈꺼풀을 이겨내지 못하고 있을 즈음, 한 명의 신형이 마치 유령처럼 움직이기 시작했다.

그 신형은 다름 아닌 제논이었다. 어느새 나무와 나무 사이로 몸을 숨긴 그는 전장에서 했던 것처럼 자신이 항상 휴대하는 위장용 색소를 얼굴에 바르고 위장용 복장을 조심스레 갖추어 입었다.

이런 장구류는 몬스터 헌터에게 있어서, 혹은 그레이든 산맥을 제 집처럼 드나드는 용병들에게는 필수라 할 것이다. 자신을 도와줄 누군가 있다 하더라도 깊은 숲속에서는 스스로가 지켜야 하기 때문이다.

모든 위장용 색소와 복장을 갖춘 제논은 조심스레 자신의 몸을 살펴보았다. 꼼꼼히 살펴본 후 자신의 45센티미터 정도의 블레이드 두 개를 꺼내 들었다.

역수로 블레이드를 움켜쥐고 고양이 걸음으로 앞을 향해 움직였다. 이것은 숲속을 집을 삼아 사는 레인저들이 행하는 정숙 보행보다 발전된 개념으로써 지극히 느리며 은밀한 움직이라 할 것이다.

정숙 보행이란 혹시 모를 적의 트랩이나 은신한 적을 처치할 때 사용되는 것으로써 신형을 극도로 낮추고 앞으로 내딛는 발로 지면의 모든 것을 느껴야 하며 내민 손으로 전방의 정세를 읽어야 할 정도로 쉽지 않은 보행이다.

이 보행법은 적어도 익스퍼트 이상이 되어야 겨우 익힐 수 있다. 그것도 마나를 극도로 잘 다룰 수 있을 만큼의 실력자들만이 사용할 수 있었다. 때문에 레인저 중에서도 베테랑이 아니면 실행하기 힘든 보행법이었다.

그런데 그러한 정숙 보행법보다 더욱더 발전된 어쌔신들이나 사용한다는 고양이 걸음을 행하고 있으니 실로 제논이라는 길잡이의 정체가 궁금하지 않을 수 없는 대목이다.

아무런 소리도 없이 움직여 나가던 제논의 발끝에 아주 미세한 마나가 감지되었다. 마나라기보다는 미세한 살기라 해야 할 것이다. 순간 제논의 신형이 거짓말처럼 서 있던 자리에서 사라져 버렸다. 잔상조차 남지 않을 만큼의 빠르기, 그리고 그의 블레이드 끝에 매달린 피 한 방울.

툭!

블레이드의 끝으로 몰려든 핏방울이 그 무게를 견지지 못하고 낙엽이 쌓인 대지 위로 떨어졌다. 그 핏방울이 떨어진 자리에는 예의 검붉은 색의 약간은 비릿한 냄새가 나는 물기가 잔잔하게 대지에 퍼져 있다.

하지만 자세히 본다 하여도 그리 달라 보이지는 않았다. 그저 제논이 밟고 선 갈색의 대지가 조금 더 촉촉하게 변했을 뿐이다. 땅속에 은신하고 있던 어쌔신의 죽음이었다. 이제부터 시작이라는 것을 제논은 본능적으로 깨닫고 있었다.

'지옥에 온 것을 환영한다.'

제논은 축축하고 음습하며 바로 앞도 분간하기 힘든 어두운 숲을 바라보며 새하얗게 웃었다. 그의 감각에 걸린 이 지독한 어둠 속에 몸을 숨기고 있는 어쌔신의 수는 상당했다.

지금 자신의 발밑에서 자신이 어떻게 발각되고 죽은지도 모르는 어쌔신이 그 첫 시작이다. 적어도 이 깊은 숲 속에서는 그 누구도, 그 어떤 몬스터나 마수도 당해내지 못할 절대적인 포식자인 제논이었다.

무심하게 전방을 훑던 제논의 눈동자가 멈추어 선 곳. 제논의 신형은 마치 먹잇감을 발견하고 최후의 일격을 날리기 위해 튀어 나가는 오우거만큼이나 빠르게 감각에 걸린 어쌔신을 향해 쇄도하였다.

어쌔신도 위험을 느꼈는지 작게 꼼지락거리던 몸짓을 멈추고 쿠쿠리보다 더 휘어진 반월 모양의 블레이드를 잔뜩 움켜쥐고 제논이 다가오는 방향으로 시선을 돌렸다.

"헙!"

스악~

느끼고 대응하기에는 제논의 행동이 너무나 빨랐다.

투욱~

깨끗하게 잘려진 머리가 10미터 아래로 떨어져 내려 소리를 내었다. 그리고 중심을 잃고 쓰러지는 몸을 제논은 재빠르게 잡아 소리가 나지 않게 나무에 걸쳐 놓았다.

어쌔신의 목에서는 피가 흘러나오지 않았다. 아니, 흘러나올 수 없었다. 어찌 된 일인지 죽은 어쌔신의 목은 마치 유리마냥 매끈했다. 시체를 나무에 걸어둔 뒤 제논은 또 다른 목표를 찾아 움직여 갔다.

그리고 제논이 있는 곳에서 한참 떨어진 곳에 있던 복면을 쓴 자가 무언가 이상한 점을 느꼈는지 조심스레 움직였다. 그 복면인은 어둠 속을 향해 손짓하기 시작하였다.

오른손을 들어 엄지손가락을 펴 우측을 바라보게 한 다음 다시 오른손으로 왼쪽 가슴에 엄지와 검지를 펴 표시하였다. 그리고 마지막으로 두 손을 가볍게 말아 쥐고 엄지를 위로 편 다음 두 손을 다시 오른쪽으로 뉘였다.

그에 또 다른 어둠이 움직였다.

'다섯 명이나 죽어?'

복면인은 즉시 구부린 오른 손가락 등으로 오른 뺨을 상하로 두 번 살짝 문질렀다.

'누가?'

보고하는 이의 손이 다시 움직였다. 자연스럽게 편 오른손의 손끝으로 오른쪽 가슴을 두 번 스쳐 올린 것이다.

'모릅니다.'

보고를 받은 이의 얼굴이 살짝 찡그려졌다. 알 수 없는 적이라는 것이다. 지금은 몬스터를 경계하기도 벅찬 상황이다. 밤은 몬스터의 세상. 자신들이 아무리 은밀하다고 하나 본능적으로 움직이는 몬스터를 감당하기에는 힘들기에 적당한 결행 시기를 보고만 있을 뿐이다.

한데 정체불명의 인물에게 지금 다섯 명이 수하가 죽임을 당한 것이다. 분명 동굴 안에 있는 기사들과 병사 중 움직인 자는 없었다. 또한 어째신인 자신들의 이목을 속일 만큼 대단한 기사도 없었고 말이다.

한참을 생각하던 복면인의 손이 다시 바빠졌다.

엄지손가락을 펴서 세운 왼 주먹 주위를, 손끝이 왼쪽으로 손바닥이 안으로 향하게 편 오른손을 오른쪽에서 왼쪽으로 돌리며 원을 그렸다. 그리고 손바닥이 마주 보게 하고 손끝이 밖으로 향하게 한 후 두 손을 두 번 약간 벌렸다 좁힌다. 모로 세운 두 주먹을 상하로 맞댔다가 양옆으로 벌리며 손가락을 벌려 편다.

'포위 간격을 풀라니… 무슨…….'

의문을 품고 있는 자에게 다시 복면인은 손짓했다.

오지를 펴서 세운 왼 주먹 주위를, 손끝이 왼쪽으로 손바닥이 안으로 향하게 편 오른손으로 오른쪽에서 왼쪽으로 돌리며 원을 그린 후 손바닥이 아래로 향하게 편 두 손바닥을 X로 포갰다가 양옆으로 벌렸다.

수하의 눈이 커졌다. 그 두 가지의 손동작만으로도 모든 것을 이해한 것이다.

'유인. 방어를 풀고 유인하여 처리하라는 말씀이시구나.'

하지만 복면인의 수화는 거기서 끝난 것이 아니었다.

손끝이 오른쪽으로 향하게 모로 세운 왼손의 엄지와 검지 중간에 오른손을 약지 옆면이 닿게 세운 다음 오른손의 검지를 세워 입 중앙에 댄 뒤 중지를 엄지에 대고 두 번 튕겼다.

그리고 오른손을 가슴 앞에서 주먹을 쥐며 왼 손바닥 위에 내려놓았다. 수화는 계속 이어졌다. 엄지를 세운 왼 주먹 주위를, 손끝이 왼쪽으로 손바닥이 안으로 향하게 편 오른손으로 오른쪽에서 왼쪽으로 돌리며 원을 그렸으며, 손가락을 구부려 반쯤 구부리고 손등이 위로 향하게 편 두 손의 손가락 등을 오른손이 안쪽에 놓이게 전후로 마주 대고 밖으로 밀어낸다.

간단하게 해석하면,

'유인, 중앙 점령, 포위 공격.'

몇 가지 수화로만 앞으로 어떻게 어째신들을 운용할지 모든 것을 알려주는 대화였다. 설명을 길었으나 실제 그들이 수화로 나눈 대화는 채 1분조차 걸리지 않았다.

움직이지 않던 어쌔신들이 무슨 이유에선지 아주 미세하지만 약간의 마나 파동을 일으키며 그들이 포위한 진형에 약간의 틈이 생기기 시작했다. 자신의 위치를 드러내 암중의 적을 끌어내는 방법.

이 방법에는 필히 희생이 따른다. 하지만 그런 희생쯤은 이미 각오하고 있는 어쌔신들이었다. 순식간에 스무 명 남짓한 어쌔신의 움직임이 제논의 감각에 걸려들었다.

'훗! 유인인가?

그렇다면 그 장단에 맞춰줄 필요가 있었다. 괜히 시간 끌 필요는 없었다. 빠르게 정리하지 않으면 피 냄새를 맡은 몬스터들이 움직일 것이다. 제논의 블레이드가 움직여 감각에 걸린 어쌔신을 베어 넘겼다.

스걱!

어쌔신 한 명이 목을 잡고 떨어져 내리는 순간, 제논의 등 뒤에서 느껴지는 싸늘한 살기. 어쌔신들의 시선이 제논에게 집중된 것이다. 물론 모두가 제논을 파악한 것은 아닐 것이다. 기본적으로 어쌔신은 2인 1조로 움직이니까.

어쌔신의 소리 없는 공격. 제논의 신형이 유령처럼 움직였다. 제논이 서 있던 장소에는 예의 또 다른 어쌔신이 검을 들고 푸른색으로 반짝이는 쿠쿠리를 들고 제논을 따라 움직이고 있었다.

하나 제논이 더 빨랐다. 언제 날렸던가? 제논의 블레이드가 어쌔신의 등 쪽에서 척추를 여지없이 관통하고 있었다. 어쌔신의 눈동자가 커졌다. 지금 이 순간 고통에 몸부림치며 적의 위치를 알리기 위해서라도 커다랗게 비명을 질러야 하겠으나 그마저도 녹록치 않았다.

어느새 제논이 쥐고 있는 또 다른 하나의 블레이드가 어쌔신의 목을 훑고 지나간 후였으니 말이다. 어쌔신의 갈라진 복면 속으로 가는 혈선이 비쳤다. 어처구니없다는 눈빛으로 제논을 바라보는 어쌔신.

순식간에 두 명의 어쌔신이 죽었다. 그리고 그레이든 산 깊숙한 이곳은 다시 질식할 듯한 정적이 감돌았다. 한참 동안 어떠한 움직임도 없었다. 어쌔신들도 움직이지 않았고 제논 역시 움직이지 않았다.

적이 어디 있는지 모른다. 기척을 드러냈던 어쌔신들이 다시 기척을 감춘 것이다.

뚜욱!

검은 복면에 맺혀 있던 굵은 땀방울이 그 무게를 견디지 못하고 떨어졌다. 다리로 사람 주먹만 한 거미가 기어올라 왔다. 거미만이 아니었다.

독은 없으나 사람이 내뿜는 냄새와 호흡을 따라 움직이는 곤충들이 복면인의 몸속을 파고들었다. 그러한 것을 방지하기 위해 마법적인 물품을 사용하기는 하나 그런 마법적인 물품쯤은 가볍게 무시하고 있는 그레이든 산맥의 곤충들이었다.

뜨끔!

몸을 전혀 움직이지 못한 채 귀찮은 존재인 곤충들에게 잠깐 신경을 쓰는 사이, 갑자기 목이 뜨끔해지는 어쌔신이었다. 순간적으로 목 뒤로 손이 가는 어쌔신.

무언가 미지근한 것이 손끝의 감각을 타고 흘렀다. 목 뒤로 돌아갔던 손을 앞으로 가져와 그 미지근한 무엇을 확인하는 순간,

스르르르.

그대로 앞으로 고꾸라지는 어쌔신이다. 그와 함께 수많은 곤충이 빠르게 복면을 한 어쌔신의 품속으로 쏟아져 들어갔다. 아무것도 없었다. 단지 곤충과 어둠만이 있을 뿐.

어쌔신을 지휘하던 넘버원은 지금 무척이나 당황스러웠다. 총 스물한 명이 투입된 이번 의뢰. 지역이 그레이든 산맥이고 의뢰 대상도 한 명이 아닌 여섯 명이었다. 거기에 익스퍼트의 기사들이니 당연히 의뢰 비용도 비쌌고 인원 역시 스물한 명이라는 중규모의 인원이 투입되었다.

애초에 기사 여섯 명과 귀족 한 명이었기에 스물한 명이라면 충분히 감당할 수 있을 것이라 예상했다. 하지만 일이 교묘하게 틀어졌다. 레오파드라는 마수의 존재 때문에 일이 쉬워졌다 생각했건만 의외의 곳에서 일이 막혔다.

좁은 공간. 어떻게 침투조차 제대로 할 수 없는 공간에 목표 대상이 들어가 버리니 그야말로 난감할 지경이었다. 어쩔 수 없이 대기한 채로 목표 대상이 이동하기를 기다렸다.

한데 깊어가는 숲 속의 밤. 사방이 죽음 같은 정적에 둘러싸일 이 시간에 피바람이 불고 있었다. 적이 누구인지 파악도 되지 않았다. 분명한 것은 몬스터나 마수는 아니라는 점이다.

'누구냐? 대체 누구냐!'

마치 지옥의 입구처럼 시꺼먼 아가리를 벌리고 있는 그레이든 산맥의 숲속을 쏘아보며 넘버원은 정신없이 머리를 돌리고 있었다. 나타났다 하면 어느 순간 사라지고, 벌써 스물한 명의 인원 중 다섯 명이 당했다.

그자는 어쌔신보다 더 어쌔신 같았다.

그때 동굴을 둘러싸고 있는 자신들의 후방에서 미약한 무엇인가가 꿈틀거렸다. 그에 넘버원은 확신했다. 그놈이다.

"후방! 제거!"

넘버원은 속삭이듯 외쳤다. 하지만 그것만으로 충분하였다. 다섯 명을 공격하기 위한 어쌔신만이 남고 살아남은 어쌔신들이 급격하게 후방으로 빠지며 자신들을 공격해 오고 있는 자를 압박해 들어갔다.

하나 숨어 있는 어쌔신은 두려움의 대상이 될지 몰라도 드러난 어쌔신은 두려움을 주지 못하다는 것을 증명이라도 하듯이 가장 먼저 움직인 어쌔신이 일어나자마자 쓰러지듯 허물어져 내렸다.

그때 어둠을 뚫고 드러난 검붉은 색의 섬광 하나. 은밀하고 신속하게 제논을 향해 쇄도하던 어쌔신들의 움직임이 다시 멈췄다. 그들은 분명히 보았다. 위협적인 검붉은 색의 오러가 공격해 들어가는 어쌔신들의 무기와 몸을 한꺼번에 두 동강이 낸 것을 말이다.

"꿀걱!"

정적에 휩싸인 숲속에 커다란 울림이 퍼졌다. 풀벌레 소리조차 들리지 않은 적막한 어둠이 깔린 숲속에서 들려오는 마른침을 넘기는 목울대의 움직임을 말이다.

그리고 그들은 또 한 번 볼 수 있었다. 어둠 속에서 새하얀 이빨을 드러내는 무엇인가를 말이다. 그에 어쌔신들 역시 움직였다.

위에서 짧은 단검으로 공격해 오는 적은 왼발을 축으로 삼아 빙글 돌며 역수로 쥔 검으로 그어 올려 베어냈고, 가슴을 찌르고 들어오는 어쌔신은 우수에 들린 45센티미터에 이르는 짧은 블레이드로 한 번에 베어버렸다.

그의 몸은 어느새 진한 검붉은 색의 오러에 휩싸였고, 2미터에 이르는 큰 키는 마치 전신인 양 어쌔신들을 난폭하게 베어갔다.

제논이 휘두르는 블레이드와 단검은 마치 토네이도처럼 자신에게 다가오는 어쌔신들을 찢어발겼다. 칙칙하고 검붉은 오러가 난무하고 눈을 멀게 할 정도의 새하얀 오러가 난무함에도 불구하고 일체의 소리도 들리지 않았다.

목이 베이고 심장이 꿰뚫림에도 불구하고 어쌔신들은 단발의 비명 소리조차 지르지 않았다. 철저하게 죽음에 대비한 자들이라는 것을 여실히 드러내듯이 말이다.

순식간에 세 명의 어쌔신이 도륙당했다. 하지만 어쌔신들은 멈추지 않았다. 다섯 명의 어쌔신이 동시에 몸을 틀어 제논에게 쇄도하였다. 그들의 단검과 쿠쿠리, 그리고 뾰족하고 낭창낭창한 짧게 변형된 레이피어는 푸른색 오러를 머금고 제논을 잡아먹을 듯이 급박하게 다가왔다.

제논 역시 그들을 경시하지 않고 짧은 단병을 수습하고 자신의 병기인 역으로 그러쥔 두 자루의 블레이드를 꼬나 쥐었다. 더불어 크게 한 번 진각을 밟아 적이 다가오는 진형을 흐트러뜨렸다.

쿠궁!

'윈드 스톰!'

제논의 진각에 주변의 대기가 순간적으로 공명하며 땅이 무너지는 듯한 울림이 울렸고, 곧이어 제논은 두 자루의 블레이드를 바람보다 빠르게 풍차처럼 휘둘렀다.

사방으로 휘날리는 바람의 칼날. 두 개의 블레이드가 네 개가 되고, 네 개가 여덟 개가 되며 기하급수적으로 그 수를 늘리더니 이내 자신을 향해 쇄도해 오는 다섯 명의 어쌔신을 폭풍처럼 감싸기 시작했다.

마치 연기처럼 가볍게 제논에게 쇄도하던 어쌔신들은 사방을 점하며 폭풍처럼 짓쳐들어오는 칼날의 폭풍에 더 이상 제논에게 다가들지 못하고 급급하게 자신의 무기에 최대한 오러를 시전하여 갑작스레 나타난 블레이드를 막아갔다.

카라라라랑!

"컥!"

다섯 명이 동시에 외마디의 비명을 지르고 비틀거리며 튕겨져 나갔다. 그러나 그들은 더 이상 몸을 움직일 수 없었다. 튕겨져 나가는 그들을 따라 서늘한 검붉은 빛줄기가 그려진 탓이다.

순식간에 일곱을 처리한 제논은 여전히 무심한 표정이었다. 얼굴은 물론 그의 눈동자 역시 서늘하기 그지없었다. 그러한 제논의 신형은 또 다른 목표물을 향해 움직여 갔다.

어쌔신들은 비명의 진원지를 찾아 제논을 공격하려 하였으나 제논은 어쌔신보다 더 어쌔신 같았고, 어둠보다 더 어두웠다. 제논의 신속함은 오히려 어쌔신들을 압도하였고, 그의 은밀함은 오히려 어쌔신들이 두리번거리며 위치를 찾고자 노력할 정도였다.

사냥하는 위치에서 졸지에 사냥당하는 위치가 되어버린 어쌔신들은 목표를 쫓기보다는 자신들을 압박해 오는 일인의 행방을 찾기 위하여 신경을 곤두세워야만 했다.

스물한 명에서 아홉 명으로 줄어들어 버린 어쌔신들은 모든 촉각을 곤두세워 제논을 찾으려 하였다. 그 복면인의 움직임은 지금껏 죽은 어쌔신들과 확연하게 다른 움직임을 보였다.

마치 자연과 동화된 느낌이다. 나무에 가까이 가면 나무가 되었고, 녹색으로 물든 나뭇잎 사이로 가면 나뭇잎이 되었으며, 땅에 발이 닿으면 땅과 똑같은 색으로 몸이 변하였다.

그 변화가 너무나도 신속하여 마치 숲의 일부인 양 거침없이 움직여 가는 모습에 어떠한 경이를 느낄 정도였다. 제논은 자신의 감각에 걸린 위험 신호에 몸에 오러를 집중시켜 극도의 오러 센스를 펼쳐냈다.

시야에서 벗어났다 하여 그들이 사라진 것은 아니었다. 제논의 감각은 마치 거미줄처럼 사방 500미터 이내의 모든 것을 훑어갔다. 그들이 인간인 이상 숨을 쉴 것이고, 피가 흐르고, 열기를 내게 마련이니까.

과거에도 그랬지만 지금도 제논의 감각을 벗어날 수 있는 존재는 거의 없다고 봐도 과언이 아니었다. 전신을 휘감고 도는 짜릿한 무언가가 제논의 전신 감각을 일깨웠다.

'이런 감각, 오랜만이군.'

가늘고 길게 내뱉어진 숨, 그리고 순식간에 공간을 접으며 이동하는 제논의 신형. 마치 마법사가 블링크를 하듯이 이삼십 미터 이내의 공간을 정신없이 무작위로 움직이는 제논이었다.

상당히 많이 움직였음에도 제논의 호흡은 전혀 흔들림이 없었다.

목표를 바라보는 어쌔신의 눈빛은 자신 쪽으로 다가오는 적의 움직임에 호흡을 닫고 몸의 열기를 제어하였다.

이미 몸은 주변과 동화했을 터. 호흡과 열기만 제어한다면 완벽하게 없는 것이 된다. 하나, 적의 움직임은 극도로 조심스러웠다. 한 발자국을 움직이는 데에 1분이 넘어가는 속도로 느리게 움직였다.

그럼에도 호흡 하나 흐트러지지 않았으며, 얼굴에는 일말의 곤혹감도 없었다. 순간순간 움직임에도 전혀 자세가 흐트러지지 않았으며, 완벽한 공격과 방어의 자세를 갖춘 상태에서 움직였다.

벌써 한 시간이 지나갔다. 하나 적은 아직도 처음 머문 자리에서 얼마 이동하지 않고 있었다. 오히려 다급해진 것은 어쌔신 자신이었다. 슬슬 마법 무구의 효력이 다되어가는 시점이기 때문이다.

복면의 어쌔신은 무겁고 가늘고 길게 숨을 내뱉었다. 자신조차 숨을 느끼지 못할 정도로 말이다. 자신의 손에 잡힌 눈에 보이지도 않을 만큼 가느다란 은사. 이제 자신을 믿을 때가 된 것이다.

제논은 아주 미세한 위화감을 느끼고 있었다. 평소 같았으면 전혀 느끼지 못하고 그냥 지나쳤을 만한 미세한 위화감. 눈을 감았다. 눈이 속고 있음을 느끼자 곧바로 눈을 감고 청각에 의지하며 자신의 극대화된 감각에 몸을 맡겼다.

팽팽하게 당겨져 아플 지경이던 근육을 조금씩 이완시켜 순간적인 힘을 낼 수 있게 근육을 조절하였다. 직감적으로 조금 후 어쌔신의 공격이 있을 것을 느낀 탓이다. 그리고 급격하게 오른손에 쥐고 있던 블레이드를 아래에서 위로 베어갔다.

채챙~

보이지 않았으나 느낄 수 있었다. 또한 보이지 않았으나 알 수 있었다. 과거에 많이 겪어본 상황이었으니까. 싸늘한 미소가 머금어졌다. 그리고 또다시 신속하게 뒤로 물러났다.

피피핏!

제논이 물러난 자리로 세 개의 날카로운 암기가 박혀들었다. 적은 근거리 무기가 아닌 원거리 무기를 가지고 있다. 연속적으로 두 번 전개된 공격에 이것을 확신한 제논의 몸에 어느새 검붉은 오러가 피어올랐다.

곧이어 그의 몸에 검붉은 색의 투명한 막이 형성되는 듯싶었다.

그리고 움직였다. 그가 움직이자 역시 제논의 예상대로 암기가 날아들었고, 날아온 암기의 방향으로 상상할 수 없이 빠른 속도로 꺾어 쇄도하였다. 어쌔신도 위험을 느꼈는지 곧바로 원거리 무기를 뿌리며 쇄도한 속도를 줄여보고자 하였다.

놀랐을 것이다. 진행하는 방향에서 직각으로 꺾어져 쇄도하는데 당연했다. 제논은 쇄도하며 적의 움직임을 봉쇄하는 그물망을 펼쳤고, 어쌔신은 그 공격에 피할 시간을 놓쳐 자신의 무기를 뿌린 것이다.

하지만 어쌔신은 잘못 생각했다. 어느 정도 경지에 이르면 간격이 없어짐은 틀림없으나 동급의 수준이거나 수준의 차이가 난다면 그 간격의 차이는 더욱 커진다는 사실을 말이다. 어쌔신은 적보다 자신의 실력을 더 높이 보았고, 그것은 뼈아픈 실수가 바로 죽음에 이르게 하였다.

제논은 블레이드 메쉬(Blade Mesh)로 공간을 차단하여 적의 이동과 공격을 무위로 돌리고, 썬더 크레쉬(Thunder Crash)로 영향을 받는 공간 내의 모든 곳을 번개로 가득 채워 버렸다.

쫘르르르룽!

"크아악!"

그 기세와 공격이 어찌나 사납던지 평생 가도 다급성조차 내지 않을 것 같던 복면의 어쌔신 입에서 피분수와 함께 커다란 비명 소리가 터져 나왔다. 수없이 많은 뇌전이 그의 몸에 집중된 탓이다.

뇌전이 어찌 한 번만 치겠는가. 그리고 불과 5미터 안이니 2분간 계속된 뇌전의 영향으로 복면의 어쌔신은 그 모든 공격을 고스란히 몸에 허용해야만 했다.

몸 자체가 산산조각 날 듯한 엄청난 고통에, 극한으로 단련된 어쌔신이라지만 비명을 토해내고 만 것이다. 어쌔신의 위치를 파악한 제논은 거침이 없었다. 곧바로 신형이 미끄러지듯 비명 소리가 난 곳으로 향하며 가볍게 블레이드를 그어 내렸다.

스걱!

급격한 고통에 이미 눈은 커질 대로 커졌고 눈동자마저 절반 이상 커져 버린 어쌔신의 목이 땅에 떨어지고, 제논은 그 모습은 보지도 않고 방향을 바꿔 현장을 이탈했는데 그제야 어쌔신의 몸이 대지 위로 떨어졌다.

풀썩!

또 한 명의 어쌔신이 목숨을 잃었다. 남은 것은 이제 단 한 명. 지금 제논은 단 한 명의 어쌔신을 뒤쫓고 있었다. 말이 흔적이지 그냥 뚫린 길로 가기만 하면 되었다.

얼마나 다급하게 현장을 벗어났는지 뒤처리도 하지 않고 갔기에 쓰러진 풀과 꺾인 나뭇가지 등 도처에 그 흔적이 난무하였다. 물론 보통의 사람들이 본다면 그게 그거라고 할 만하지만 제논의 예리한 눈에는 정신없이 도망가는 그런 형국이었다. 자신이 가야 할 길을 모두 보여주면서 말이다.

그리고 한참을 마지막 남은 어쌔신을 뒤쫓던 제논은 어쌔신의 발자국과는 사뭇 다른 발자국을 발견하게 되었다. 시간이 얼마 지나지 않았는지 어쌔신의 발자국과는 다르게 선명하였으며 물기가 남아 있었다.

이런 깊은 숲이라면 바닥에 낙엽이 쌓이게 마련이고, 마른 흙보다는 물기를 머금은 흙이 더 많은 법이다. 특히나 지금 해가 지고 있는 상황이라면 더욱 그러할 것이다.

한데 도망가는 어쌔신의 발자국으로 보이는 것은 파인 앞부분의 솟아오른 곳에 약간 마른 흔적이 보였다. 그리고 딱딱한 곳에 물이 차오르듯 물이 고여 있다.

그와 반대로 다른 발자국은 몬스터의 발자국으로 보였으며, 보통 성인의 체구보다 크고 육중해서인지 그 깊이가 깊었으며, 전체적으로 뚜렷한 윤곽과 함께 고인 물을 밀어내고 새로운 물이 눈에 보이지 않을 정도로 서서히 차오르고 있었다.

한데 그러한 발자국이 한 곳만 있는 것이 아니라 여러 곳에 있었다. 그리고 한 방향, 즉 어째신이 향한 방향으로 간 것이 아니라 흩어져 있지만 일정한 방향으로 향하고 있었다.

이것은 약간이나마 사냥을 위한 전략을 짤 수 있다는 이야기이고, 이 정도의 무리로 사냥을 다닐 정도면 대략 키가 170에서 190센티미터에 이르는 근육질의 몬스터이다. 그렇다면 결론은 붉은 숲에서 살고 있으며, 붉은색의 가죽을 가진 붉은 오크일 가능성이 높았다.

붉은 오크는 일반 오크보다 지능이 높았으며 체구 또한 컸다. 또한 붉은 오크는 일반 오크들이 무작정 적을 향해 돌진하는 반면에 항상 삼십 마리 정도의 규모로 무리지어 먹잇감을 포위하는가 하면 먹잇감으로 규정지은 것을 무리에서 떨어지게 만들어 사냥을 하였다.

군집 생활과 사냥에 능하다는 것이다. 붉은 오크의 진행 방향은 대략 세 방향. 전면에 다섯 마리 정도, 좌우로 열둘에서 열세 마리 정도. 그 행태를 보았을 때 붉은 오크는 지금 어째신을 뒤쫓고 있었다.

사냥감으로 말이다.

제논의 눈동자가 서서히 밝아오는 하늘을 바라보았다. 붉은 오크의 습성상 어�신이 아무리 날고 긴다 하여도 결코 붉은 오크의 손아귀에서 벗어날 수는 없을 것이다.

왜냐하면 이곳은 그레이든 산맥이고, 몬스터들의 천국이었으며, 어쨰신이 도망친 곳은 붉은 오크들의 영역이었으니 더욱더 그러하였다. 제논은 지체없이 몸을 돌려세웠다.

도망가는 어쨰신을 걱정하는 마음이 추호도 없기 때문이다. 그리고 돌아선 제논은 자신의 손에 들린 무엇인가를 내려다보았다. 엄지손톱만 한 둥근 패였다.

온통 검은색으로 되어 있어 대체 무엇을 의미하는지 알아볼 수가 없었다. 하지만 제논은 이미 그 둥근 패가 무엇을 의미하는지 아는 양 엄지손가락으로 검은색을 슥슥 지워냈다.

그리고 나타나는 모양은 양각된 사이사이로 검은색이 사라지고 음영이 도드라지기 시작했다. 그것은 그리핀의 문양이었다. 그 문양을 뚫어지게 바라보는 제논이다.

한참을 그 문양을 바라보던 제논의 시선이 밝아오는 하늘을 향했다. 짙은 어둠이 물러나고 약간은 밝은 실루엣이 하늘을 밝히고 있었다. 그 모습을 보며 둥근 패를 말아 쥔 손을 움켜쥐는 제논이다.

그의 눈동자로 알 수 없는 아픔이 지나갔다. 아픔이라고 할 수도 있고 고통이라고도 할 수 있었다. 또한 씁쓸함이라고도 할 수 있는 복잡한 눈동자의 제논이다.

그때 아주 멀리서 비명 소리가 적막한 숲속을 울리며 제논의 귓등을 때렸다. 인간의 비명 소리. 아마도 도망치던 어째신일 것이다. 그는 그레이든 산맥을 너무 쉽게 봤기에 죽음을 맞이한 것이다.

아이작스 남작 가문의 대공자도 마찬가지이고, 고작 남작 가문에 있으면서 자만심이 하늘을 찌르는 기사단장도 그러하였고, 대공자를 호위하는 기사 역시 마찬가지였다.

그들은 그레이든 산맥을 너무 쉽게 알았다. 그 대가는 아주 처절하게 치를 것이다. 떨어진 본대가 병력이 많고 기사도 많다고 하지만 그들이 원하는 목적지에서 만날 수 있는 인원은 별로 많지 않을 것이다.

물론 자신이 안내하는 아이작스 가문의 대공자 일행은 대부분이 살아서 목적지에 도착할 수 있을 것이다. 자신의 말을 잘 들으면 말이다. 제논의 걸음이 옮겨졌다.

그러한 와중에도 제논의 움직임은 은밀하였다. 어차피 자기는 틀린 지금의 상황. 오늘 일용할 양식을 구할 작정이다. 잘만하면 이 근처에서 사슴이나 혹은 엘크 비슷한 초식동물을 만날 수 있을 것이다.

물론 그레이든 산맥에서는 초식동물이라고 해서 얕봐서는

안 된다. 그 크기가 여타의 초식동물을 압도하는 만큼 힘과 민첩성이 뛰어나고 오감이 상당히 발달해 있기 때문이다.

그냥 여타의 초식동물을 생각하고 이곳에서 사냥하려 한다면 되레 자신이 죽고 마는 곳이 그레이든 산맥의 무서움이다. 대낮에도 길을 찾기 힘들 정도로 우거진 곳에서는 웬만한 베테랑 헌터라 해도 길을 잃기 십상이니 말이다.

그러한 제논의 눈앞에 엘크 한 마리가 보였다. 그리고 그 엘크 주변으로 몇 마리의 엘크가 더 있었다. 홀로 외떨어진 엘크가 제논의 눈에 띄었다. 아마도 먹이 때문이겠지만 무리에서 떨어졌다는 것이 엘크의 최대 실수이리라.

하지만 엘크만 그러한 것은 아니다. 사람도 다르지 않다. 먹이가 아닌 욕심 때문에 지금 제논의 앞에 있는 엘크와 같은 신세가 되는 이가 부지기수이니까.

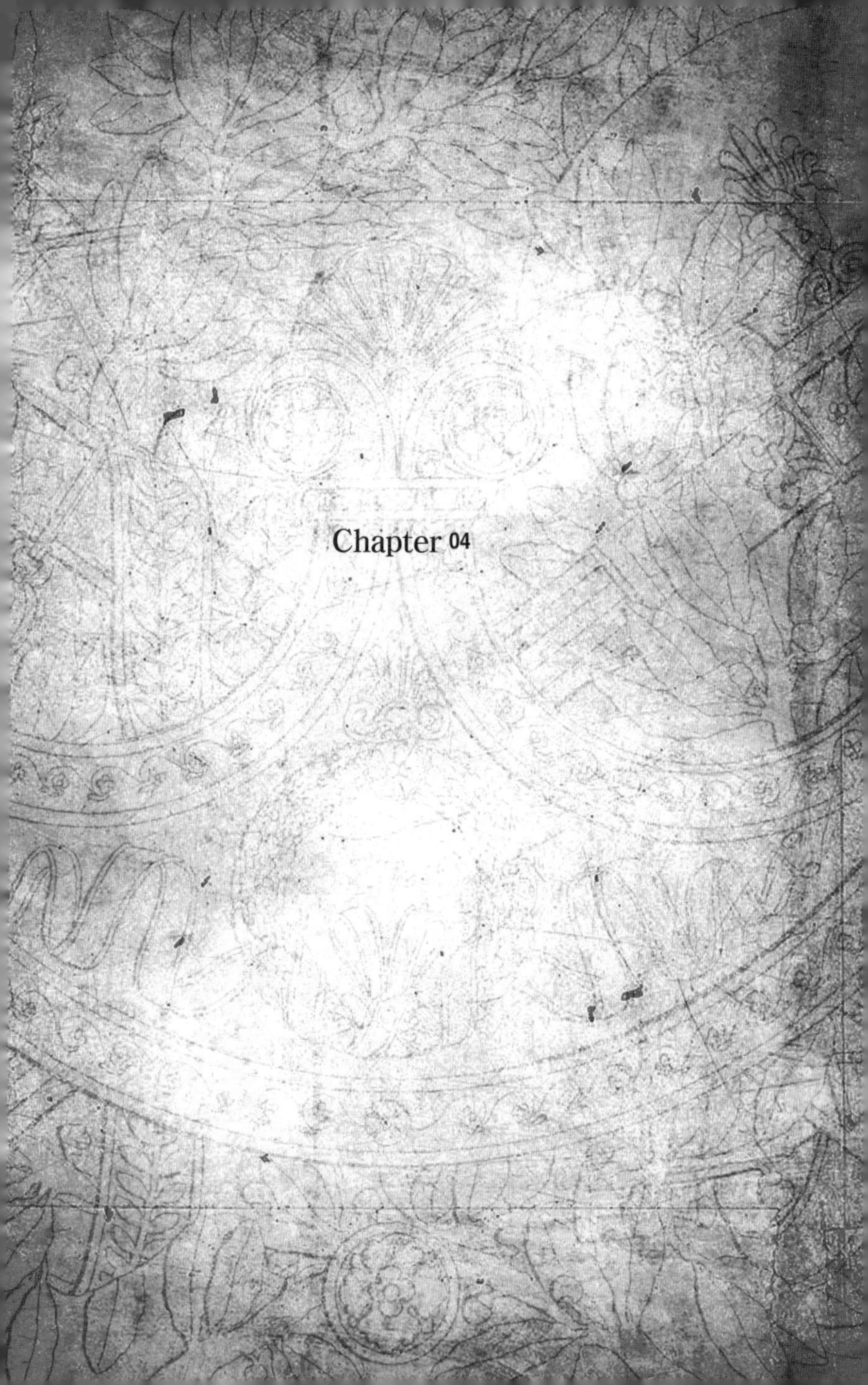
Chapter 04

제논은 엘크를 잡아 어깨에 걸치고 동굴을 향해 움직였다. 돌아오는 길은 상당히 순탄했다. 순탄했다기보다는 동굴에 접근하는 상위 맹수나 몬스터가 없다고 해야 옳을 것이다. 그것은 다름 아닌 이 동굴 주변이 제논의 영역으로 인식되고 있기 때문이었다.

어제 레오파드와 드잡이해 그러한 마수를 이겨낸 것 덕분인지 아니면 레오파드의 체취가 강하게 남아 있어서인지 같은 급의 마수인 레오파드마저도 이 동굴로는 접근하지 않았다.

덕분에 아이작스 가문의 대공자와 기사들, 그리고 병사들은 그야말로 꿀맛 같은 휴식을 취했다. 숲을 들어온 지 보름 만에 취하는 휴식이었으니 꿀맛이라고 표현해도 될 것이다.

제논은 아직도 자고 있는 기사들과 병사들을 쓱 훑어본 후 어깨에 짊어지고 있던 엘크를 걸어 피를 빼면서 가죽을 벗기기 시작했다. 아직 동이 터오지 않은 상태이니 깜깜한 오밤중이라 해도 상관없었다.

그때 부스럭거리며 한 명이 일어나 앉았다. 바로 겜블 경이었다. 피곤하고 지쳤을 법도 하건만 가진 바 무력이 대단해서인지 빠르게 원기를 회복한 것 같았다.

사실 겜블 경은 이미 깨어 있었다. 아마도 제논이 움직일 때부터 깨어 있었을지도 모른다.

"고맙다."

밑도 끝도 없는 말이었지만 제논은 그저 고개를 살짝 끄덕이는 것으로 그 인사를 받았다. 겜블 경은 이미 느끼고 있었다. 그럴 수밖에 없는 것이 그는 이미 익스퍼트 상급의 경지.

어쌔신의 수도 수였지만 그들의 움직임이 너무나도 은밀하였기에 제논이 알려준 이후 주의를 기울여 그들의 존재를 알아차린 겜블 경이다. 근거리에서 주군의 목숨을 노리는 자들이 있으니 어찌 편안하게 잠을 청할 수 있겠는가?

겜블 경은 어쌔신을 경계하였다. 제논이라는 길잡이가 은

신해 있는 어쌔신들이 몬스터를 경계하느라 결코 야습이 없
을 것이라 했지만 그것을 곧이곧대로 믿지는 않았다.

그리고 사방이 어두워져 이제는 동트는 시간이 얼마 남지
않아 몬스터로부터 조금은 안전해졌다라고 느끼며 어쌔신들
도 약간은 감각을 느슨하게 풀 무렵 제논이라는 길잡이가 움
직였다.

그의 움직임은 실로 대단했다. 전직이 의심스러울 정도로
말이다. 어쌔신보다 더 어쌔신 같았고, 더욱 은밀했으며, 더
욱 신속했다. 그가 처음 동굴을 벗어날 때를 제외하고는 그의
종적을 찾을 수 없었으니 말이다.

그렇다 하더라도 겜블 경은 제논의 움직임에 촉각을 세우
지 않을 수 없었다. 그가 어떤 목적으로 움직였는지 알 수 없
었기 때문이다. 그렇기에 겜블 경은 제논을 경계하지 않을 수
없었다.

아무리 베테랑의 몬스터 헌터이자 바운티 헌터이며 트레
져 헌터라 하나 지금 보여준 제논이라는 길잡이의 움직임은
절대 보통의 용병이 보여줄 수 있는 움직임이 아니었다.

그러는 사이 갑자기 피부를 따끔따끔하게 하는 살기가 느
껴졌다. 어두운 숲 속. 아무것도 보이지 않은 곳에서 느껴지
는 살기는 실로 가슴을 철렁하게 하고 식은땀이 절로 흘러내
리게 했다.

하지만 그러한 따끔따끔한 살기는 오래가지 않았다. 겜블 경의 감각에 걸리는 어쌔신이 순식간에 사라졌기 때문이다.

'대체 제논이라는 길잡이는……'

알 수 없었다. 지금 생각해 보건대 제논이라는 길잡이는 분명 B급의 그리고 베테랑의 용병이 아니었다. 지금 어쌔신을 제거하는 것을 보면 그는 이미 자신의 경지를 훨씬 뛰어넘은 자였다.

'저런 용병이 겨우 B급이라니. 말도 안 돼!'

말도 안 되었다. 하지만 믿지 않을 수 없었다. 마나를 눈으로 모아 어둠을 꿰뚫어 보는 이 순간 겜블 경은 전율하지 않을 수 없었다. 무려 스물한 명에 이르는 어쌔신이 제대로 대항조차 하지 못하고 픽픽 나가떨어지고 있었다.

자신은 그 위치조차 찾아내지 못했거늘 저 기이하고 의심스러운 B급의 베테랑 용병은 마치 너희가 어디 있는지 다 알고 있다는 듯이 어쌔신들을 찾아내어 주살하고 있었다.

그리고 마지막으로 숲 안쪽으로 도망가는 제논이라는 길잡이를 볼 때 겜블 경은 혼란스러울 수밖에 없었다.

'어찌해야 하나.'

도무지 아군인지 적군인지 종잡을 수가 없다. 심증은 그가 적군일 가능성, 즉 주군의 숙부에 의해 고용된 가능성이 높다고 하겠으나 드러난 물증은 자신의 의뢰를 충실히 수행하는,

아니, 오히려 지금에 있어서 가장 강력하고 자신들을 던전으로 안내해 줄 유일한 생명줄과 같았기 때문이다.

'믿자. 믿지 않을 수 없다. 그만이 살아날 수 있는 유일한 출구이다.'

그렇게 마음을 정하자 겜블 경은 갑자기 피곤이 몰려왔다. 까칠하게 돋아난 수염 사이로 입꼬리가 살짝 말아 올라가더니 이내 머리를 땅에 대고 코를 골며 잠들어 버리는 겜블 경.

그리고 아주 미세한 소음에 눈을 뜨게 되었다. 제논이라는 길잡이가 커다란 야생동물을 어깨에 지고 동굴로 복귀하고 있었다. 무척이나 오랫동안 잠든 것 같은데 자신이 잠든 시간은 불과 한두 시간에 불과하단 것을 느낀 겜블 경은 피식 웃음을 지었다.

겜블 경은 옆에서 곤히 자고 있는 자신의 주군을 바라보았다. 그리고 그 주군을 빙 둘러 정신없이 잠에 취해 있는 기사들과 병사들이 한눈에 들어왔다.

'이들이 살아 있는 것은 오로지 제논이라는 길잡이 덕분이로구나.'

그러했다. 하나의 미망을 벗어나자 그동안 보이지 않던 것이 새롭게 보이기 시작했다. 그가 준 풀 쪼가리에서부터 그가 신경 썼던 세세한 부분까지 말이다.

쑥스러운 일이지만 간단하게 자신의 마음을 표현한 겜블

경. 사그라지는 불에 나무 몇 개를 집어넣어 불을 살리고 가
죽을 벗기고 있는 제논의 옆으로 다가와 단검을 꺼내 그의 일
을 도왔다.

　가죽을 벗기고, 피를 받고, 배를 갈라 내장을 꺼내고, 그 내
장을 하나하나 손질하는 것까지. 지금까지 그저 지켜만 보던
것을 직접 같이하고 있었다. 그러한 순간 아이작스 가문의 대
공자가 부스스 몸을 일으켜 세웠다.

　그 역시 이제 막 잠에서 깨었는지 주변을 둘러보더니 제논
과 겜블 경을 바라보고 그들이 하는 양을 한참 동안 바라봤
다. 그리고 자리에서 일어나 가볍게 몸을 풀었다.

　아무리 편안하게 잠을 잤다고는 하나 귀족가의 대공자로
서 이러한 곳에서 잠을 잔다는 것은 사실 쉽지 않을 일이었
다. 그러함에도 내색도 하지 않고 자신의 할 일을 하고 있었
다.

　그것을 필두로 나머지 다섯 명의 기사 역시 몸을 일으켰다.
그들 역시 대공자와 다르지 않은 행동으로 빠르게 주변을 정
리하였다. 병사들은 아직 잠에 취해 일어나지 않고 있었다.

　"병사들은 그대로 두게."

　주변을 정리한 기사들이 병사들을 깨우려 하자 겜블 경은
그들을 만류하였다. 기사들은 그나마 마나를 다룰 수 있으나
병사들은 그렇지 못했다. 피곤하고 힘든 것은 기사들보다 백

배는 더할 병사들이다.

겜블 경의 말에 병사들을 깨우려 하던 기사들이 살짝 미간을 찌푸렸다. 마음에 들지 않은 탓이다. 어디 감히 병사 나부랭이가 기사나 귀족가의 자제보다 더 늦게 일어난다는 말인가?

"가야 할 길이 머네. 입술이 없으면 이가 시린 법이네."

그제야 겜블 경의 말의 의미를 깨달은 기사들은 병사들을 닦달하지 않고 자신들이 해야 할 일을 찾았다. 하지만 이런 동굴에서 자신들이 할 일은 딱히 없었다.

그런데 그런 기사 중 한 명이 겜블 경을 바라보고 있었다. 기사로서 단검을 들고 지금 엘크의 가죽을 벗기고 내장을 손질하고 있으니 말이다.

"지금 무엇을 하시는 겁니까?"

"내장 손질하고 있네만."

"어찌 그런……."

"쯧쯧, 여기는 그레이든 산맥이네. 신분 고하보다는 죽느냐 사느냐가 더 중요하며, 오늘의 일용할 양식이 천금보다 중요하네. 한데 어찌 이것을 천하다 여겨 돕지 않을 수 있다는 말인가?"

청산유수처럼 흘러나오는 겜블 경의 말에 여전히 동조할 수 없었는지 기사들이 얼굴을 찌푸렸으나 한쪽 편에서 몸을

다 푼 아이작스 가문의 대공자 역시 내장을 다듬는 일에 동참
하자 서로 눈치만 보다 가죽을 정리하니 고기를 다듬니 하면
서 극성을 떨었다.

그런 부산스러움에 피곤에 절어 깊은 잠에 빠져 있던 병사
들 역시 일어나 가볍게 몸을 푼 후 제논과 기사들이 하는 양
을 보더니 꽁지에 불이 난 모양으로 달려와 불을 살리고 고기
굽거나 훈제를 만들기 시작했다.

그 모습에 기사들의 얼굴이 많이 풀어지고 그들이 하는 양
을 지켜보며 슬쩍슬쩍 도와주니 병사들 역시 황공하다는 표
정으로 더욱 열심히 먹을거리를 준비하였다.

그러한 와중에 아이작스 가문의 대공자인 코튼 아이작스
와 겜블 경이 함께 제논의 곁으로 다가와 앉았다. 제논이 앉
아 있는 곳은 지금 부산을 떨고 있는 병사들과 기사들이 있는
곳에서 조금 떨어진 곳으로 한적하다고 할 정도로 아늑한 느
낌이 드는 곳이다.

"B급 용병을 몰라봐서 미안합니다."

"별말씀을."

어찌 들으면 비아냥일수도 있는 말이었다. 하지만 제논은
그것을 그리 크게 해석하지 않았다. 그 속에 담긴 뜻을 어렴
풋이 이해하고 있었기 때문이었다.

제논의 곁에 앉았으나 한동안 아무런 말이 없었다. 그러다

먼저 입을 연 것은 아이작스 가문의 대공자였다. 귀족가의 자제로서 일개 용병에게 사과한다는 것은 쉽지 않은 일일 것이나 아이작스 가문의 대공자는 그러한 형식에 그리 크게 구애받지 않는 듯하였다.

또한 보통의 귀족가의 자제라면 아침 10시나 11시쯤의 느지막한 시간에 일어나서 활동하게 마련인데, 아무리 잠자리가 바뀌었다고 해도 새벽 4시쯤에 일어난다는 것은 그의 평상시 행동이 그러하지 않았다는 것을 의미한다. 제논은 약간 의외라는 듯이 아이작스 가문의 대공자를 바라봤다.

확실히 제논의 입장에서 바라보는 아이작스 가문의 대공자는 특이했다. 일단 그는 지난 행군 중에도 절대 앞으로 나서는 경우가 거의 없었다. 그리고 칭얼거리지도 않았고 말이다.

열여섯의 나이면 스스로 한몫을 할 나이라고는 하지만 그것은 귀족가에 머물 때의 이야기다. 이곳은 그레이든 산맥이고 웬만한 간담을 가진 어른들도 이곳에 와서는 오줌을 지리는 경우가 다반사인데 의연하게 버티는 것만으로도 대단하다 할 것이다.

물론 레오파드가 습격을 해왔을 때는 자신도 모르게 움츠러들고 나약한 몸부림을 했지만 그 정도는 애교 수준이라 할 것이다. 그리고 보기에는 겜블 경이 모든 것을 지휘하는 것 같으나 실제 그것을 조용히 묵인해 주고 있는 것은 역시 아이작스 가문의 대공자의 성정이라 할 것이다.

잠깐의 대화였으나 가슴속에 품은 활화산 같은 감정을 겉으로 드러내지 않을 뿐 그 작은 가슴에는 열여섯의 나이로 감당할 수 없는 슬픔과 비애, 그리고 열망이 들어 있음을 제논은 느낄 수 있었다.

아이작스 가문의 대공자는 잠깐 젬블 경을 바라보았다. 그에 젬블 경은 자리에서 일어나 조금 떨어진 곳에 자리하고 앉았다. 둘만의 대화를 원한다는 것을 느꼈기 때문이다.

그러한 젬블 경을 잠시 바라보던 아이작스 가문의 대공자는 고개를 돌려 제논을 바라보았다. 그리고 서서히 입을 열었다.

"힘들면 힘들다고 말하라 했지요?"

"그렇습니다."

"힘들어요."

"……."

아이작스 가문의 대공자는 제논을 향해 힘들다고 말했다. 가문의 기사인 자신의 호위기사에게 힘들다는 말하는 것이 아닌 제논을 향해서 말이다. 그에 제논은 아이작스 가문의 대공자를 빤히 쳐다보았다.

"대상이 왜 제가 되는지 알 수 없군요."

“나에게 그런 말을 해준 사람은 당신이 처음이니까요.”

“…….”

또다시 대화가 중단되었다. 대공자의 말에 제논은 씁쓸함과 함께 이루 형언할 수 없는 비애를 느꼈고, 그 속에서 어찌할 수 없는 연민을 가지게 되었다.

“공자님은 강하시군요.”

“내가요?”

“그렇습니다.”

“그 역시 처음 들어보는 말입니다.”

모든 것이 처음이라는 아이작스 가문의 대공자. 힘들다는 말을 하라는 것도 강하다는 말조차 모든 것이 처음이다. 그에 제논의 눈동자가 슬쩍 겜블 경을 향했다.

“그는 저의 호위기사입니다. 그는 고지식해서 기사는 오로지 주군의 말을 따라야만 하고, 그러한 주군을 목숨으로 지켜야 한다고 생각하는 기사 중의 기사지요.”

아이작스 가문의 대공자의 말은 어찌 보면 겜블 경의 행동을 비아냥거리는 것처럼 보일지 모르나 실제 그 속을 들여다보면 자신을 지켜주는 유일한 사람이라는 의미가 내포되어 있었다.

하지만 자신의 고민을 털어놓아 해결할 정도의 기사는 아니라고 판단한 듯 보였다. 믿고는 있으나 고민을 쉽게 털어놓을 수 없는 수하. 한마디로 수하이나 대하기가 어려운 것일 게다.

"마음을 얻기 위해서는 먼저 마음을 열어야 합니다. 내가 대우를 받기 위해서는 먼저 상대를 대우해 줘야 하는 것처럼 말입니다. 공자께서는 공자를 지지하는 자들을 단순히 수하로 대하였기에 마음을 줄 이가 없는 것입니다."

제논의 말이 무엇을 의미하는지 아이작스 가문의 대공자는 단박에 알 수 있었다. 자신은 언제나 주군의 입장, 즉 한 영지를 다스리는 영주의 입장에서 가신들을 대했다.

자신은 언제나 군신의 관계를 유지하고 있었을 뿐 인간의 관계는 유지하지 못하고 있었다는 것을 깨달은 아이작스 가문의 대공자였다. 어쩌면 이것은 자신의 숙부가, 자신의 계모가 원하는 대로 살아온 삶이 아닐까 하는 생각에 부르르 몸까지 떨었다.

지금 자신의 생각이 맞는다면 지금까지 살아온 열여섯 해의 삶이 너무나 비참하다. 그에 아이작스 가문의 대공자인 코튼은 멀찍이 떨어져 있는 겜블 경을 불러 제논과의 대화에 동참시켰다.

"그동안… 정말 고마웠어요."

"공자님!"

겜블 경이 오자 눈물을 주르륵 흘리며 겜블 경에게 말하는 코튼의 모습에 겜블 경은 대경하여 외쳤다. 지금까지 이런 적은 한 번도 없었기 때문이다. 어린 나이지만 언제나 의연하던 자신이 주군이 아니던가?

그런데 갑자기 자신을 앞에 두고 눈물을 흘리는 것이 아닌가? 대체 왜? 하지만 이내 겜블 경 역시 눈물을 찔끔 흘리고야 말았다. 겜블 경은 자신이 모시는 주군이 이제 겨우 열여섯이라는 것을 생각해 낸 것이다.

"제, 제가 무심했습니다. 의연하다 하나 이제 열여섯이신 분을."

그러했다. 자신이 오히려 이 열여섯 살밖에 되지 않은 소년에게 기대고 있었다. 그것도 길게는 10년, 짧게는 5년 동안 말이다. 자신들이 기대는 것이 아니라 주군이 자신들에게 기대야 하거늘 말이다.

"나… 그동안 힘들었어요. 그런데… 힘들다고 할 수가 없었어요. 아버지도 그렇고 겜블 경, 그리고 크로이츠 경까지. 나에 대한 기대에 부응하기 위해 정말 이를 악물고 버티고 버텼어요. 그런데… 그런데 결과가 이렇게 돼서 정말……."

코튼의 목소리는 가늘게 떨리고 있었다. 덩달아서 그의 얼굴은 울상을 짓고 있었다. 복받쳐 오르고 있음이다. 그동안 그 누구에게도 이런 말을 하지 않았다. 힘들다는 말을, 도와달라는 말을.

그 모든 것이 지금 이곳에서 한꺼번에 터져 나오고 있었다. 아주 작은 계기를 통해서 말이다. 그것은 겜블 경 역시 마찬가지였다. 자신이 모시는 주군의 울음이 딱딱하게 굳어가던 심장에 피를 돌게 했다.

그의 눈동자에서 굵은 눈물이 흘러내렸다.

'얼마나… 얼마나 힘들었을까. 겨우 열여섯 살인데. 이제 겨우 열여섯 살인데 말이다.'

겜블 경은 흘러내리는 눈물을 훔칠 생각도 못하고 그저 먹먹해지는 가슴을 부여잡을 수밖에 없었다. 이리도 가여운 주군에게 자신들은 너무나 큰 짐을 지우고 있었던 것이다.

그렇게 코튼과 겜블 경은 오랫동안 부둥켜안고 있었다. 코튼은 난생처음 누구에게 안겨 울음을 토해내었다. 겜블 경은 40년 인생을 통틀어 처음으로 지금껏 경험하지 못한 비애를 맛보고 있었다.

그러기를 한참, 코튼과 겜블 경은 서로 떨어져 마음을 진정시켰다. 그리고 코튼이 제논에게 고개를 숙였다.

"고맙습니다. 고맙고 또 고맙습니다."

"고맙소."

어느새 하대를 하던 겜블 경 역시 경어를 사용했고, 둘의 표정은 한결 밝아져 있었다. 무언가 응어리가 풀린 탓이다. 또한 그들이 얼굴에는 지금까지와는 전혀 다른 신뢰의 표정이 깃들어 있었다.

그리고 어느 정도 감정이 진정된 코튼이 서서히 입을 열었다.

"나는 아이작스 가문의 대공자인 코튼 아이작스 데 메르힌입니다. 아버지는 프로미넌 아이작스 남작으로서 현재는 12년째 병환으로 병석에 있습니다. 어머니는 나를 낳다가 돌아가시고 현재의 아이작스 남작부인은 헤밀턴 공작 가문의 삼녀였지요."

두서없이 아이작스 대공자가 마치 누구에게 자신의 신상 내력을 밝히듯 가문의 현 상황을 읊어대기 시작했다. 분명 그것은 지금 상황과 전혀 어울리지 않은 일이나 그러함에도 겜블 경은 말없이 아이작스 대공자가 하는 양을 지켜보기만 했다.

아이작스 대공자의 이야기는 상당히 오랫동안 계속되었다. 제논도 겜블 경도 그 독백과 같은 긴 이야기를 싫은 내색 하나 하지 않고 그저 듣고 있었다.

간단하게 지금 아이작스 가문은 심각한 위협을 받고 있었다. 가문의 가주가 오늘내일하는 처지이고, 가문은 이미 숙부가 모든 것을 장악하고 있었다. 그리고 이제 남은 것은 눈엣가시 같은 가문의 대공자를 죽이는 것뿐.

이미 아이작스 대공자의 계모는 숙부와 그렇고 그런 사이라는 것을 모르는 사람이 없었다. 때문에 당연히 숙부와 계모가 차기 가문의 후계자로 미는 것은 아이작스 대공자의 배다른 동생인 헬만 아이작스였다.

한마디로 이곳 그레이든 산맥으로 들어온 코튼 아이작스는 자신이 죽을 자리로 기어들어 왔다고 해도 과언이 아니었다. 그러한 연유는 던전 탐사대를 맡은 기사들과 기사단장 모두 숙부의 직계였으니 말이다.

물론 겜블 경을 비롯한 아이작스 대공자를 호위하는 기사 여섯은 당연히 숙부와 대치점을 이루고 있는 아이작스 가문의 가신인 아델 크로이츠 경의 세력이다.

그 덕분에 아직까지 아이작스 대공자가 살아 있는 것일지도 모른다. 어찌 되었든 아이작스 가문이 돌아가는 사항을 대충 알게 된 제논이다. 그리고 그들이 이곳에 온 목적 역시 말이다.

"해서 지금 본 공자는 B급 용병인 제논에게 장기 의뢰를 맡겨보고자 함입니다."

장기 의뢰라는 것은 뻔한 것이다. 단순히 B급 용병이었다면 아마도 이런 의뢰를 하지 않았을 것이다. 하지만 이미 경험하고 보았으니 제논이라는 용병이 단순한 B급이 용병이 아님을 잘 알고 있다.

그러하기에 제논을 의뢰라는 것으로 자신의 편으로 끌어

들이려 하는 것이다. 단순히 제논만 보는 것이 아닌 제논이 가지고 있는 파급 효과까지 모두 염두에 둔 아이작스 대공자의 결정이었다.

어찌 보면 지극히 영악하다고 해야 할 것이나, 지금 아이작스 대공자에게 있어서는 어떻게 해서든지 살아남아야 하는 절체절명의 기회라 할 수 있었다. 그것은 겜블 경 역시 다르지 않았다.

지금의 열세를 극복하기 위해서는 반드시 던전 탐사에 성공해야만 했다. 그리고 살아 돌아가야만 했다. 그리고 그 중심에는 이제는 두터운 믿을 가지게 된 제논이라는 B급 용병이 있다.

그런데 제논은 갑자기 이런 말을 왜 자신에게 하는지 의문이 들었다. 자신이 분명 도와준 것은 맞지만 이런 이야기까지 들을 정도로 도와준 것도 아니고, 엄연히 돈을 받고 의뢰를 수행한 것뿐인데 말이다.

"나는 그저 돈을 받고 의뢰를 수행한 것뿐입니다만."

맞는 말이다. 하지만 아이작스 대공자는 어떻게 해서든 자신이 제의한 의뢰를 받아들이게 하고 싶었다. 그리고 이 B급 용병에게는 결코 권위나 힘, 또는 감언이설이 통하지 않는다는 것도 직감하고 있었다.

"지금 우리가 기댈 수 있고 도움을 요청할 수 있는 이는 오직 제논뿐입니다. 본대와 합류한다 해도 마찬가지입니다. 그들은 내 목숨을 노리고 있으니까요. 그러한 면에서 제논은 의뢰를 함으로써 가장 확실한 아군이 되기 때문입니다.”

딴은 맞는 말이다. 유일한 아군.

사방이 적으로 둘러싸인 현 상황이다. 병사들은 그렇다 치더라도 문제는 기사단장인 간츠 경과 그를 따르는 기사들이다. 또한 여기 있는 병사들은 아이작스 대공자를 따르겠으나 나머지 병사들은 또 몰랐다.

이러나저러나 살아만 나간다면 누구를 따르든 상관없기 때문이다. 충성보다는 당장에 이곳에서 살아 나가는 것이 더 중요한 현 상황이니 말이다.

“던전 탐사에서 나오는 몫의 20%!”

그때 제논의 목소리가 아이작스 대공자와 겜블 경의 귓등을 때렸다. 겜블 경은 살짝 놀랐다. 하지만 아이작스 대공자는 고개를 끄덕였다. 던전에 아무것도 없다면 아무것도 안 줘도 된다.

한마디로 지금 제논은 도박을 하고 있는 것이다. 많이 나오면, 실제 존재한다면 20%라는 막대한 금액을 손에 쥐겠지만 던전에서 죽거나 혹은 던전이 텅 비었을 경우 애초의 의뢰인 200골드의 잔금 100골드만 받겠다는 말이다.

그러하니 어떻게 보면 상당히 손해 보는 거래일 수도 있었다. 세상에 알려지고 돌고 있는 던전 지도는 많다. 하지만 그 던전 지도가 모두 사실이라고 판명되지는 않았다.

한마디로 복불복이다. 던전을 탐사해서 일확천금을 벌어 가문을 일으킨 귀족도 있지만, 확실하다는 증언에 너무 많은 재화와 인력을 사용해 쪽박을 차는 귀족도 많았다.

때문에 지금 제논이 리스크를 감수하고 자신들에게 호의를 베풀고 있다는 것을 정확하게 파악한 아이작스 대공자였다.

"알겠어요. 그렇게 해요."

"주군!"

"더 이상 말하지 마세요. 지금의 조건은 제논 역시 상당한 리스크를 안고 우릴 도와주려 한 것이니까요."

아이작스 대공자의 말에 고개를 갸웃거리는 겜블 경이었다. 무려 20%다. 그런데 그것이 거의 무료로 도와주려고 하는 것이라니 당연히 이해할 수 없었다.

그때 아이작스 대공자는 자신의 품속에서 사슴 가죽으로 된 아주 오래됐음직한 양피지를 꺼내 들었다. 그것은 바로 던전이 표시되어 있는 던전 지도였다.

"정보 길드에 확인을 했겠지만 이 지도는 95% 확실하다고 했어요. 하지만 정말 확실할까요? 정보 길드의 말이 모두 진실이었다면 멸문당한 귀족 가문이 없었겠지요. 하이 리스크,

하이 리턴. 만약 이 던전 지도가 가짜이거나 혹은 아무것도 없다면 제논은 아무것도 받지 않는다는 말을 한 거예요. 그리고 있다 하더라도 20%라면 그리 많지 않은 금액이라고 할 수 있죠. 왜냐하면 그는 우리의 생명줄이니까요."

가장 마지막 말이 가슴에 확 와 닿는 겜블 경이었다. 적어도 이 그레이든 산맥에서 제논이라는 존재는 그들의 생명줄과 다를 바 없었다. 그냥 길잡이가 아니었다.

처음엔 그저 그런 길잡이에 불과했으나, 불과 하루 사이에 제논이라는 존재는 그들의 생명줄이 되었다. 그래서 이제는 그 말이 절절하게 가슴을 파고들고 있었다.

그리고 겜블 경은 다른 이들보다 한 가지를 더 알고 있었다. 바로 제논의 가진 바 무력을 말이다. 레오파드를 일 검에 양단하고, 자신이라도 쉽지 않을 스물한 명의 어쌔신을 모두 제거한 제논이니까.

제논의 눈빛과 겜블 경의 눈빛이 부딪쳤다. 어떻게 하겠느냐는 것일 게다.

"인정하겠습니다."

"좋아요. 그럼 앞으로 잘 부탁해요, 제논."

"하면 식사 후 던전이 있다는 불귀의 계곡으로 가도록 하지요."

겜블 경, 아이작스 대공자, 그리고 제논이 차례대로 자신의 할 말을 했다. 그에 모두들 엉덩이를 털고 자리에서 일어나 이른 아침 식사를 준비하느라 분주한 곳으로 다가갔다.

그때 겜블 경의 곁으로 다가오는 기사가 있었으니 서른 중후반쯤으로 보이는, 마치 몬스터 중 오우거를 연상시키는 듯한 자였다.

"무슨 대화를 나누신 겁니까? 상당히 오랫동안 대화하신 것 같은데."

겜블 경에게 묻는 그는 패티스 경으로 타고난 신장과 그 신장에서 뿜어져 나오는 힘으로 휘두르는 거대한 그레이트 소드를 다루는 것이 일품인 기사로 의심할 줄 모르고 화통한 성격을 지닌 기사였다.

"앞으로 우리가 가야 할 길에 대해서네."

겜블 경의 말에 고개를 주억거리는 패티스 경이다. 충분히 이해가 갔다. 지도가 있으나 소수 인원으로 던전을 찾아가고자 한다면 길잡이의 역할은 지대하니 말이다.

"그 길잡이, 믿을 만합니까?"

"자네는 어떤가?"

패티스 경의 질문에 오히려 되묻는 겜블 경이다. 그에 패티스 경은 여전히 자신의 자리에 앉아 무언가를 열심히 만들거나 혹은 무기를 점검하고 있는 제논을 바라보았다.

"그는… 믿을 만합니다."

"경이 그렇게 보았다면 그는 믿을 만한 사람이겠지."

"부단장님께서도 그리 여기십니까?"

"그는 믿을 만할 뿐 아니라 우리의 유일한 생명줄이네."

"확실히."

패티스 경은 겜블 경의 말에 동의했다. 지금의 상황에서 믿을 수 있는 사람은 오로지 그밖에 없었으며, 그가 자신들의 생살여탈권을 잡고 있다고 할 수밖에 없었다.

"하면 그를 어찌 대해야 합니까?"

"나 이상으로."

그 말만을 남긴 채 겜블 경은 휘적거리며 아이작스 대공자가 있는 쪽으로 걸어가 버렸다. 분명 겜블 경은 자신 이상으로 대하라고 했다. 그 말에는 상당히 많은 의미가 포함되어 있었는데, 가장 크게 다가오는 것은 제논이라는 길잡이의 실력이었다.

그들도 보았다. 제논이라는 길잡이가 단 일 검에 레오파드라는 마수를 갈라 버리는 것을. 그리고 자신들을 일사불란하게 인솔해 이곳까지 아무런 위해도 없이 인도한 것을.

거기에 더하여 이런 깊은 산중에서, 몬스터와 마수가 사방천지를 돌아다니고 있는 이곳에서 자신들의 양식을 마치 앞마당에서 줍다시피 구해오는 것을 말이다.

"하긴, 실력도 실력이지만 그가 아니면 여기서 피로를 풀 생각조차 못하고 있겠지."

그러했다. 그들은 분명 기억하고 있었다. 그들은 타락한 기사가 아닌 스스로 약자를 돕고, 주군의 명을 따르며, 전투에 있어서 물러섬이 없는 기사도를 신봉하는 기사로서, 그리고 같은 평민으로서.

아이작스 대공자와 기사들, 그리고 병사들은 이른 아침을 챙겨 먹고 본대를 찾아 제논의 길잡이 아래 그레이든 산맥의 숲 속을 서서히 이동하기 시작했다.

확실히 제논의 실력은 뛰어났다. 단순히 그의 무력적인 측면이 아니라 서른 명에 이르는 병력과 기사를 대동하고도 몬스터와 야생동물을 피해 언제나 바람을 안고 일행을 이끌었기 때문이다.

"정말 이쪽으로 가면 본대를 만날 수 있다는 건가?"

후미를 책임지고 있는 실바 경이 흘러내리는 땀을 닦아내며 곁에 있는 바라오 경에게 물었다.

"모르지. 하지만 이곳에서는 길잡이만큼 숲을 잘 아는 이가 없으니 따라가 보는 수밖에."

두 기사는 솔직히 길잡이 제논이 그리 미덥지 못했다. 그 때문인지 실바 경과 바라오 경은 불안한 표정을 감추지 못했다. 그러한 기사들의 마음은 바로 전염되어 후위를 지키고 있는 열 명의 병사 역시 불안한 표정을 지었다.

물론 새벽 나절에 출발하여 오후 나절이 다 되도록 이 험난한 그레이든 산맥의 숲 속에서 몬스터를 만나지 않은 것은 다행이기는 하나 오히려 너무 조용하니 더욱 불안해하는 것일 수도 있었다.

그렇게 조금 더 그레이든 산맥의 불길한 숲 속을 걸어갔을 때 불현듯 아련하게 소리가 들렸다. 그것은 분명히 인간의 비명 소리였다. 그리고 기사들과 병사들은 그 비명 소리가 본대에 속한 병사들의 것이라는 것을 확신했다.

길잡이 제논이 말한 현재의 지역은 그레이든 산맥 중에서도 상당히 깊은 곳에 위치한 곳으로서 몬스터 헌터나 트레져 헌터조차 잘 들어오지 않는 지역이라 했다.

그러한 곳에 여러 차례의 비명 소리가 들려왔다는 것은 작은 규모가 아니라는 증거일 것이니 틀림없이 따로 떨어진 본대일 것이라 예상되었기 때문이다.

"전속으로 이동한다!"

겜블 경의 외침이 들려왔다. 후미를 지키던 실바 경과 바라오 경은 신속하게 병사들을 인솔하여 중앙으로 접근하였다. 그에 후미의 합류를 기다리고 있던 병력은 그들이 합류하자마자 빠르게 이동하기 시작했다.

그때를 같이하여 제논의 몸이 빨라졌다. 이런 깊은 숲 속에서는 비명 소리가 들렸다 하여 그곳을 바로 찾아갈 수는 없었다. 사방이 빽빽하고 수많은 몬스터가 있기에 불과 50미터의 거리조차도 쉽게 찾아갈 수 없는 것이 특징이다.

하지만 제논에게는 그러한 것이 문제되지 않았다.

'정령 빙의, 실프(Sylph), 정찰!'

제논의 눈이 가을 하늘처럼 파란색으로 변했다. 순간 빽빽하게 들어차 있던 나무가 좌우로 좌악 갈라지는 듯한 느낌을 받는 제논이다. 무려 3킬로미터 밖에서 벌어지는 상황이 마치 눈앞에서 펼쳐지듯 또렷하게 전해지고 있었다.

"블러디 오크 50 이상! 포위된 상황입니다."

갑자기 제논의 입에서 튀어나온 말에 의문을 제기할 법도 하건만 겜블 경은 그것을 신경 쓸 겨를이 없었다. 블러디 오크라는 말도 처음 들었다. 하지만 상당히 다급하단 점은 사실일 것이다.

그것도 그럴 것이 지금 본대와 접근하는 이 상황에 주변을 둘러보니 죽은 병사들과 기사들이 널려 있다. 그리고 죽은 몇몇의 기사와 병사들은 이미 그 형체도 없이 뜯어 먹힌 상태였다.

갑자기 삼십여 명에 달하는 병사와 기사들이 보이자 날카로운 이빨을 드러내었지만 수가 많음에 주춤거리며 뒤로 물러날 뿐 여전히 죽은 병사들과 기사들의 시체를 포기하지는 않았다.

"얼마나 남았소?"

"다 왔습니다. 전투 준비."

제논의 입에서 전투 준비라는 말이 흘러나왔다.

"죤슨스 경과 실바 경, 병력 20 좌측, 구스타프 경과 바라오 경, 병력 20 우측, 나와 패티스 경은 주군과 함께 정면으로 간다."

"명!"

맡은 지점으로 움직이자마자 갑자기 진한 혈향이 훅하고 밀려들었다. 겜블 경의 눈에 가장 먼저 들어온 것은 거의 190센티미터 정도 되어 보이는 커다란 붉은색의 근육질이었다.

'블러디 오크!'

"와아아! 쳐랏!"

"죽엇!"

기사들과 병사들이 블러디 오크의 후방을 들이쳤다. 그에 수많은 사상자를 내며 고전하고 있던 본대의 기사들과 병사들의 입에서 기쁨의 함성이 흘러나왔다.

"원군이다! 원군이 왔다."

"대공자께서 오셨다! 다들 힘을 내라!"

압도적으로 밀리고 있던 본대와 블러디 오크의 후위에서 들이친 30의 병력으로 인해 전장은 또 다른 고비를 맞이했다.

가운데에 몰린 블러디 오크는 커다란 함성을 내지르며 지금
의 상황을 타개하려 하였지만 역시 여의치는 않았다.

"춰이잇! 죽어랏!"

"끄아아악!"

블러디 오크는 강했다. 불과 50 정도 되는 수임에도 불구
하고 그 거대한 체구와 그 체구에서 뿜어져 나오는 파괴력은
병사들 네댓 명이 달라붙어도 쩔쩔맬 정도였다.

콰지지직!

병사들의 방패와 몸통이 한꺼번에 무너져 내렸다. 양손에
든 대형 배틀 엑스에 의해 남아나는 것이 없었다.

"이노오옴! 죽어랏!"

한 명이 기사 오러를 시전한 검을 휘두르며 블러디 오크에
게 득달같이 달려들었다. 병사들은 창을 들어 블러디 오크의
사방을 찔러들어 갔다.

"춰아악! 케륵!"

블러디 오크 한 마리를 잡기 위해 병사 네 명이 죽어 나갔
고, 다시 기사 한 명과 병사 세 명이 합심했다. 블러디 오크는
그만큼 무서웠다. 질긴 가죽과 월등한 체력과 힘.

그것은 공포스러울 정도였다. 이미 지칠 대로 지친 본대의
기사들과 병사들은 블러디 오크에게는 아주 손쉬운 사냥감일
뿐이었다. 하지만 전세가 역전된 것은 후위에서 들이닥친 소

수의 병사와 기사들 덕분이었다.

그들은 블러디 오크가 사냥감으로 찍은 본대의 병력과는 달랐다. 비록 하루지만 충분한 휴식과 충분한 영양 보충으로 인해 원기를 회복한 기사들과 병사들이었다. 또한 기습이라는 이점 덕분에 블러디 오크를 충분히 다급하게 만들 만하였다.

'정령 빙의, 운디네, 포스 레인(Force Rain)!'

촤아악!

마치 소나기라도 오는 것일까? 갑자기 제논을 중심으로 사방에서 물방울이 앞으로 쏟아졌다. 마나를 머금은 물방울. 수없이 많은 이 물방울이 마치 무언가에 유도되듯이 블러디 오크들을 향해 쇄도해 들어갔다.

퍼버버벅!

한 방울 한 방울이 가공할 위력을 보이면서 눈으로 확인할 수조차 없을 작은 구멍을 내며 블러디 오크의 전신을 꿰뚫었다. 물론 그러한 브러디 오크가 한 마리만은 아니었다.

잠깐 움찔하는 그사이, 병사들의 검이 블러디 오크의 가죽을 꿰뚫었고, 기사들의 오러를 시전한 검이 블러디 오크의 목을 베어냈다. 순식간에 진득진득한 검녹색의 피가 사방으로 튀어 올랐다.

하지만 그 누구도 그것이 제논의 힘이라는 것을 눈치채지 못했다. 그들은 정령을 본 적도 없을 뿐더러 그러한 존재가

있다는 것조차도 몰랐고, 또한 제논의 움직임을 파악할 정도
로 뛰어난 자가 드물었기도 했다.

'정령 빙의, 실프, 윈드 커터(Wind Cutter)!'

전장에 바람이 불었다.

블러디 오크 한 마리가 갑자기 움찔거렸다.

사아아악!

두껍고 질긴 가죽과 튼튼한 근육으로 감싸져 있던 가슴 부
분이 무언가에 베인 것처럼 쩌억 벌어지며 검녹색의 피가 튀
어나왔다. 단지 가슴뿐만이 아니었다.

돌처럼 단단한 근육으로 뭉쳐 있던 팔뚝이 쭈욱 갈라졌고,
바위처럼 튼튼하게 거대한 체구를 지탱하던 허벅지가 갈라졌
다. 그 잠깐 사이에 블러디 오크 한 마리가 난도질당해 검녹
색의 피가 튀었다.

또한 몇몇의 병사들과 기사들의 검과 창이 갈라진 블러디
오크의 상처를 꿰뚫고 지나갔다.

취아아악!

블러디 오크의 숨 막히는 듯한 비명 소리가 그레이든 산맥
을 울리며 퍼져 나갔다. 비릿한 혈향이 사방으로 뻗어 나갔
고, 수백에 달하는 병사들의 주검이 그레이든 산맥의 대지를
피로 적셨다.

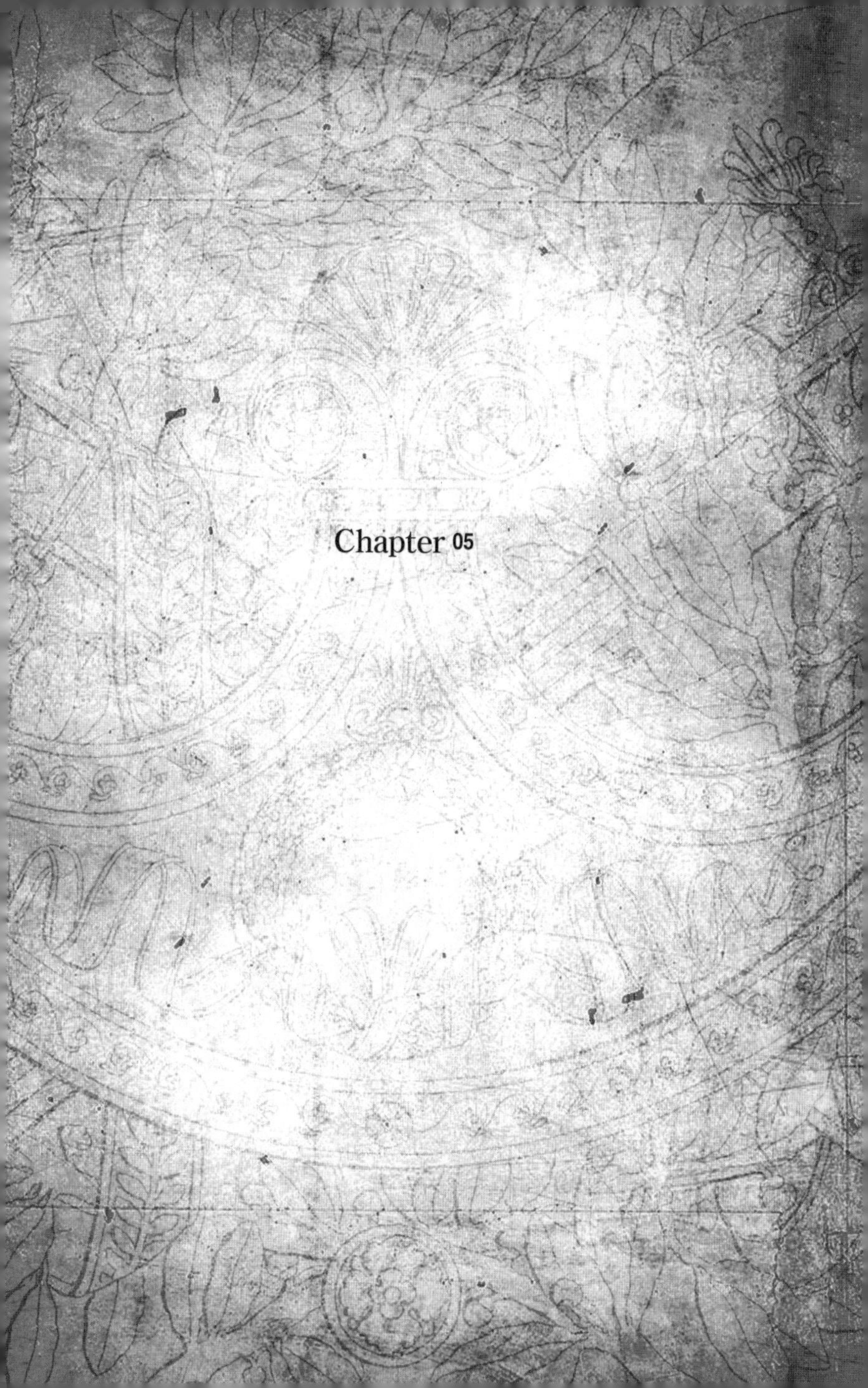

Chapter 05

Number Seven

기사들과 병사들은 망연한 눈으로 사방을 둘러보고 있었
다. 주검이 넘쳐 나고 있었다. 불과 하루 전까지 이백에 달하
던 병사는 겨우 육칠십여 명이 살아남았고, 스무 명에 이르던
기사는 겨우 열 명만이 살아남았다.

그것도 본대에서 떨어진 아이작스 대공자가 이끌던 병력
과 기사를 합쳐서 겨우 그 정도였다. 간츠 경이 이끌고 사라
졌던 병력만 치면 병사는 겨우 삼사십 명이 남고 기사는 겨우
다섯 명만 남은 것이다.

참담했다.

"불과 하루 사이에 대체 무슨 일이 있었던 거죠?"

착잡한 눈으로 사방을 둘러보던 아이작스 대공자가 기사단장인 간츠 경을 바라보며 물었다. 그러한 아이작스 대공자의 물음에 간츠 경의 표정에서는 처음의 그 자신감과 당당함은 더 이상 찾아볼 수 없었다.

"지, 지옥이었습니다."

그 대답은 창백한 표정으로 간츠 경의 옆에 앉아 있던 기사가 한 말이다. 그 말에 아이작스 대공자 역시 동의했다. 지옥이었다. 수많은 시체 중 제대로 형체를 가지고 있는 시체는 없었다.

"마법사들은?"

아이작스 대공자의 눈이 동행한 마법사 두 명을 찾았다. 그리고 멀지 않은 곳에서 마법사 두 명을 찾을 수 있었다. 하지만 한 명은 이미 기식이 엄엄해 언제 죽어도 이상하지 않을 것 같은 모습이고, 한 명은 지칠 대로 지쳐 괴로운 표정으로 죽어가는 마법사의 곁에 있었다.

아이작스 대공자가 그쪽으로 걸음을 옮겼다. 마법사는 몸을 일으키려 하였다. 하지만 아이작스 대공자의 제지로 그대로 풀썩 주저앉았다. 가문에 종사하는 세 명의 마법사 중 두 명이 이 탐사대에 참여하였으나 한 명은 죽고 한 명은 제 역할을 제대로 못하고 있는 것이다.

“어떻게 된 겁니까?”

“마법을 쓰지 못했습니다.”

“……?”

아이작스 대공자의 눈과 얼굴에 의문이 깃들었다. 마나를 쓰지 못하다니.

“이곳은 마법사의 무덤과 같은 곳입니다. 대기 중의 마나가 불안정하여 자칫 잘못하면 마나가 역류하거나 혹은 몸이 터져 죽어버립니다.”

그렇게 말을 하면서 거의 죽어가는 마법사를 비통하게 바라보는 마법사 안톤 경. 그의 시선을 따라 죽어가는 마법사를 보니 그의 말이 사실인 듯 마법사의 복부가 무언가 폭발한 듯이 뻥 뚫려 있었다.

“하아!”

그에 고개를 젓고 만 아이작스 대공자였다. 그때 모든 상황을 점검한 겜블 경이 다가와 아이작스 대공자에게 보고했다.

“기사 열 명이 생존했으며 부상자는 세 명입니다. 병사는 육십삼 명이 생존했으며 부상자 열네 명입니다. 아시다시피 마법사는 한 명이 살아남았습니다.”

가볍게 고개를 주억거린 아이작스 대공자는 아직도 허망한 듯 자리에 주저앉아 있는 간츠 경에게 향했다. 그는 대공자가 왔음에도 꿈쩍도 하지 않고 있었다.

"저어~ 단장님, 대공자님이십니다."

옆에 있던 기사의 말에 그제야 겨우 정신을 차린 간츠 경이 겨우 몸을 일으켜 아이작스 대공자에게 예를 차렸다. 그러한 간츠 경의 예를 받는 둥 마는 둥 한 아이작스 대공자는 이내 입을 열었다.

"지금부터 단장에게 내려진 모든 명령 권한을 회수하겠습니다. 이후 단장은 평기사와 같이 행동해 주시기 바랍니다. 또한 단장과 이하 기사들의 통솔은 여기 있는 젬블 경이 할 것이니 명에 따라주시기 바랍니다."

대공자의 발언에 간츠 경은 얼굴을 일그러뜨렸다. 하지만 뭐라 반박할 수가 없었다. 거의 모든 병력을 잃어버린 자신이다. 그리고 대공자는 고작 기사 다섯 명과 30의 병력을 고스란히 유지하면서 살아 돌아옴과 동시에 자신들을 위기에서 구했으니 당연하다 할 수 있었다.

결국 간츠 경은 고개를 숙일 수밖에 없었다. 그 모습에 살짝 입꼬리를 말아 올린 대공자는 제논을 바라보며 물었다.

"자, 이제 어떻게 하면 되죠?"

대공자의 말에 주변을 둘러본 제논은 한쪽을 손가락으로 가리켰다.

"일단 이쪽으로 가야 합니다. 지금은 정오가 약간 지난 시간. 서두르지 않으면 또다시 몬스터와 마수들의 공격을 받게 될 것입니다."

제논의 말에 대공자가 겜블 경을 바라봤다.

"출발한다! 서둘러라!"

겜블 경의 외침에 전장을 정리하고 시체를 불태워 묻던 병사들이 피곤에 절은 모습으로 힘없이 움직이기 시작했다. 모두의 얼굴에는 피곤과 비통함이 가득했다.

정오가 약간 지난 시간이라고는 하지만 이미 주변은 조금씩 어두워지고 있었다. 그레이든 산맥의 숲속은 유별나게 빨리 어둠이 찾아오는 느낌이었다. 동료를 잃은 비통함과 이틀간 끊임없이 치러진 전투로 인해 피곤이 중첩된 상황에서 또 움직이라고 하니 힘이 없을 수밖에 없었다.

"날도 어두워지는데 또다시 몬스터나 마수에 습격이라도 당하면……."

누군가의 중얼거림에 병사들의 얼굴이 더욱 침울해졌다. 그때 겜블 경의 외침이 그들의 정신을 일깨웠다.

"죽고 싶은가? 그러면 여기 남아라! 살고 싶다면 움직여라!"

겜블 경의 말이 백번 지당했다. 피 냄새가 진득한 이곳에 머문다면 오히려 죽음을 재촉하는 것과 같았다. 유난히 후각이 예민한 몬스터와 마수들이 아닌가? 그러한 그들의 후각을 자극하는 피 냄새가 사방을 진동함에 말해 무엇하겠는가.

　뒤늦게 그 의미를 깨달은 병사들은 무거운 발걸음을 옮겼다. 숲은 점점 어두워지고 있었다. 전투를 겪은 장소에서 적어도 5킬로미터 이상을 이격한 거리에 도달했다.

　평지의 5킬로미터라면 그저 한 시간 조금 넘게 걸으면 되지만 이런 울창한 숲속에서의 5킬로미터라면 평지의 20킬로미터 이상을 의미한다. 병사들과 기사들은 물 먹은 솜처럼 느릿하게 전진해 나갔다.

　"얼마를 더 가야 하나요? 이제 모두가 한계에 도달한 것 같은데요."

　아이작스 대공자가 제논에게 물었다. 그에 제논은 잠시 주위를 살폈다. 그리고 한쪽을 손가락으로 가리켰다.

　"저 나무 아래까지만 가면 불을 피울 수 있습니다."

　제논의 말에 대공자와 겜블 경은 제논이 가리킨 쪽을 바라봤다. 어디에서나 확 뜨일 정도의 커다란 나무 한 그루가 서 있었다. 하늘을 향해 삐죽삐죽 빽빽하게 서 있는 나무 중에서도 단연 돋보이는 나무였다.

　"빨리빨리 움직인다! 오늘은 저 나무 아래에서 쉰다!"

　겜블 경이 소리쳤다. 겜블 경의 말을 들은 기사들과 병사들은 빤히 보이는 곳을 가리키자 기운을 내어 걸었다. 그리고 불과 몇 분이 안 걸려 커다란 나무 아래 도착한 후 병사들은 곧바로 진을 친 후 일부는 모닥불을 피우고 일부는 식사를 준비하며 정신없이 움직였다.

　그렇게 움직이는 병사들과 기사들을 보면서 간츠 경은 인상을 찌푸렸다. 그리고 주변을 둘러보았다.

　"어째서 이런 곳이 안전하다는 거지? 오히려 마수나 몬스터의 표적이 되기에 딱 안성맞춤인 곳인데 말이야."

　사실 그러했다. 커다란 나무가 있는 이곳은 주변으로 다른 나무가 없었다. 숲 속에서 보아도 여실히 잘 보이는 곳이다. 그러함에도 이곳을 안전하다고 하는 제논의 처사에 눈살을 찌푸린 것이다.

　그것은 겜블 경이나 아이작스 대공자도 마찬가지였다.

　"이곳은… 너무 눈에 띄지 않나요?"

　아이작스 대공자가 주변을 훑어보며 제논에게 물었다. 하지만 제논의 표정은 여전히 변화가 없었다. 대신 주변에 아무렇게나 피어 있는 꽃을 하나 집어 들었다.

　"이것은 크리센이라는 꽃이 아닌가요?"

　"맞습니다."

　"이것이 왜?"

　의문이 가득한 얼굴로 제논을 바라보는 아이작스 대공자와 겜블 경이다. 크리센이란 꽃은 산과 들에 나는 들꽃으로 인간이 사는 곳이라면 어디든 잘 자라는 꽃이다.

　특히 이 크리센은 악귀를 막아준다 하는 민간신앙이 있어 대부분의 평민들은 집 문 앞에 말린 크리센을 올려놓거나 귀족들은 그저 재미 삼아 그 꽃을 말려 책갈피로 사용하는 경우가 종종 있었다.

"이 크리센은 몬스터와 마수들이 지극히 싫어하는 향을 냅니다. 과거 정령 시대에 죽은 순수 정령의 혼이 서렸다 하는 전설도 있습니다. 물론 한두 송이라면 몬스터나 마수들과 상관없겠지만 지금 이곳 숲 속의 공터를 만든 저 거대한 거목은 크리센 트리라 합니다."

"아!"

제논의 설명을 들은 대공자와 젬블 경은 감탄사를 내뱉을 수밖에 없었다. 듣기는 들었다. 그런데 그저 크리센이라는 야생화가 아니라 저 거대한 나무가 크리센 트리라는 것에 대해서 더욱더 말이다.

그리고 보니 이 거대한 나무 주변 20미터 정도에는 크리센을 제외하고는 벌레조차 없었다. 또한 이곳에 진입한 이후로는 몬스터나 마수들의 그르렁거림도 확연하게 줄고 말이다.

그러한 제논의 설명을 들었음인지 기사들과 병사들은 조금 전과는 확연히 다르게 여유를 가지고 움직이기 시작했다. 경계가 조금 느슨해졌고, 조금 더 편안한 표정이다.

그날 저녁은 상당히 빨리 완료되었다. 간츠 경이 이끈 병사들과 기사들은 이틀 만의 제대로 된 식사였다. 그리고 그들은 이틀 만에 제대로 된 멧돼지 고기와 엘크 고기를 먹을 수 있었다.

여유롭고 풍성한 식사를 마친 기사들과 병사들은 일찍 잠자리에 들었다. 숲속에서 괴롭히는 곤충이나 모기, 혹은 마수나 몬스터가 없음에 병사들과 기사들은 실로 오랜만에 단잠에 들었다.

제논은 서두르지 않았다. 모든 사람의 준비가 끝날 때까지 기다렸다가 방향을 지시하고 행군을 시작했다. 사방이 빽빽한 곳에서 다급하게 움직이는 것만큼 미련한 짓은 없다.

숙련된 몬스터 헌터라도 숲 속에서만큼은 다급하게 움직이지 않는다. 한 발자국 움직일 때마다 주변의 풍광이 변하는 숲 속이니 그것은 당연했다.

하지만 그렇게 제논에 대한 인식이 변화하고 대공자의 자리가 점점 확고해져 가면서 초조해진 사람이 있었으니, 그는 다름 아닌 간츠 경이었다.

간츠 경은 제논의 위상이나 믿음이 점점 높아지고 굳어지는 것이 못마땅하기는 했지만 그것보다 더 초조감을 드러내는 것은 바로 자신의 임무를 완수하지 못한 것 때문이었다.

그것은 자신을 따른 다섯 명의 기사 역시 마찬가지였다. 그런데 시간이 가면 갈수록 자신을 따르는 다섯 명의 기사가 조금씩 대공자 측으로 기울어지고 있었다.

　물론 그 중심에는 제논이라는 길잡이가 있었다. 그 길잡이로 인해 대공자는 기사들과 병사들을 적절하게 운용하고 힘겨운 탐사 길을 안정적이고 원활하게 움직이고 있었다.

　간츠 경이 인솔할 때보다 수배는 더 잘 인솔하고 있었다. 그 결과 대공자 나이가 겨우 열여섯 살이지만 역시 가문을 이끌 만한 능력을 지녔다는 생각이 기사들과 병사들의 뇌리에 박히게 된 것이다.

　그것이 더 간츠 경을 초조하게 만들었다. 그리고 기사들만이 아니었다. 하나 남은 마법사인 안톤 경 역시 대공자와 제논의 곁에서 떨어지지 않았다.

　그것은 바로 크리센 트리 아래에서 하루를 묵은 이후 일어난 상황인데, 주변의 마나가 불안하여 제대로 된 마법을 사용할 수 없었던 마법사가 크리센 트리의 꽃을 달여 먹은 후에는 마나가 안정됨과 동시에 근 30년을 4서클에 머물러 있더니 새벽녘에 이르러 5서클에 도달한 것이다.

　마나의 양도 양이지만 힘든 여정 속에서 아주 작은 깨달음을 얻은 덕분이다. 그리고 그 깨달음을 준 것이 바로 제논이라는 길잡이가 권한 크리센 트리의 효능 때문이었으니 안톤 경의 입장에서는 제논이라는 길잡이가 은인이나 다름없었다.

사실 그가 5서클에 다다른 것은 그저 우연일 뿐이었다. 그 레이든 산맥에 접어들면서 불안한 마나 역장에 의해 끊임없이 불안과 안정을 오가던 그 찰나에 심적인 타격과 함께 찾아온 크리센 트리의 심적 안정으로 인한 것이었다.

한마디로 상황이 교묘한 맞아떨어짐에 의해 그가 5서클에 오른 것이었다. 물론 그것을 모를 리 없는 안톤 경이었지만 그러한 기회를 자신에게 준 아이작스 대공자와 제논이 은인으로 다가왔다.

그러하니 그가 제논과 대공자의 곁에서 떨어지지 않으려 하는 것은 당연한 것이다.

'아무래도… 위험하다. 하나 어찌할 방도가 없구나.'

그렇게 생각한 간츠 경의 눈에서 새파란 살기가 살짝 쏟아져 나왔다. 그 살기는 바로 아이작스 대공자를 향한 것이었다. 그 순간 제논의 눈동자가 떨려왔다.

제논의 시선이 간츠 경을 살폈다. 간츠 경이 아이작스 대공자를 향해 쏟아낸 살기는 순식간에 사라졌다. 하지만 제논에게 있어서 그 순식간의 사이 간츠 경이 무슨 생각을 하는지 추측하는 데에는 충분했다.

"이제 목적지에 거의 도착했습니다. 이쯤에서 오늘 하루를 유숙한 뒤 출발하는 것이 좋을 것 같습니다."

제논의 말에 아이작스 대공자는 고개를 끄덕이며 사방을

둘러보았다. 어느새 날은 어두워지고 있었다. 그리고 겜블 경에게 신호를 보냈다. 탐사대의 행렬이 멈췄다.

"내일 오전 여기서 한 시간 정도만 더 가면 최종 목적지인 불귀의 계곡입니다. 한데 그곳은 상당히 위험한 곳입니다. 충분히 준비하지 않으면 계곡의 이름처럼 돌아올 수 없을지도 모릅니다. 지금까지와는 전혀 다르니 준비를 단단히 해야 할 것입니다."

"어떤 준비를 하면 될까요?"

제논의 말에 고개를 끄덕이며 수긍하는 아이작스 대공자였다. 지도에 표시된 지점은 불귀의 계곡. 그 계곡 어디인지는 알 수 없었다. 그런데 인원은 3분의 1로 줄어들어 있으니 당연히 긴장할 수밖에 없는 아이작스 공자였다.

"불귀의 계곡은 계곡이라는 말과는 다르게 그 자체가 던전과 같습니다."

"그 자체가 던전이라고요?"

"그렇습니다."

계곡 자체가 던전이라는 말에 도저히 무슨 말인지 모르겠다는 듯한 얼굴을 한 아이작스 대공자였다. 던전이라면 보통, 아니, 거의 100% 동굴에 위치한 것이니 당연한 일이다.

"계곡이라 하여 그곳이 동굴이 아닌 것은 아닙니다. 동굴 자체가 마치 계곡처럼 되어 있습니다. 또한 그 동굴을 구성하는 것이 바로 식인목입니다.”

“식… 인목. 꿀꺽!”

식인목이라는 말에 마른침을 삼키는 아이작스 대공자였다. 지금 제논의 말로 상상해 보건대, 식인목으로 구성된 계곡만큼 거대한 동굴이라는 것이다. 도무지 상상이 되지 않는 거대한 크기이리라.

“제논, 자네는 그곳을 다녀왔소?”

그때 병사들과 기사들에게 명을 모두 내린 겜블 경이 둘과의 대화에 끼어들었다. 그럴 수밖에 없는 것이 그 누구도 모른다는 불귀의 계곡을 비록 대충이나마 잘 알고 있기 때문이다.

“…한 번.”

언제나 무표정한 제논의 얼굴이 잠시간 꿈틀거리며 한 번이라는 말을 힘들게 내뱉었다. 대공자와 겜블 경은 순간적으로 불귀의 계곡과 제논 사이에 안 좋은 무언가가 있다는 것을 알 수 있었다.

“안 좋은 일이었던 모양이로군요.”

“별로 좋은 기억은 아니었습니다. 그저 입구에서 조금 들어간 정도만 알고 있을 뿐이고, 입구에서부터 몬스터가 나오는데 브러디 뱃이라는 흡혈박쥐입니다.”

흡혈박쥐라는 말에 얼굴이 딱딱하게 굳어지는 겜블 경이

었다. 흡혈박쥐는 대략 날개를 펴면 3미터 정도에 이르는 거대한 박쥐로 몬스터라기보다는 마수에 가까웠다.

웬만한 도검과 창은 아무런 충격도 없이 팅겨내고, 뾰족하게 튀어나온 입에서 무려 5미터에 달하는 혀로 사람의 피를 빨아먹는 것이 특기인데, 피를 빨리는 순간 미라처럼 변해 버리는 것이 특징이다.

거기에 그 혀에는 마비 성분까지 있어 상대하기가 여간 까다로운 몬스터가 아니었다. 그리고 흡혈박쥐는 절대 혼자 생활하지 않는다. 많게는 수천에서 적게는 수백이 함께 생활하니 웬만한 병력으로는 일시에 전멸당할 수도 있었다.

"끄으음."

그러하니 겜블 경의 입에서 앓는 소리가 나오는 것은 당연했다. 또한 그것은 아이작스 대공자 역시 마찬가지였는데, 그는 몬스터 도감이라는 책을 통해 흡혈박쥐라는 몬스터를 알고 있었다.

"흡혈박쥐는 불에 약하다고 하던데……."

"그렇기는 하나 횃불을 활용하기에는 그 수가 너무 많고 흡혈박쥐의 공격 거리가 너무 깁니다. 그러하니 상당히 난해한 몬스터라 할 수 있습니다."

그들의 상념과 고민이 깊어졌다. 던전을 지키는 첫 몬스터가 흡혈박쥐라니 정말 황당했지만 어쩔 수 없었다. 그리고 던전을 지키는 몬스터가 있다는 것은 아직 던전의 기능이 제대로 작용한다는 것이니 던전 탐사가 훌륭하게 완료될 가능성도 높았다.

물론 던전을 장악하고 있는 몬스터를 다 이겨내야만 가능하지만 말이다.

"불이라면 혹 제가 도움이 될지 모르겠습니다."

그때 지금까지 아무런 도움을 주지 못해 힘들어하던 안톤 경이 나섰다. 5서클에 오르면서 조금은 더 젊어진 안톤 경은 대공자의 일이라면 무엇이든 적극적으로 나서서 일을 하려 하였다.

"물론 안톤 경께서 나서주신다면 좋겠으나 얼마가 될지 모를 흡혈박쥐입니다. 작게는 수백, 크게는 수천이 무리지어 생활하는 그들의 습성으로 보아 혼자서는 버거울 듯싶어요."

딴은 아이작스 대공자의 의견이 옳았다. 혼자 어찌 그 많은 수를 감당한단 말인가. 도움을 주기 위해 나서는 것은 좋았으나 실효성이 없어 다시 잠잠해진 대화였다.

"혹시 유리로 된 병이 있습니까? 아니면 비상용 술이라든지요."

제논이 물었다. 그에 아이작스 대공자는 물론 겜블 경, 그리고 마법사인 안톤 경까지 고개를 갸웃거렸다.

"귀한 유리는 없을지 몰라도 비상용 술이라면 상당량 남아 있소.”

　제논의 물음에 안톤 경이 대답했다. 마법사라면 기본적으로 대용량 마법 배낭이 있을 것이다. 마법사라는 것이 대규모 광역 공격력을 가지고 있기도 하지만 치료사의 역할까지 담당하고 있으니 만일을 대비해 상당량의 술을 가지고 있었다.

　또한 치료를 위한 술이기에 상당히 독하여 자칫 잘못하면 불이 옮겨 붙을 수 있을 정도였다. 그러한 치료용 술이 있다고 하자 제논이 고개를 끄덕이며 그 용도를 설명하기 시작했다.

　“그 비상용 술을 사용해야겠습니다.”

　“비상용 술을 사용한다……. 어떻게?”

　안톤 경의 물음이 아니라 아이작스 대공자의 물음이다.

　“제가 알기로 비상용 술은 불을 붙이면 활활 타오를 정도라고 들었습니다.”

　“아!”

　그때 안톤 경이 머리를 탁 치며 아는 체를 하였다.

　“비상용 술을 던져 술을 흐르게 하고 제가 파이어 마법을 사용한다면 흡혈박쥐의 접근을 차단할 수 있고, 그것을 또한 흡혈박쥐에게 던짐과 동시에 마법을 사용한다면 흡혈박쥐를 쉬이 잡을 수 있겠군요.”

　“맞습니다. 그리하면 원거리 공격을 하는 흡혈박쥐라 하더라도 쉬이 제압이 가능할 것입니다.”

"그렇구려. 정말 그렇구려."

안톤 경과 제논의 말에 아이작스 대공자와 겜블 경이 무릎을 치며 좋아하였다. 일단은 던전의 첫 관문은 통과한 셈이니 말이다. 하지만 그것이 시작임을 이들은 아직 모르고 있었다.

"던전에서는 아주 천천히 지금보다 더욱 주의하여 움직여야 합니다. 저 또한 불귀의 계곡에는 입구 외엔 처음이니 말입니다."

"듣기로는 트레져 헌터이기도 하다고 했는데 말이오."

그때 겜블 경이 제논에게 물었다. 그러했다. 제논은 길잡이이자 몬스터 헌터였고, 트레져 헌터이자 바운티 헌터였다. 그중 트레져 헌터라면 던전에 특화된 자들로서 트레져 헌터라는 직업을 가지기 위해서는 적어도 크고 작은 던전 열 곳 이상을 성공적으로 완수해야만 가능했다.

끄덕끄덕.

말없이 고개를 끄덕이는 제논이었다. 이에 아이작스 대공자와 겜블 경의 얼굴이 환하게 밝아졌다. 지나온 여정으로 인해 이제는 제논의 능력을 완전히 믿게 된 둘이었으니 그 둘이 원하는 것이 무엇인지 듣지 않아도 뻔할 지경이다.

"하면 이번 던전 탐사 역시 제논이 맡아주기를 원합니다."

아이작스 대공자의 입에서 역시 그 말이 흘러나왔다. 겜블 경이나 안톤 경 역시 아이작스 대공자의 말이 타당하다 여겼는지 고개를 주억거리며 동의했다.

제논은 아이작스 대공자의 말에 고개를 주억거렸다. 나쁘지 않았다. 만약 이 던전 탐사에 성공한다면 20%에 해당하는 금액을 받게 되니 어쩌면 상당히 남는 장사일 수도 있었다.

그리고 궁금하기도 했다. 과거 이곳에서의 아픈 기억이 있기는 하지만 첫 번째 몬스터 이후가 궁금했다. 과거와는 천양지차로 달라진 지금의 자신으로서 과연 그 끝까지 갈 수 있을지가 궁금했다.

"그리해 주신다면 의뢰 대금 200골드에 300골드를 더 드리도록 하겠습니다. 물론 성공해야만 한다는 전제가 붙지만 말입니다."

말을 하지 않았음에도 불구하고 의뢰 대금이 절로 올라갔다. 불귀의 계곡쯤 되는 던전의 탐사나 발굴이라면 그 이상으로 의뢰 금액이 오르겠으나 이미 길잡이로서의 금액이 과하다는 것을 안 제논은 고개를 끄덕이며 의뢰를 수락했다.

"알겠습니다. 일단 오늘은 충분히 쉬도록 하십시오."

그렇게 또 하루가 마감되었다. 그리고 또 다른 하루가 시작되었다. 어제와 다르게 또 다른 하루의 시작은 부산하였고, 긴장으로 시작되었다. 던전이 바로 코앞이니 그 준비로 부산하였고, 다가올 위험에 팽팽한 긴장감을 느껴야만 했다.

안톤 경은 마법 배낭에 들어 있던 비상용 술을 각각의 병사에게 나눠 줬고, 겜블 경을 그러한 병사들을 중심으로 5인 1조, 혹은 4인 1조의 진형을 만들었다.

이윽고 모든 사람이 준비를 마쳤다. 준비가 끝나자 역시 제논이 앞장섰다. 병사들은 긴장한 눈으로 그의 뒤를 조심스럽게 따랐다. 그리고 기사들은 아이작스 대공자를 둘러싸 보호하며 천천히 이동을 시작했다.

스스스슷!

기괴한 소리가 들려왔다. 병사들이 풀을 스치는 소리일 수도 있고, 기사들이 나뭇가지에 스치는 소리일 수도 있었다. 그럴 때마다 병사들은 흠칫흠칫 놀랐지만 제논은 아무렇지도 않게 걸었다.

그러한 제논의 모습은 병사들에게 상당한 안정을 제공하였다. 하지만 조금씩 변해가는 주변 환경에 병사뿐 아니라 기사들의 얼굴도 조금씩 변해가기 시작했다.

그리고 마침내 그들은 불귀의 계곡 입구에서 마계의 마옥처럼 입을 쩍 벌리고 있는 던전을 마주하게 되었다.

츠르르릇!

무언가가 움직이는 소리. 던전 입구는 흙과 바위로 구성되어 있는 것이 아니라 수십 미터나 되는 나무와 나무가 뒤엉켜 있어 커다란 동공을 형성하고 있었다.

꿈틀.

나무들이 꿈틀거렸다. 사람 몸통보다 거대한 나무뿌리가 스르르 움직여 위치를 바꿨고, 서로 얽히고설켜 과연 저것이 어느 나무의 가지인지 모를 나뭇가지가 서로 얽힘을 풀고 기이한 형상을 했다.

마치 방문을 환영한다는 듯이 말이다. 병사들과 기사들은 마른침을 삼킬 수밖에 없었다. 나무가 자신들을 환영하고 있었다. 말은 하지 않았으나 그들 각자의 심령으로 다가드는 나무들의 기쁨.

하지만 인간으로서 느끼는 나무들의 기쁨은 소름 끼치기 그지없었다. 순수한 환영이 아니라 마치 맛있는 음식을 앞에 두고 환호하는 그런 기쁨이었다. 소름이 돋아났다.

"죽지만 않는다면 다가오지 않습니다. 죽은 자의 피를 빠는 흡혈목이니."

제논의 그 말을 증명이라도 하듯이 던전 입구 쪽에서는 수북한 해골과 뼈가 새하얀 빛을 토해내고 있었다. 그리고 그 던전 안에서는 기이한 향이 흘러나오고 있었다.

그 기이한 향에 병사들의 눈이 점점 변해가기 시작했다. 마나를 다룰 줄 아는 기사들조차 그 기이한 향에 무방비 상태로 노출되자 눈이 조금씩 풀려가고 있었다.

몇몇의 병사들은 꽉 짜인 진형에서 벗어나 자신도 모르게 풀린 눈과 벌린 입 사이로 침을 흘리며 마치 좀비처럼 던전을 향해 다가가려 하였다.

"갈!"

그때 제논은 커다란 고함 소리로 인해 입을 떡 벌리고 정신 없이 동굴의 입구를 바라보던 병사들이 깨어났다. 조금씩 기이한 향에 젖어들었던 기사들도 제논의 외침에 정신을 차렸다.

"정신 똑바로 차려야 할 것입니다."

"허어~"

기사들과 병사들이 제논의 외침에 정신을 차린 후 자신들이 무엇을 했는지 자각하자 허탈한 모습을 보였다. 특히 기사들은 병사들보다 더하였다. 마나를 다룰 줄 알아 병사들보다 정신력이 몇 배나 강한 자신들조차 넋을 잃었다는 것에 대해서 말이다.

그러한 그들을 바라보던 제논은 단단히 당부하고 앞으로 조금씩 이동하기 시작했다. 안으로 들어갈수록 던전은 어두워졌다. 그러자 이미 대비했다는 듯이 병사들이 횃불을 펼쳐 들었다.

휘우우웅!

무언가 음산한 울음소리가 들려왔고, 횃불에 비쳐진 던전 여기저기에는 핏자국과 낡은 옷 조각이 널려 있었다. 그리고 사람이 썼던 것이 분명한 무기나 장비도 보였다.

"꿀꺽!"

누군가가 마른침을 삼켰다. 굳어진 얼굴로 기사들과 병사들이 제논이 안내하는 곳으로 서서히 접어들기 시작했다. 그러기를 약 일이십 분 정도. 앞서 길을 안내하던 제논이 갑자기 멈춰 섰다.

"전투 준비!"

<u>스스스스스스</u>!

제논의 외침과 동시에 던전에 울려 퍼지는 괴이한 소리.

"1열, 방패 들어!"

"2열, 술병 투척 준비!"

동시에 울려 퍼지는 겜블 경의 외침에 병사들은 일사불란하게 움직였다. 몸 전체를 가릴 수 있는 파비스를 들어 바닥에 깊숙이 박고 팔과 어깨로 단단히 받쳤다.

그리고 그 뒤에 서 있는 병사는 출발할 때 나누어 줬던 비상용 술병을 들고 있었다. 언제든지 투척할 준비가 되었다는 듯이 말이다. 그와 함께 기사들 역시 각자의 무기에 오러를 시전하기 시작했다.

실로 순식간에 일어난 일.

캬아아아!

어둠이 움직이기 시작했다. 마치 거센 파도가 밀려오듯이 어둠이 출렁이면서 움직이기 시작했다.

“투척!”

“플레임(Flame)!”

비상용 술병이 던져지고 4서클의 화염 마법이 동시에 발현되었다. 어두컴컴하던 던전 내부가 일시에 환해지면서 강렬한 열기가 얼굴을 익힐 듯이 다가왔다.

투척을 끝낸 병사들은 파비스를 든 병사의 뒤로 바짝 다가서며 짧은 글라디우스를 꺼내 다음 명령을 대기하였다.

끼아아아아아악!

캬아아아!

'정령 빙의, 살라맨더(Salamander), 파이어 필드(Fire Field)!'

흡혈목이 몸부림을 치고 거대한 흡혈박쥐가 불이 붙은 몸으로 흡혈목에 부딪치고 동족을 향해 5미터의 긴 혓바닥을 날름거리며 동료들의 몸을 관통시키고 있었다.

안톤 경의 플레임이 효과를 보았는지 아니면 비상용 술병에서 흘러나온 술이 사방으로 흩어져서인지 갑자기 던전의 바닥에서 던전의 천장 끝까지 솟아오르는 불기둥이 생겨났다.

“사수! 사격 준비!”

“술병 투척 준비!”

흡혈박쥐가 더 이상 위협적인 존재가 되지 않는다는 것을 느낀 겜블 경은 그 즉시 병사들에게 장비한 궁을 풀어 화살을 재게 하였다. 그와 동시에 다시 비상용 술병 투척을 준비시켰다.

많은 수의 흡혈박쥐가 불에 타 재가 되기는 했지만 여전히 남아 있는 수가 죽은 수보다 많다는 것을 알고 있는 겜블 경이다.

"투척!"

"준비된 사수로부터 사격 개시!"

"플레임!"

'파이어 토네이도(Fire Tornado)!'

또다시 쏟아지는 불기둥의 향연. 그 와중에 5서클의 마법사 안톤 경은 눈을 동그랗게 뜨고 전면에서 일어나는 불의 폭풍을 지켜보고 있었다. 그리고 이내 그의 눈동자는 저절로 가장 앞에서 다가오는 흡혈박쥐를 주살하고 있는 제논에게로 향했다.

폭풍처럼 회오리를 일으키며 흡혈박쥐를 말아 올리며 가루로 만들고 있는 것. 그것은 분명 마법이었다. 그런데 자신의 그 마법을 사용하지 않았다. 물론 사방으로 불덩어리를 던져 비상용 술병을 촉매시키기는 했지만 고작 플레임 정도로 토네이도를 만들 수는 없었다.

그리고 마나에 예민한 안톤 경의 촉감으로 느껴지는 진한 마나의 향기.

'설마 그가?'

하지만 이내 머리를 저었다. 말이 되지 않는다. 자신은 이미 메모라이즈 마법을 사용했기 때문에 스펠이 없이 가능했던 것이다. 또한 정확도는 파괴력이 중요한 것이 아니라 촉매의 역할을 하면 그것으로 되었기 때문이다.

하지만 파이어 토네이도와 같은 고 서클의 마법을 사용하기 위해서는 반드시 길고 긴 스펠이 필요하였다. 그런데 그러한 스펠을 사용할 시간이 없었잖은가?

지금 기사들과 함께 정신없이 사방으로 움직이고 있는 제논의 주변에는 수북한 잿더미가 쌓여 있었다. 죽지 않고 타오르는 불길을 뚫고 끊임없이 접근하는 흡혈박쥐를 처리하기에 여념이 없다는 것이다.

"죽엇!"

겜블 경의 검이 매캐한 연기와 잘 익은 고기 냄새가 나는 흡혈박쥐의 동체를 둘로 갈랐다. 검녹색의 피가 사방으로 튀었다. 그에 갑자기 땅속에서 흡혈목의 뿌리가 튀어나오더니 반으로 갈라진 흡혈박쥐의 동체 깊숙이 뿌리를 박았다.

쯔후스르룻!

기괴한 소리가 흘러나왔다. 모골이 송연할 정도의 기괴한 소리에 병사들과 기사들은 모골이 송연할 지경이었다. 기사들과 병사들은 이를 악물었다.

"끄허억!"

그때 대열의 가장 외측에 있던 병사 한 명의 목에 흡혈박쥐의 길고 긴 혓바닥이 박혔다. 그와 동시에 꿈틀거리던 흡혈목의 뿌리가 병사의 다리를 타고 올라 병사의 목을 휘어 감았다.

"사, 살려… 끄르르륵!"

"이야악! 죽어! 죽어!"

그때 그 병사의 뒤에 있던 병사가 짧은 글라디우스로 정신없이 흡혈박쥐의 혀와 함께 병사를 휘감고 있는 나무뿌리를 정신없이 쳐 내렸다. 검녹색의 핏방울이 사방으로 튀었다.

그에 기사 한 명이 마나를 시전한 검으로 흡혈박쥐를 반으로 갈랐다.

파스스스스!

흔적도 없이 가루가 되어 던전 바닥으로 떨어져 내리는 흡혈박쥐의 사체. 병사의 글라디어스에 맞은 흡혈목의 나무뿌리는 어느새 병사를 감싼 뿌리를 스르르 풀어내었다.

그리고 떨어져 내리는 미라가 되어버린 병사의 몸.

툭! 투두두둑!

무너져 내렸다.

"방패! 방패 들어!"

악을 쓰는 기사들의 말에 멍하게 있던 글라디우스를 든 병사는 이내 파비스를 들고 어깨를 밀착시켰다. 그러한 광경은 도처에서 일어나고 있었다. 완벽하게 준비했다고 했으나 던전 자체를 구성하고 있는 흡혈목과 끊임없이 몰려드는 흡혈박쥐에 의해 병사들과 기사들이 목숨을 잃어가고 있었다.

그 와중에 가장 눈에 뜨이는 사람은 역시 제논이었다. 이미 이곳까지 한 번 와본 경험 때문인지 차분하게 가라앉은 그의 눈동자는 다가오는 흡혈박쥐와 조그마한 생채기에 뿌릴 뻗어 다가오는 흡혈목을 제거해 내고 있었다.

'징글징글하군.'

끊임없이 몰려드는 흡혈박쥐였다. 이미 기백은 죽였을 것 같은데 아직도 남아 있었으니 말이다. 하지만 그러한 흡혈박쥐도 이내 그 수가 점점 줄어들기 시작했다.

그렇게 두 시간여 동안 끊임없이 몰려드는 흡혈박쥐의 공세를 막아내고 마침내 마지막 한 마리까지 제거한 병사들과 기사들은 지친 표정과 검댕이가 묻은 얼굴로 전장을 둘러보며 한숨을 내쉬었다.

모두들 지쳐 있었다. 기사 한 명에 또다시 병사 열 명이 죽어갔다. 죽어나간 열두 명의 시체는 미라처럼 바짝 말라 있었다. 피와 수분을 모두 빨린 상태로 말이다.

"쉬었다 가도록 하겠습니다."

제논의 말에 간신히 서 있던 병사들이 그대로 자리에 털썩 주저앉았다. 기사들 역시 다르지 않았다. 흡혈박쥐와 싸울 때는 몰랐으나 싸움이 끝나고 나니 피곤이 한꺼번에 몰려옴을 느꼈다.

"벽에 기대지 않도록 한다!"

슬금슬금 벽에 기대려 하는 병사를 본 겜블 경이 외쳤다. 상처가 없다고는 하지만 전신에 피를 뒤집어쓰고 있는 병사들이었다. 땀과 피로 범벅된 지금의 상황에서 자칫 잘못하면 흡혈목에 피를 빨릴 수 있기 때문이다.

절대 가볍지 않은 던전이었다. 오는 와중에 3분의 2가 죽었고, 던전 초입에서 벌써 열한 명이 죽임을 당했다. 물론 그 대부분이 부상자들이었지만 지금은 그들의 죽음마저도 안타까운 상황이다.

"무섭군요."

한참 동안 아무 말이 없던 아이작스 대공자가 입을 열었다. 그에 겜블 경과 안톤 경이 고개를 끄덕였다. 겜블 경보다는 안톤 경이 더 그러했다. 무려 두 시간여 동안 마법을 시전했다.

아무리 마나의 소모를 줄이기 위해 메모라이즈하여 사용

했다지만 마나가 동이 날 정도로 끊임없이 사용한 탓에 숨이 턱에까지 닿아 있는 안톤 경이었다.

무섭고도 무서웠다. 끊임없이 몰려드는 흡혈박쥐와 피 냄새를 맡고 끊임없이 틈을 노리는 흡혈목들. 기사들도 지쳐서 쓰러질 정도였다. 그런데 그것이 겨우 던전의 초입이다.

"앞으로가 더 걱정이로군요."

한숨이 새어 나왔다. 총인원은 이제 겨우 64명이다.

'과연 성공할 수 있을까?

아이작스 대공자의 안색이 어두워졌다. 한 번도 실패할 것이라고 생각해 보지 않았다. 던전이라는 것. 그냥 다녀오면 되는 줄 알았다. 물론 힘들다는 것은 들어 알고 있었다.

하지만 듣는 것과 실제 경험하는 것은 그야말로 천양지차였다. 사방으로 널려 있는 몬스터와 그러한 몬스터를 막아내지 못해 뼈째로 씹어 먹히는 모습은 그야말로 인세의 지옥과 다르지 않았다.

그러한 경험을 하는 동안 아이작스 대공자는 조금씩 커가고 있었다. 자신이 해야 할 것이 무엇이며, 어떻게 행동해야 하는지를 알게 되었다. 그 이면에는 제논이라는 길잡이가 있었다.

그가 아니었다면 자신은 이미 죽었을지도 모른다. 또한 겜블 경이라는 기사를 그저 기사로만 봤을지도 모른다. 그리고 간츠 경을 두려워해서 여전히 겜블 경의 뒤에 숨었을지도 모른다.

하지만 이제는 아니었다. 간츠 경이 지휘하던 탐사대는 어느새 자신의 명을 따르고 있었고, 기사들의 질시에 조금 물러나 있던 겜블 경은 기사들을 진두지휘하고 있었다.

'정령 소환. 실프(Sylph), 정찰(Reconnaissance)!'

그러는 동안 제논은 조용히 앉아 정령을 소환했다. 그러자 공간이 일그러졌다. 하지만 자세히 눈에 마나를 모으고 보지 않으면 알 수 없을 정도의 일그러짐에 아무도 그것을 알아채는 이는 없었다.

지금 실프는 제논과 감각을 공유하고 있었다. 실프의 눈으로 정찰하는 던전은 끝이 없었다. 끝없는 어둠과 사방에 존재하는 몬스터와 바닥과 천장, 벽을 장식하고 있는 트랩은 정신이 혼미할 정도였다.

그리고 개중에 쉴 만한 몇 군데를 볼 수 있었다. 그에 제논은 실프를 불러들이고 조용하게 말했다.

"이제는 움직여야 합니다."

"알았어요."

아이작스 대공자가 제논의 말에 겜블 경에게 눈짓하자 겜블 경은 곧바로 일어나 외쳤다.

"기상! 기상하라! 대열을 정비하라!"

또다시 시작되었다. 지옥의 아가리처럼 쩍 벌린 어떤 존재
가 있을지 모르는 던전 속으로 들어가 생명을 담보로 하는 전
투가 시작되었다.

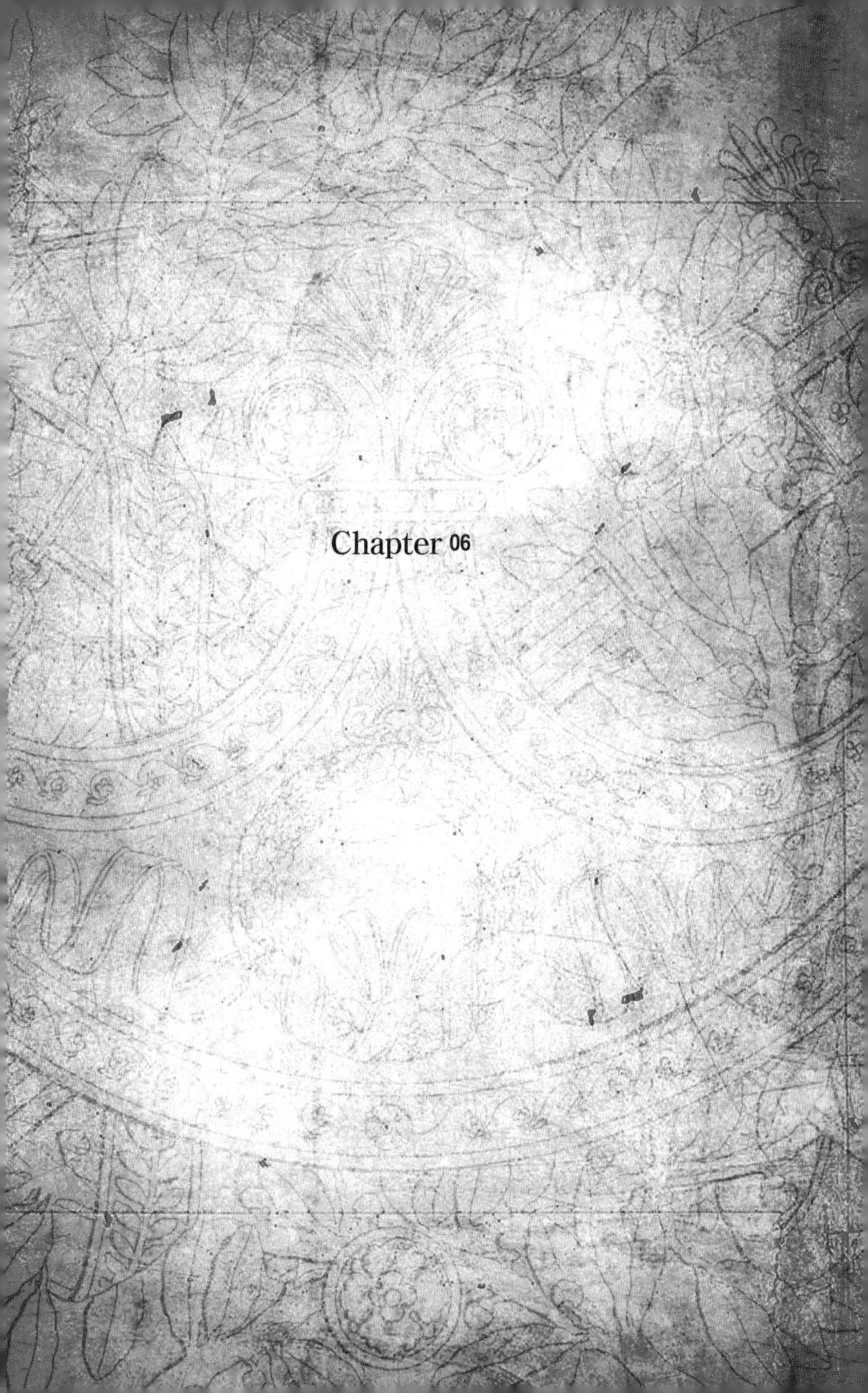

Chapter 06

Number Seven

"…이, 이런, 쓰벌!"

간츠 경은 지금의 이 상황을 믿을 수가 없었다. 죽은 듯이 조용히 있었다. 물론 던전에 들어와서 조금은 위험한 짓거리를 하기는 했지만 그것이 들켰으리라고는 생각조차 못했다.

한데 아니었다. 간츠 경은 자신의 복부를 뻥 뚫고 지나간 자이언트 레드 웜의 촉수를 바라보고 있었다. 일반적인 웜이 아니었다. 일반적인 웜보다 족히 세 배는 될 듯한 거대한 크기에 몸통 전체가 불타는 듯한 붉은색으로 뒤덮여 있다.

그리고 입에서 수백 가닥의 촉수가 튀어나왔다. 이것을 이

용해 아이작스 대공자를 제거하고 싶었다. 그런데 오히려 자신이 당하고 말았다. 형언할 수 없는 복잡한 눈동자를 하고 있던 간츠 경이 무너져 내렸다.

털썩.

간츠 경은 무척이나 용감하게 싸웠다. 자신을 따르는 세 명의 기사를 진두지휘하며 차근차근하게 자이언트 레드 웜을 유인하면서, 그리고 수많은 상처를 내면서 아이작스 대공자가 있는 쪽으로 유인했다.

하지만 결정적인 순간, 아주 잠깐의 순간 자이언트 레드 웜의 입에서 튀어나온 촉수가 자신을 비롯한 유인하는 세 기사의 복부를 꿰뚫고 지나갔다.

물론 그 모든 것을 의도한 것은 바로 제논이었다. 이곳까지 오면서 아이작스 대공자는 또 하나의 비밀스런 의뢰를 제안했다. 바로 간츠 경과 그를 따르는 기사들의 죽음이다.

어찌 보면 열여섯 살의 어린 귀족가의 대공자가 의뢰한 것이 맞는가 하는 의문이 들기는 하지만 분명 이것은 아이작스 대공자의 의뢰에 의한 것이었다.

물론 이곳 던전에서 그의 죽음을 원한 것은 아니었다. 아이작스 대공자 자신을 죽이려 한다면 대응해 달라는 의뢰였지만 불행하게도 그것을 알지 못하는 간츠 경은 위험한 모험을 한 것이다.

결국 그 모험의 결과는 죽음으로 돌아왔다.

키에에에엑!

그리고 덕분에 자이언트 레드 웜은 더욱더 난폭해져 있었다. 이제 기사는 겨우 다섯 명이 남았고, 병사는 40명 정도 남았을 뿐이다.

"견제!"

제논의 입에서 튀어나온 말이다. 그에 겜블 경은 기사 둘을 뒤로 물리고 병사들에게 방패와 긴 창을 들게 하여 후면을 제외한 세 방향을 둘러싸 긴 창으로 찔러들었다.

그리고 각 방향에는 기사들이 있어 자이언트 레드 웜의 촉수와 끈적끈적한 점액질을 받아 쳐내고 있었다. 제논의 신형이 던전의 천장까지 튀어 올랐다.

'블레이드 익스플로젼(Blade Explosion)!'

어느새 꺼내 들었는지 제논의 두 손에는 50센티미터가량의 블레이드가 들려 있었다. 두 개의 짧은 도가 교차하며 커다란 폭발이 일어났다. 그리고 그 폭발은 여지없이 자이언트 레드 웜의 전신을 덮쳤다.

콰가가각!

끼아아아악!

자이언트 레드 웜의 끈적끈적한 체액이 사방으로 튀었다. 단단하기 그지없어 오직 기사들의 오러에만 그 상처를 조금씩 내던 자이언트 레드 웜의 등 한 부분이 움푹 파였다.

자이언트 레드 웜은 울부짖었다.

상당히 크고 커다란 상처였으나 여전히 자이언트 레드 웜은 충분히 힘이 남아 있었고, 또한 위협적이었다.

"휠 윈드(Wheel Wind)!"

그때 정면을 담당하고 있던 겜블 경이 검과 방패를 수평으로 펴더니 바람개비처럼 거침없이 회전하기 시작했다. 작게 시작한 그 회전은 이내 그가 시전한 마나와 함께 무수한 잔상을 남기며 괴로워하는 자이언트 레드 웜의 하부를 그대로 파고들었다.

카가가가가각!

취이이익!

자이언트 레드 웜은 고통에 몸부림치면서도 징그러운 입에서 강력한 부식성 액체를 내뿜었다. 하지만 겜블 경에게는 별무소용이었다. 거침없이 도는 그의 몸에서는 뿌연 마나의 막이 생겨나면서 자이언트 레드 웜의 강력한 부식성 액체를 튕겨내고 있었다.

하지만 그것은 오래가지 않았다. 부식성 액체가 너무나 강해서인지 이내 겜블 경의 움직임이 점점 느려지기 시작했다. 그러면서 그의 몸을 감싸고 있던 풀 플레이트 메일이 하얀색 연기를 내며 움푹움푹 녹아내리기 시작했다.

　겜블 경의 도움 덕에 자이언트 레드 웜의 등에 안착한 제논은 그 즉시 두 개의 블레이드를 자이언트 레드 웜의 등에 꽂아 넣었다.

　'정령 빙의, 살라맨더(Salamander), 화이트 플레임(White Flame)!'

　화아아아악!

　자이언트 레드 웜의 등에 꽂은 두 개의 블레이드에서 백색의 광망이 터져 나왔다. 그에 제논은 그 두 개의 블레이드를 잡고 그대로 달려가기 시작했다.

　끼아아아아악!

　겜블 경에게 집중해 강력한 부식성 액체를 뿜어내던 자이언트 레드 웜이 커다란 비명 소리를 내고야 말았다. 자이언트 레드 웜의 등이 쩌억 갈라지기 시작했다.

　한 줄도 아닌 두 줄로 갈라진 자이언트 레드 웜의 등. 보통의 마나가 시전된 검에 상처가 나더라도 금세 회복되던 등이 전혀 회복되지 못하고 쩌억 갈라지며 그 속이 훤히 드러나기 시작한 것이다.

　"상처에 화염계 마법을."

　제논은 거대한 자이언트 레드 웜의 등을 달리면서 외쳤다. 그 소리를 들은 안톤 경은 그 즉시 마법을 스펠하기 시작했다. 메모라이즈해 둔 화염계 마법이 있기는 하나 위력이 약하다.

"타올라라! 마나의 힘이여! 모여들어 그 모습을 보여라! 뜨거운 불꽃! 파이어 스피어(Fire Spear)!"

화르르륵! 쿠와아아앙!

안톤 경이 불의 창을 날린 곳은 바로 겜블 경에 의해 조금은 큰 상처를 입은 곳이었다. 그곳으로 향한 불의 창! 매캐한 연기가 던전에 가득차기 시작했다. 그리고 자이언트 레드 웜의 몸부림이 시작됐다.

"피햇!"

"방패 들어! 순차적 후퇴!"

자이언트 레드 웜이 괴로운 듯이 이리저리 몸을 부딪치며 괴성을 질러댔다. 징그러운 입에서는 수십 가닥의 촉수가 삐져나와 사방을 후려치기 시작했고, 동시에 부식성 액체가 벽에 닿으며 흰 연기를 내며 녹아내리기 시작했다.

'정령 빙의. 엘리멘탈 버스터(Elemental Buster)!'

쩌저저저정!

콰과과과과쾅!

터졌다. 근 7미터에 달하던 거대한 자이언트 레드 웜의 몸체가 그대로 터져 나가기 시작했다. 조각조각 난 자이언트 레드 웜의 몸체가 사방으로 날리기 시작했고, 부식성 산성액이 쏟아져 나오며 자이언트 레드 웜이 있던 자리를 녹이기 시작했다.

치이이이잇!

커다란 구덩이가 생겼다. 폭발하는 자이언트 레드 웜의 모습에 급급하게 펼친 광역 실드에 자이언트 레드 웜의 산성액과 조각난 살덩이가 부딪치며 실드를 뒤흔들었다.

후두두둑!

아이작스 대공자와 겜블 경, 그리고 살아남은 기사들과 병사들이 바라보는 그곳에는 제논이 자리하고 있었다. 제논은 터져 나가 거의 절반 이상이 사라진 자이언트 레드 웜의 정수리 위에 오연히 서 있었다.

모두의 얼굴에 안도하는 기색이 어렸다. 그들에게 있어 제논이라는 존재는 이미 커다랗게 각인되어 있어 이 탐사대를 실질적으로 이끌어 나가는 존재가 되어 있었다.

그의 존재가 있고 없고에 따라서 여기서 살아나가느냐 못 나가느냐, 혹은 던전 탐사가 성공하느냐 못하느냐가 달렸다. 그는 이제 그런 존재가 되었다. 이번 자이언트 레드 웜을 잡으면서 죽어간 기사단장인 간츠 경이나 그를 따르는 세 명의 기사는 안중에 없었다.

왜냐하면 그들은 탐사대를 이끌어 나감에 있어서 도움이 되지 않았기 때문이다. 오히려 사사건건 제논과 부딪쳐 대공자나 겜블 경의 중재에 의해 여기까지 온 그들이다.

　그리고 그러한 그들에 의해 죽지 않아야 할 병사들이 죽어 나갔으니 당연했다. 수없이 많은 트랩을 헤쳐 나온 것도 제논이었고, 던전에 서식하고 있는 몬스터를 피해 오고 이겨낸 것도 제논 덕분이었다.

　견제와 질시도 시와 때가 있는 법이다. 그런데 간츠 경은 자신의 임무가 실행되지 않을까 봐 노심초사하여 이를 가리지 못하고 나서는 바람에 누구 하나 그의 죽음을 애통해하거나 비통해하는 이가 없었다.

　"장내를 정리하도록!"

　정신을 차린 아이작스 대공자가 겜블 경에 명을 내렸다.

　"명! 모두 정신 차리고 움직여라!"

　그에 겜블 경은 바로 명을 받들어 지시를 내렸다. 겜블 경도 그러하지만 그 명을 따르는 기사들과 병사들 역시 이제는 익숙하게 움직였다. 불과 며칠이지만 이곳 던전은 그들을 그렇게 만들고 있었다.

　곧바로 기사들과 병사들이 움직였다. 기사들은 주변에 죽어 널브러진 몬스터 사체의 가죽을 마나를 시전한 검으로 죽죽 그었고, 그에 병사들은 능숙하게 몬스터의 가죽을 벗겨내고 있었다.

　몬스터의 부산물은 버릴 것이 하나도 없다. 거기에 이곳에는 5서클의 마법사까지 있었으니 자이언트 레드 웜이 사방으로 뿌린 강한 부식성 산성액까지 모두 쓸어 담을 기세였다.

그러한 모습을 보며 아이작스 대공자는 가볍게 검에 맺힌 자이언트 레드 웜의 체액을 털어낸 뒤 검집에 검을 집어넣었다. 어느새 그는 훌쩍 성장해 있었다.

한 사람의 남자로서, 한 사람의 귀족으로서 말이다. 그는 여전히 무표정하게 몬스터의 부산물을 처리하고 하루를 마감하고 새로운 하루를 위한 휴식 준비로 바쁜 기사들과 병사들을 바라보고 있었다.

아이작스 대공자는 아무 거리낌 없이 제논의 옆에 털썩 주저앉았다. 처음의 소심함과 내성적인 성격은 이제 어디 갔는지 제법 남자다운 모습을 보여주고 있는 아이작스 대공자였다.

"그게 뭐죠?"

뜬금없이 물어보는 아이작스 대공자였다. 물론 뜬금없지만 제논은 충분히 그 의미를 알 수 있었다. 지금 아이작스 대공자와 제논은 상당히 가까워진 상태였다.

아니, 어쩌면 아이작스 대공자에게 있어 제논이라는 존재는 새로운 삶을 살게 해준 존재일지도 몰랐다. 그래서 제논보다는 아이작스 대공자가 더 적극적인지도 몰랐다.

"무엇을 말입니까?"

제논은 무슨 말인지 모르겠다는 듯이 되물었다. 그러자 아이작스 대공자는 뚫어지기 제논의 눈동자를 바라보았다. 그렇게 되묻는 의미를 찾아내겠다는 듯이 말이다. 하지만 아무것도 알아낼 수 없었다.

"아직 저는 제논님에게 마음을 터놓을 존재가 아닌가요? 저는 이미 제논님에게 마음을 터놓았는데 말이지요."

어느새 아이작스 대공자는 제논을 제논이라 부르지 않고 제논님이라고 부르고 있었다. 귀족가의 대공자로서 있을 수 없는 일이었지만 그러한 아이작스 대공자의 행태에 대해 뭐라 하는 이는 아무도 없었다.

적어도 지금의 탐사대를 이끌고 있는 중심은 바로 아이작스 대공자였으니 말이다. 그는 남자답고 믿음직스럽게 변해 있었다. 몬스터의 죽음에도 몸서리치지 않았으며, 병사들과 기사들의 죽음에도 애통해하나 살아남은 기사들과 병사들을 위해 그들을 잊고자 했다.

하지만 잊는다고 해서 다 잊지는 않았다. 그들이 간직했던 가장 소중한 하나를 반드시 챙겨 자신의 품속에 갈무리하였다. 그 의미는 죽은 자들은 시체는 여기 남으나 조금의 신체라도 고향에 묻어주고자 함이라는 것을 모르는 기사와 병사는 없었다.

"제가 탐이 나십니까?"

"탐이라기보다는 존경입니다."

"존경이라……."

탐이라는 것은 인간의 탐욕을 의미한다. 가지고 싶고 적재적소에 사용하고 싶은 욕심 말이다. 하지만 존경은 의미가 다르다. 존경이라 함은 그저 바라만 봐도 된다는 것을 의미하니까.

"평민이기도 하고 저와 함께한 지 이제 겨우 한 달 보름밖에 되지 않았습니다만?"

"이미 제논님은 제 마음의 스승이십니다."

"마음의 스승이라……. 저는 딱히 공자님께 무엇을 가르치거나 한 적이 없는 것으로 알고 있습니다만."

맞다. 제논은 아이작스 대공자에게 딱히 무엇을 해준 것이 없었다. 하지만 아이작스 대공자의 얼굴은 그것이 아니었다. 그 얼굴에는 무언가 고집스러움이 묻어나 있었다.

아이작스 대공자는 그동안 상당히 많이 성장했다. 정신적으로 육체적으로 말이다. 처음 가문을 떠나 이곳으로 올 때는 그저 힘없고 나약한, 그러면서도 가슴에 불덩어리를 안고 있던 그런 소년이었다.

하지만 지금은 검을 다루고, 기사들을 마음으로 굴복시키고, 전체적인 탐사대 일정의 완급을 조율할 정도로 성장해 있었다. 그것은 성인이라고 해도 쉽지 않은 일이었으나 아이작스 대공자는 그것을 해내었다.

그리고 결정적으로 아이작스 대공자가 제논을 잡고자 하는 이유는 다른 것이 아니었다.

'그에게서 아버지의 향기가 난다.'

바로 그것이었다. 세 살 이후로 아버지를 본 적이 없다. 아버지는 언제나 침상에 누워 있었으니 말이다. 하지만 나름 천재 축에 드는 아이작스 대공자는 두 살 때부터 아버지와의 기억을 고스란히 가지고 있었다.

엄하지만 따스하고, 무뚝뚝하지만 인자했던 그런 아버지의 품을 말이다. 그런데 그동안 잊고 있던, 혹은 그토록 그리워했던 아버지의 향기가 제논이라는 용병에게서 흘러나왔다.

많이 힘들었다. 하지만 힘들다고 할 수 없었다. 모든 사람들이 자신만을 바라보고 있었기 때문이다. 남작 가문을 이끌어야 하는 의무에서 헤어나올 수 없었다.

그 누구도 자신을 열여섯 살의 소년으로 보아주지 않았다. 자신은 언제나 열여섯 살 먹은 차기 남작이었고, 경쟁의 대상이었으며, 권력의 핵심이었다. 그래서 힘들어도 힘들다는 말을 못했고, 기대고자 해도 기댈 만한 자가 없었다.

그런데 처음 본 제논이 자신에게 말했다. '힘들면 힘들다'고 말하라고. 그리고 지켜주었다. 레오파드로부터 지켜주었고, 간츠 경의 견제에서 지켜주었고, 포악한 그레이든 산맥에서 지켜주었다.

거기에 자신이 성장할 수 있도록 도와주었다. 비록 말은 거의 하지 않고 계약 관계에 놓여 있는 상황이지만 자신은 성장했고, 어느 순간 제논이라는 용병에게 기대고 있다는 것을 느낄 수 있었다.

한 번도 가져 보지 못한 생경한 느낌에 깜짝 놀라기를 여러 번이다. 처음엔 당혹스러웠으나 지금은 자연스러웠다. 이곳 던전에 들어와서도 마찬가지였다.

제논이라는 용병은 길잡이라는 명목하에 가장 선두에 서서 탐사대를 이끌었으며, 그 덕분에 최소한의 희생으로 던전의 3분의 1 정도를 개척할 수 있었다.

물론 그 와중에 제논이라는 용병은 어떻게 알았는지 자신의 목에 걸린 가시와 같은 존재인 간츠 경과 그를 따르는 기사들까지 제거해 주었다. 방금 전 끝난 자이언트 레드 웜과의 전투에서 말이다.

"후읍!"

아이작스 대공자는 크게 숨을 들이쉬었다. 그 스스로가 생각하기에 여기서 모든 것을 끝을 내야만 했다. 놓치기도 싫었고, 헤어지기도 싫었으며, 이대로 계속 마음의 열병을 가지고 다니기도 싫었다.

마음을 단단히 먹은 아이작스 대공자가 드디어 입을 열었다. 그가 그런 행동을 하는 사이 어느새 겜블 경과 그를 따르는 다섯 명의 기사 역시 대공자의 뒤에 도열해 있었다.

"나는 고작 15년을 살았죠. 어머니는 내가 태어나자마자 돌아가시고, 아버지는 12년 전부터 병상에 누워 계시죠. 숙부는 호시탐탐 저의 자리를 노리고 있지요. 거기에 나의 계모와 숙부가 그렇고 그런 사이라는 소문도 있어요."

아이작스 대공자는 자신의 치부, 혹은 가문의 치부라 할 수 있는 모든 것을 솔직하게 말하기 시작했다. 지금까지 그 누구에게도 하지 않았던 아이작스 남작 가문의 상황에 대해서 말이다.

"나는 천재죠. 두 살 때부터의 일을 기억하고 있으니까요. 나는 의지할 곳이 없었어요. 그 누구에게도. 나는 열여섯 살의 소년이 아닌 차기 남작가를 이끌 후계자일 뿐이었으까요."

그렇게 아이작스 대공자는 자신과 가문의 일을 말했다. 대공자의 말은 오래도록 지속했다. 그 말을 하기 전 기사들이 도열했고, 이야기가 진행되는 동안 지친 몸을 쉬고 있던 병사들 역시 그 이야기에 귀를 기울이게 되었다.

누군가는 안타까워 탄식을 자아냈고, 누군가는 도저히 있을 수 없는 일이라며 어금니를 깨물었고, 누군가는 그 가슴 절절하고 답답함에 스스로 가슴을 치며 굵은 눈물을 흘렸다.

"나에게 힘들면 힘들다고 말하라고 한 사람은 처음이었어요. 그 말을 하는 지금도 나는 심장이 쿨렁거리죠. 그 말이 나를 변하게 했어요. 스스로의 알에 가뒀던 자신을 응원하며 두꺼운 알 껍질을 깨고 나오게 할 수 있었죠."

제논은 고개를 끄덕일 뿐이었다.

"그때부터 난 그저 머리가 조금 좋은 천재 소년에서 작게는 탐사대를 이끌어야 할 탐사대장으로서, 크게는 허물어져 가는 남작 가문을 일으켜 세울 후계자로서 자각했어요. 변한 것이죠."

그런 말을 하는 아이작스 대공자의 목소리에는 자신감이 가득했다. 스스로 대견하게 생각한다는 듯이 말이다. 하지만 그는 자부심을 가져도 될 것이다. 그는 그만큼 성장했으니까.

"지금 나에게는 여기 있는 사람이 전부예요. 제논 때문에 용병에 대한 인식이 바뀌기는 했지만 여전히 부정적인 것도 사실이고요. 그리고 아까 제논이 나에게 말했던 것처럼 탐이 나요. 그 끝을 알 수 없는 무력도 탐이 나고, 평생 내 곁에 두고 스승으로서 조언을 구하고 싶기도 하고, 여기 살아 있는 기사들과 병사들의 스승으로 삼고 싶은 생각이 내 머리 가득 차 있어 결코 다른 생각을 할 수 없을 정도예요."

욕심을 그대로 말했다. 감언이설로 제논을 설득하는 것도

아니고, 오히려 자신이 치부를 보이며 도와달라고 하고 있었
다. 그렇지 않아도 아이작스 대공자에 대한 인상이 그리 나쁘
지 않던 차다.

거기에 솔직하고 자신을 숙이면서 도와달라고 요청한다.
그에 제논의 냉정하던 눈동자가 조금씩 흔들리기 시작했다.
그리고 그때 제논은 주머니 속에 집어넣은 손으로 무엇인가
를 만지작거리기 시작했다.

그것은 바로 어쌔신을 제거하고 그들 중 한 명에게 얻을 수
있었던 표식이다. 엄지손톱만 한 표식. 그리핀 문양이 있던
그 표식 말이다. 그 표식을 만지작거리던 손에 땀에 배어나왔
으며, 손가락에 힘이 들어갔다.

"…이죠. 부디 저와 여기 남아 있는 모두를 도와주십시
오."

그렇게 마침내 아이작스 대공자의 길고 긴 말이 끝이 났다.
침묵이 이어졌다. 아이작스 대공자는 자리에서 일어나 제논
을 향해 무릎을 꿇었다. 제논은 그것을 제지하지 않았다.

비단 아이작스 대공자뿐만이 아니었다. 이야기가 시작할
때부터 아이작스 대공자의 뒤에 도열했던 다섯 명의 기사 역
시 무릎을 꿇고 가슴에 주먹을 대고 고개를 숙였다.

그리고 병사들은 자신도 모르게 숙연해진 표정과 함께 기
사들의 뒤에 도열했다. 각자의 무기를 들고 전방을 바라보며

가슴을 펴고 부동자세로 서 있는 40명의 병사.

그 모습은 실로 대단하여 누가 지켜본다면 오금이 저리고 가슴을 울리는 모습에 경탄을 자아내고 말 것이다. 예리하게 잘 갈린 무구와 엄숙하고 절도 있는 표정과 행동.

그들을 바라보던 제논이 마침내 주머니에서 손을 빼고 일어섰다. 그리고 아이작스 대공자의 앞으로 가서 무릎을 꿇었다.

"제가 이런 의식을 받아도 될지는 모르겠습니다. 하지만 귀족과 기사들, 그리고 정예화된 병사들의 이런 예를 받고 외면한다면 전 앞으로 아무것도 할 수 없을 것 같습니다."

그렇게 말을 하며 두 손으로 아직 무릎을 꿇고 있는 아이작스 대공자를 일으켜 세웠다.

"허… 락해 주시는 겁니까?"

아이작스 대공자의 말에 까칠한 수염이 꿈틀거렸다. 그것은 분명 웃음일 것이다. 그리고 고개를 끄덕이는 제논이었다. 그에 아이작스 대공자의 얼굴이 활짝 펴졌다.

제논의 승낙이 떨어짐과 동시에 기사들 역시 일어나 있었다. 그들의 얼굴 역시 환하게 밝아져 있었다. 피곤한 와중에 밝아진 얼굴. 며칠을 씻지 못해 가무잡잡한 검댕이가 묻은 얼굴 사이로 흰 이를 드러내며 웃는 기사들과 병사들이었다.

그때 제논은 자신의 마법 배낭에서 무언가를 꺼내 들었다.

그것은 상당히 큰 황금으로 된 잔이었다. 화려하지는 않았으나 그 크기와 성스럽기까지 한 황금 잔에 눈이 쏠렸다.

그리고 그 황금의 잔을 내려놓은 제논은 주머니칼을 꺼내 손바닥에 살짝 상처를 내어 피를 황금 잔에 담았다. 그 행동을 본 아이작스 대공자 역시 어떠한 설명도 없이 제논이 행한 그대로 했고, 기사들과 병사들 역시 마찬가지였다.

제논을 비롯한 아이작스 대공자의 피, 그리고 다섯 명의 기사와 40명의 병사의 피를 담은 황금 잔이 다시 제논에게로 돌아왔다. 제논은 그 황금 잔을 두 손으로 들어 올리며 진중하게 외쳤다.

"나 제논 패트리아스는 아이작스 가문의 대공자인 코튼 아이작스와 그의 신의 있고 용맹한 기사들인 필레인 겜블, 앤소니 패티스, 알렉산더 구스타프, 안데르손 실바, 헤난 바리오와 아이작스 남작 가문의 용맹한 병사 상급병 가르시아 이하 39명과 함께 언약의 잔에 진실의 피를 모아 맹세하노니, 죽음의 강을 건너는 그 순간까지 신의와 용맹, 충성과 정의로서 대할 것임을 정의의 여신이신 아스트라이아님께 고합니다."

그 말과 함께 잔에 담긴 피를 한 모금 마셨다. 그리고 하늘을 향해 두 손으로 다시 한 번 들어 올리고 그 황금 잔을 아이작스 대공자에게 돌렸다. 아이작스 대공자 역시 제논이 했던 그대로 하늘에 고하였고, 다섯의 기사와 40의 병사 모두가 제논과 똑같은 행동을 반복하였다.

이러한 피의 의식은 이미 오래전에 없어진 드래곤의 맹약과 같은 인간들의 언약으로서 반드시 지켜야만 하는 것이다. 물론 그 완벽한 효력은 신전에 가서 대신관이 입회한 상태에서 해야 할 것이나 그렇다 하더라도 피의 효력은 그대로 남아 이 피의 맹세를 한 이들 모두에게 영향을 끼칠 것이다.

"스승님을 뵙습니다."

"마스터를 뵙습니다."

아이작스 대공자가 가장 먼저였고, 기사들이 따랐고, 병사들이 따랐다. 물론 일개 대공자의 스승이 됨이 모두의 스승이라 할 수는 없으나, 이미 기사들과 병사들은 지난 시간 동안 제논이라는 사람에 대해서 충분히 경험했기에 스스로 인정하고 들어간 것이다.

이 의식은 실로 대단한 효과를 불러왔는데, 그것은 다름 아닌 기사와 병사라는 신분적인 벽을 허물었다는 것이다. 물론 살아남은 기사가 모두 평민 출신이라고는 하나 그렇다 해도 실로 대단한 효과라 할 수 있었다.

그리고 이 무서운 던전에서 살아나갈 수 있는 끈끈한 단결력을 가지게 하는 데 탁월한 효과를 보여주었다. 어찌 되었든 제논은 이들의 마스터가 됨으로써 무언가를 해야만 했다.

그에 제논은 대공자를 보며 입을 열었다.

"대공자께 묻겠습니다."

"무엇이든지."

"마흔다섯 명의 기사를 두시겠습니까, 아니면 다섯 명의 기사와 사십 인의 병사를 두시겠습니까?"

"그야 물론 마흔다섯 명의 기사를 두고 싶습니다."

아이작스 대공자의 말을 들은 겜블 경과 네 명의 기사를 바라보며 물었다.

"마흔 명의 동료를 두겠는가, 아니면 마흔 명의 병사를 두겠는가?"

"마흔 명의 동료를 두겠습니다."

그에 제논은 슬쩍 고개를 끄덕인 후 입을 열었다.

"이후 이 장소에서 10일간 머물도록 하겠습니다."

"명!"

그들은 묻지 않았다. 이미 제논이 무슨 말을 하려는지 알고 있기 때문이다. 40인의 기사란 무엇인가? 그것은 바로 살아남은 40명의 병사를 기사로 만들겠다는 말이다.

40명의 기사.

그것도 다 일주일 만에 말이다. 하지만 누구도 토를 달지 않았다. 왠지 모르게 제논이 말하면 그것이 아무리 불가능한 것이라 할지라도 꼭 이루어질 것만 같았기 때문이다.

제논이 가장 먼저 부른 이는 역시 아이작스 대공자였다. 그리고 아이작스 대공자가 익히고 있는 검술과 마나 호흡법에 대해 세심하게 물어보았으며, 아이작스 대공자의 몸 곳곳을 만지며 골격을 살펴보았다.

"지금의 대륙에는 마나 오션[단전]이라는 개념이 없습니다. 그래서 기사는 마나를 온몸에 퍼뜨려 사용하고 있습니다. 때문에 기사들은 마법을 익힐 수 없음은 물론이요, 마나를 다루는 세기가 약하여 오러 포스[검기]나 오러 얀[검사], 그리고 오러 리저넌스[검명]의 단계에 이르기 힘들고 오러 블레이드[검강]는 더더욱 힘듭니다."

제논의 설명에 아이작스 대공자는 고개를 끄덕였다. 이것은 지금 대륙의 모든 기사들이 알고 있는 일반론이었기 때문이다. 그것은 세 살 먹은 어린아이도 아는 사실이니까.

당연한 것을 설명하는 제논을 보고 왜 그러한지 의문을 드러내지 않는 아이작스 대공자였다. 연유가 있을 것이다. 아무런 의미 없이 다 알고 있는 사실을 말하지는 않을 것이니.

"제가 지도할 마나 호흡법은 마나 오션이 각기 언더, 미들, 하이퍼로 나눠지며, 언더 마나 오션[하단전]을 완벽하게 생성함에 오러 블레이드를, 미들 마나 오션[중단전]을 완벽하게 생성함에 오러 멤브레인[호신강기]을, 하이퍼 마나 오션[상단전]을 완벽하게 생성함에 오러 플라워[검화]를 피울 수 있습니다."

　제논의 설명에 아이작스 대공자의 눈이 커졌다. 마나 오션이 있다는 것도 놀라웠고, 그 각 마나 오션 별로 도달할 수 있는 경지가 있음에 더욱 놀랐다. 단순히 놀랐다고 표현한 것은 그 이상으로 표현할 방법이 없었기 때문이다.

　그러한 아이작스 대공자의 마음을 아는지 모르는지 제논은 여전히 담담하게 자신이 하고자 하는 말을 계속 이어갔다.

　"마나 호흡법을 행하는 방법으로는 움직이지 않고 행하는 방법과 움직이면서 행하는 방법이 있는데, 가장 먼저 움직이지 않고 행하는 방법을 배울 것이며, 그 이후 숙달되면 움직이면서 행하는 방법을 배웁니다. 그러한 이유는 인간의 모든 행위는 바로 숨을 쉬는 행위에서부터 시작합니다. 하나 언젠가부터 인간은 그 숨을 지배하지 못하고 지배당하게 되면서 스스로 한계를 정하고 행동에 제약을 두게 된 이유에서입니다."

　숨에 지배당한다는 말이 대체 무슨 말인지 모르지만 그저 고개를 끄덕이는 아이작스 대공자였다. 그리고 어느새 그 주변에는 기사들이 모여들어 제논의 말을 경청하고 있었다.

　"지금의 기사들이 행하는 마나 호흡법은 바로 움직이면서 행하는 마나 호흡법인 관계로 기본을 전혀 쌓지 못하고 지은 모래집과 같아 언젠가는 파탄이 일어나게 되고 높은 경지에 다다르지 못하게 되는 것입니다. 한마디로 보조적인 수단이 본래의 수단으로 변해 버리고 본래의 수단은 잃어버린 것입니다. 기본이 가장 중요합니다. 하체가 튼튼하지 않은 자는 결국 검이 흔들리게 마련인 것과 같은 말입니다."

그 이후로도 제논의 설명은 계속되었다. 원론부터 배워나가는 것이다. 하지만 그 원론이라는 것이 지금의 상식을 깨는 것이라 상당히 흥미로울 뿐만 아니라 물 흐르듯 하는 설명에 아이작스 대공자와 기사들은 정신없이 제논의 설명에 빠져들었다.

"…해서 사람들은 제각각의 얼굴이 다르듯 모두 다 제각각의 마나 호흡법이 있습니다. 힘이 약하고 신체가 허약한데 배틀 엑스를 다룰 수는 없기 때문입니다. 지금 대공자님이 익히고 있는 마나 호흡법은 3천 년 전 멸망한 제국의 검공이라 불렸던 하인츠 구데리안 대공의 마나 호흡법과 검술로서 그 대부분이 유실된 상태에서 전승되어 온 것 같습니다."

제논의 설명에 아이작스 대공자는 해연히 놀랐다. 기실 지금의 검법은 7대를 거슬러 올라간 멀고 먼 조상이 개발한 던전에서 낡고 해진 서적을 보고 전승되어 온 가문의 검법과 마나 호흡법이기 때문이다.

하지만 제대로 전승이 되지 못했다. 당시 최상급의 경지를 바라보고 있던 선조는 나파즈 왕국과의 전쟁에서 목숨을 잃어 그나마 온전치 않던 검법과 마나 호흡법이 유실된 탓이다.

"그 말씀은… 저희 가문의 검법과 마나 호흡법을 진본을 가지고 계시다는……."

아이작스 대공자가 조심스럽게, 하지만 기대와 흥분이 깃든 얼굴로 제논에게 물었다.

그때 아이작스 대공자 앞으로 내밀어지는 한 권의 책자. 분명 오래된 것 같으나 그 보존 상태가 대단하여 마치 새것과 같은 모습이다. 아이작스 대공자는 조심스럽게 제논이 건네주는 책자를 받아 들었다.

'흐헉! 와, 완벽한 지, 진본이다.'

아이작스 대공자는 본능적으로 느낄 수 있었다. 손으로 전해지는 느낌과 코를 파고드는 고서의 향기, 그리고 마치 이제야 주인을 제대로 찾았다는 듯이 따뜻하게 다가오는 이 감각까지.

아이작스 대공자가 하인츠 구데리안 대공의 검법서와 함께 마나 호흡법을 조심스럽게 읽어 나가는 동안 제논의 시선이 다시 다섯의 기사에게 향했다.

그리고 그 다섯에게 차례로 하나의 책자를 건네주었다. 그 책자 역시 간단한 것이 아닌, 모르는 사람이 본다 하여도 세월의 무게를 느낄 수 있을 정도의 고서였음은 물론이다.

검과 방패를 주로 쓰는 겜블 경에게는 소드 실드라는 검법서와 그에 맞는 마나 호흡법을, 그레이트 소드를 사용하는 패티스 경에게는 마운틴 소드의 검법서와 마나 호흡법을, 창을 사용하는 알렉산더 구스타프에게는 일루전 스피어라는 창법서와 마나 호흡법을 주었다.

그리고 암 실드와 검을 커다란 블레이드를 사용하는 안데르손 실바 경에게는 그래비티 블레이드를, 주먹과 발을 사용하는 헤난 바리오 경에게는 레슬 아츠라는 각각의 특성에 맞는 마나 호흡법의 책자를 주었다.

한 사람에게서 그 많은 책자가 나왔다면 잠시간 의심이라도 해볼 만도 하건만 여섯 명 모두 아무런 의심조차 하지 않았다. 그것도 그럴 것이, 그는 이미 자신들의 마스터였고 베테랑 몬스터 헌터이자 트레져 헌터였기에 한 점의 의심조차 없이 인정해 버린 것이다.

첫날은 아아작스 대공자와 다섯 명의 기사였다. 각각의 무기에 맞는 호흡법과 검술을 주고 그것을 가르치는 데만 하루 이상이 꼬박 걸렸다. 하지만 그것은 시간이 많이 걸렸다고 할 수 없었다.

이미 아이작스 대공자나 다섯 명의 기사는 마나를 다룰 줄 알았고, 자신의 무기가 몸에 맞춰진 상태이기에, 그리고 제논의 상세한 부연 설명이 있었으니 하루라는 시간에 가능한 것이다.

물론 기존의 것을 버리고 새로운 것을 배운다는 것이 결코 쉬운 일은 아니었다. 하지만 제논은 그것을 가능하게 했다. 그것은 배우는 이들의 열정이 있었기에 가능하기도 했다.

그렇게 아이작스 대공자와 기사들을 가르친 후 40명의 병사들을 다시 가르치기 시작한 제논이다. 그들은 기사들처럼 다양한 병종이 있지 않았다. 검과 창, 그리고 방패로 끝이었다.

개중 몇몇은 도끼를 들기도 하였다. 하지만 그래봐야 겨우 네 부류밖에 지나지 않으니 그들을 가르치기는 훨씬 쉬웠다. 다만 그들은 마나를 깨치게 하는 것이 어려웠다.

"죄송합니다."

40명 중 겨우 열 명 정도만이 하루 만에 마나를 깨칠 수 있었다. 하지만 나머지 30명은 사흘이 지났음에도 쉽게 마나를 깨칠 수 없었다. 물론 보통 마나를 깨우는 데 적게는 일주일, 길게는 2개월이라는 긴 시간이 걸리는 것을 감안한다면 죄송할 것도 없지만 배우는 병사들의 입장에서는 그렇지 않았다.

정말 쥐구멍이라도 찾아 들어가고 싶은 심정이었다. 괜히 동료들에게 미안하고 죄스러워지는 기분이다. 알고 있음에도 불구하고 말이다. 하지만 제논은 포기하지 않았다.

제논은 다시 자신의 마법 배낭 속에서 다량의 마정석을 풀었다. 최하급 한 개만으로 500골드 이상을 상회하는 마정석이었다. 그것도 최하급도 아닌 중급의 마정석 46개를 풀었다.

"꿀꺽!"

중급의 마정석 46개를 바라본 아이작스 대공자와 기사들, 그들은 마른침을 삼킬 수밖에 없었다. 어린아이 주먹만 한 새까만 마정석. 적어도 한 개당 3천 골드를 상회할 물건이 46개나 눈앞에 있는 것이다.

적어도 138,000골드가 나갈 엄청난 물건이 눈앞에 있는 것이다.

"이, 이걸 모두……."

"지금부터 하나씩 들고 결가부좌를 취합니다."

아무도 나서지 않았다. 다만 그들의 눈동자는 점점 붉어지기 시작했다. 138,000골드.

1골드면 4인 가족이 1년은 족히 먹고살 금액이다. 몰락해 가고 있는 하급 귀족 가문인 아이작스 가문 일족의 알려진 1년 생활비가 12골드이며, 아이작스 남작 가문의 1년 세수가 420골드다. 그런데 제논은 지금 138,000골드라는 어마어마한 금액의 마정석을 아무 거리낌 없이 내어놓고 있는 것이다.

그러하니 아이작스 대공자와 기사들이 느끼는 감정은 정말 이루 형언할 수 없는 감동의 물결을 맞이함은 분명하였다. 그 돈이면 부유한 백작가 일족의 1년 생활비와 맞먹을 정도이니 당연히 그러했다.

"시간이 없습니다!"

제논의 일갈에 그제야 정신을 차린 아이작스 대공자와 기사들은 각자 일어나 중급 마정석을 하나씩 들고 자리를 잡았다. 지금 이들은 오로지 제논만을 믿고 모든 것을 맡긴 상태였다.

'정령 결계, 엘리멘탈 베리어(Elemental Barrier)!'

아이작스 대공자와 45명의 기사가 마나 호흡법을 위해, 혹은 마나를 깨치기 위해 결가부좌를 취하고 고요 속으로 들어갈 때 제논의 무언의 외침이 있었다.

그러자 투명한 무언가가 결계처럼 생성되어 마흔일곱 명을 감싸 안았다. 마흔일곱 명 모두 그 투명한 무언가의 안에 가두어졌고, 그와 함께 공간이 일그러지기 시작했다.

일그러진 공간.

그 공간에는 이제 아무도 없었다. 그저 텅 빈 공간이 있을 뿐. 방금 전까지 마흔일곱 명이 있던 곳에 텅 빈 던전만이 존재했다. 하지만 그들은 사라지지 않았다.

물, 불, 바람, 대지의 정령이 모두 모습을 드러내어 공간을 왜곡시키는 결계를 완성시킨 것이다. 그러하기에 처음 제논이 정령 결계를 외칠 때 공간이 일그러진 것이다.

하나, 결계 안에 있던 모든 이는 그것을 모르고 있었다. 마나를 깨치지 못했던 30명의 기사는 중급 마정석으로 인해 마나를 깨치게 되었으며, 그들을 포함한 모든 이들은 넘쳐나는 마나의 바다에서 끊임없이 마나 로드를 순환시켰다.

마나 호흡으로 끊임없이 마나를 받아들이고 마나 로드를 통해 마나를 끊임없이 유통시킨다. 모든 마나 로드를 돌고 돌아 돌아온 마나는 순수하게 정제되었으며, 정제되지 못한 찌꺼기는 가늘고 긴 숨을 통해 외부로 배출되었다.

아이작스 대공자는 한 번의 숨이 어미 10분을 넘어서고 있었으며, 가장 성취가 빠른 겜블 경은 한 번의 숨이 15분을 넘어서고 있었다. 그리고 나머지 선임기사들 역시 그 숨이 12~14분 사이를 넘나들고 있었다.

여기서 숨이란 마나를 가늘게 지속적으로 받아들이고 그것을 깊고 단단하게 가라앉혀 언더 마나 오션에 가둔 후 숨을 참아 마나 로드를 통해 이동시키며 전신을 순환시킨다.

그리고 마나 로드를 통해 전신을 돌고 돈 마나는 다시 언더 마나 오션으로 돌아와 정제된 마나로 차곡차곡 쌓이게 된다. 그리고 다시 가늘고 길게 내뿜는 숨 속에 몸 가득 쌓여 있던 노폐물을 배출하는 것이다.

결가부좌는 결코 쉽게 되는 것이 아니었다. 처음에는 결가부좌를 할 수 있는 이가 없었다. 심지어는 가장 나이가 어린 아이작스 대공자마저 결가부좌를 할 수 없었다.

하지만 제논은 그것을 하도록 만들었다. 단 한 시간 만에.

그 무작스런 아픔에 그들은 더욱더 마나 호흡에 빠져들 수밖에 없었다. 고통을 이기기 위해서 무언가에 빠져들어야 하기 때문이다.

그리고 그 결과가 지금 보는 것과 같은 46명의 인원이 꼼짝도 하지 않고 마나를 받아들이고 정제하고 찌꺼기를 내뿜고 있다. 시간의 차이는 있겠으나 선임기사들은 선임기사들대로, 그리고 병사에서 기사가 된 신입기사들은 그들 나름의 사정에 의해 평소보다 네다섯 배의 성취를 이루고 있었다.

한 명의 기사가 자신의 언더 마나 오션을 바라보며 내리깔았던 눈을 치켜뜨며 길고 긴 마나 호흡을 끝내고 있었다. 그의 입에서 뜨겁고 길고 가는 숨이 토해져 나왔다.

그와 동시에 새로 마나를 깨친 기사들 모두가 거의 비슷한 시간에 긴 숨을 토해내며 형형하게 빛나는 눈을 치켜들었다. 그들의 얼굴에는 형용할 수 없는 무언가가 가득 차 있었다.

하나 그들은 함부로 경거망동하지 않았다. 자신들만 있는 장소가 아니었다. 마나 호흡을 할 당시에는 주변을 잊고 깊고 깊은 자신만의 세계로 빠져들어 주변의 상황을 알 수 없었다.

하지만 그렇다고 해서 주변의 영향을 받지 않는 것은 아니었다. 마나 호흡을 할 때 누군가 건드린다면 그야말로 피를 토하고 죽을 수밖에 없었다. 마나 로드가 꼬이면서 전신의 오장육부가 녹아내리며 뼈가 꺾여 들어가니 당연한 것일 게다.

그래서 마나 호흡은 비인부전이라 하여 절대 타인 앞에서 행하지 않는다. 그것을 알기에 먼저 눈을 뜬 기사들은 그저 앉은 자세에서 가볍게 몸을 풀어주고 다시 눈을 감아 자신이 얻었던 모든 것을 다시 정립하고 있었다.

시간이 흘러 선임기사들이 눈을 뜨고, 아이작스 대공자 역시 눈을 뜨고 숨을 골랐다.

'정령 결계 해제!'

공간에 또다시 일그러짐이 나타났다. 그리고 순식간에 47명의 인원이 한꺼번에 나타났다. 하지만 그것은 제논을 제외한 누구도 46명의 그 상황을 전혀 모르고 있었다.

"기상합니다."

그에 46명이 일사불란하게 제논의 명령에 움직였다.

"마나 호흡을 제외한 개인 수련 시간이며, 두 시간 후 일대일 대련이 있을 것입니다. 이상!"

"명!"

46명의 기사.

그들은 하루 24시간 중 단 여덟 시간을 제외하고는 모든 시간을 수련에 몰두했다. 애초에 열흘이라는 시간을 두기는 했으나, 제논은 점점 그 시간이 너무나도 부족하다는 것을 느낄 수 있었다.

그것은 다음 던전으로 진입해야 할 시간이 다가오고 있기 때문이기도 했다. 이 던전은 총 세 단계로 나뉘어졌다. 각 단계마다 가장 마지막 방에 중간 보스 정도의 던전 몬스터가 존재했다.

그 중간 보스는 몬스터일 수도 있고, 마수일 수도 있으며, 아니면 언데드일 수도 있었다. 대략적인 던전의 구조만 파악했을 뿐 던전 자체를 모두 파악한 것은 아니었기 때문이다.

제논은 1단계 던전부터 철저하게 모든 것을 파괴하면서 들어왔다. 하다못해 언데드의 뼈조차도 마법사에게는, 혹은 상인들에게는 중요한 장사 수단이 되기 때문이다.

거기에 가장 큰 역할은 한 것은 바로 5서클의 마법사인 안톤 경이 있었다. 기실 안톤 경은 지금 이 자리에는 빠져 있으나 그가 제논과 더불어 여기 있는 모든 일행을 먹여 살린다고 해도 과언이 아니었다.

그것은 제논의 충고에 의한 것이었는데, 그 충고라는 것이 깨달음도 중요하지만 각 단계별 마법에 대한 이해와 숙련이었다. 그저 알고 있는 마법이 아닌, 수천 가지의 조합을 이끌어내는 것을 말하는 것이었다.

그리고 5서클이 된 안톤 경은 오히려 6서클에 대한 열망이 더욱더 강해지고 있었다. 거대한 벽에 가로막혀 도저히 깨뜨릴 수 없을 것 같던 5서클의 벽을 깨자 분명 6서클의 벽을 뛰어넘을 것 같다는 느낌이 들고 있기 때문이다.

실제 말도 안 되는 것이었지만 안톤 경은 그 자신의 느낌을 믿었다. 그리고 결정적으로 제논이라는 용병의 말을 절대적으로 신뢰한 탓이다. 자신에게 깨달음 준 제논은 이미 다른 이들이 그를 용병으로 대한다 하여도 안톤 경은 제논을 극히 정중하게 대했다.

하오체도 아닌 극상의 사제지간에서나 나올 법한 어투와 행동을 하는 것은 기본이었다. 그리고 그 덕에 마법사인 안톤이 얻을 수 있는 것이 있었다.

"조합과 숙련과 이해입니다. 1서클에서부터 5서클까지 모두 말입니다. 그리고 비우십시오. 비우면 채워지게 마련입니다. 비운 후 채워질 때는 비워지기 전보다 더 단단하고 풍부하게 채워질 것입니다."

안톤 경은 마법사답지 않게 무식하게 제논의 말을 믿고 그대로 행했다. 기사들의 수련 동안 인근에서 수없이 많은 몬스터를 잡았고, 심장을 두르는 마나 서클이 말랑말랑해져 극도의 허탈감이 느껴질 정도로 마법을 난사했다.

그 결과 가늘기만 하던 심장의 마나 서클은 굵게, 그리고 단단하게 변해갔으며, 마나의 세기를 조절함에 있어 타의 추종을 불허하게 되었다. 또한 1서클부터 5서클까지 끊임없이 반복하고 고찰한 끝에 자기만의 새로운 마법을 탄생시키기도 했다.

그것은 안톤 경으로서도 절대 생경한 경험이었다. 원래 마법사들은 마나가 다 떨어질 때까지 절대 마법을 사용하지 않는다. 왜냐하면 그 극도의 허탈감은 온몸의 뼈라는 뼈가 모두 물렁해지고 근육이라는 근육은 모두 자리를 이탈할 것 같은 느낌이 들기 때문이다.

그리고 다음 서클로 올라가면 하위 서클은 그저 당연히 따라오는 것이라 여겨 상위 서클의 마법을 연구하기 시작한다. 그래야만 깨달음을 얻을 수 있다고 생각하면서 말이다.

그런데 제논은 정반대였다. 기본을 가장 중요시했다. 상위 마법 역시 하위 마법이 강화판이라는 아주 단순한 이치에서 나온다는 그의 설명은 무릎을 치며 탄복할 수밖에 없었다.

그리고 제논은 또 다른 요구를 했다. 그것은 바로 기사들의 일체의 모든 식량을 마련하라는 것이었다. 그레이든 산맥에서 식량을 마련하기란 그야말로 목숨을 내놓고 해야 할 일이다.

그 연유는 바로 불안정한 마나 분포로 인하여 마법사들은 극심한 무기력감을 느끼고 마법을 사용하지 못하게 되기 때문이다. 그런데 그것을 정면으로 뚫고 나가라는 것이었다.

"마법사라 하여 몸이 허약하라는 법은 없습니다. 건강한 육체에 건강한 정신이 깃드는 법입니다. 몸을 강건하게 하고 끊임없이 움직이십시오."

　결론적으로 제논의 말이 맞았다. 그래서 안톤 경은 또 다른 더 높은 경지를 바라보게 되었다. 불과 한 달도 안 된 상황에서 4서클에서 5서클로 들어서고, 러너에서 익스퍼트로, 익스퍼트에서 마스터로 완벽해졌으며, 지금은 다시 6서클의 벽을 두드리고 있었다.

　안톤 경에 있어서 제논이라는 사람은 이미 스승과 같은 사람이었다. 그래서 여타의 기사들, 특히 간츠 경과 그를 따르는 세 명의 기사가 제논을 탐탁지 않게 여길 때 안톤 경은 앞으로 나서서 제논을 비호하였다.

　아무리 간츠 경이 기사단장이라고는 하지만 5서클의 마법사인 안톤 경은 부담스러웠다. 덕분에 안톤 경을 통해 제논은 많은 것을 들을 수 있었다. 그 많은 것 중에는 남작 가문의 현 상황도 있었지만 크란 왕국의 사정부터 크게는 대륙의 사정까지 모두 포함되어 있었다.

　그리고 그 마지막에 안톤 경은 제논에게 자신의 의견을 피력했다.

　"제논님께서 저를 어찌 생각하실지 모르겠으나 저는 이후 제논님을 저만의 마스터로 대할 것입니다. 애초 저를 마법에 입문시키지 않았으나, 마스터께서는 이미 저에게 가장 큰 은혜를 베풀어주셨고, 지금 역시 아낌없이 베풀어주시고 계십니다. 부디 저의 간절함을 외면하지 말아주시길 바랍니다."

제논은 여러 번 사양했으나 안톤 경의 마음은 이미 확고하게 굳어 있어 물러서지 않을 기세였다. 그리하여 마법에 입문시킨 것은 아니기에 그저 마스터로서 존재하게 되었다.

그렇게 시간이 흘렀다.

Chapter 07

지금 제논은 커다란 원형의 광장 중심에 서 있었다. 그의
뒤로는 46인의 기사와 한 명의 마법사가 도열해 있었다. 그
원형 광장을 주변으로 무려 120개에 이르는 통로가 연결 되
어 있었다.

최초 안톤 경이 나서서 혹시나 그 일루젼 마법이 아닌지 살
펴보았지만 120개의 통로는 모두 실제 존재하는 길이었다.

"위저드 아이(Wizard Eye!)"

마법적인 눈으로 120개의 통로를 살펴보는 안톤 경. 그리
고 그와 함께 움직이는 제논. 제논은 안톤 경이 살펴보는 통

로의 반대편을 살펴보고 있었다.

'정령 소환. 실프(Sylph), 정찰(Reconnaissance)!'

'정령 소환. 노움(Gnome), 대지의 기억(Memory of The Earth)!'

제논의 주변으로 알 수 없는 파장이 퍼져 나가기 시작했다. 하지만 그것을 느낄 수 있는 존재는 여기에 존재하지 않았다. 유일한 존재인 안톤 경은 이미 위저드 아이를 펼치느라 정신이 없기에 제논의 정령 마법을 알아볼 수 없었다.

그나마 안톤 경이 6서클의 벽을 허물기 위해 한참 마나에 민감한 상황이었다. 그러다 보니 정신을 집중하면 겨우 어렴풋이 느낄 수 있는 상황이었다. 그 외엔 아무도 몰랐다.

그에 제논은 마치 능숙한 트레져 헌터처럼 여러 가지 방법을 통하여 각 통로를 알아보는 행동을 취하였기에 그 누구도 의심하지 않고 있었다. 그렇게 거의 두 시간을 허비한 다음에야 겨우 단 하나의 길을 알아낼 수 있었다.

다음으로 넘어가는 통로는 계단이었다. 사방이 칠흑처럼 어두웠으나 오직 내려가는 계단만은 눈으로 완연하게 식별할 수 있을 정도였다. 마치 48인의 탐사대를 환영한다는 듯이 말이다.

그렇게 약 30분쯤 걸었을까? 드디어 계단이 끝이 나고 다시 흙과 자갈, 바위, 그리고 꿈틀거리는 나무뿌리로 이루어진 곳이 나타났다. 48인의 탐사대 일행이 계단을 다 내려오자 어둠을 뚫고 들려오는 기괴한 소리.

스흐으~

누군가가 마치 거대한 거인이 거친 숨을 들이쉬고 내뱉는 느낌이 드는 소리가 들려왔다. 그리고 음습하고 퀴퀴한 무언가의 냄새가 후각을 자극시켰다.

뿌드드득! 쿠웅!

썩은 나무이런가? 무언가 거대한 것이 바닥에 쓰러지며 굉음을 내었고, 소리가 메아리치며 더욱더 음산한 분위기를 연출하고 있었다.

"라이트(Light)!"

안톤 경이 가볍게 라이트 마법을 시전하여 탐사대의 눈을 대신하였다. 그리고 라이트 마법이 비추는 던전 안에는 거의 3미터에 달하는 거대한 무언가가 꿈틀거리며 움직이고 있었다.

"딱정벌레(Coleoptera)인가?"

말이 딱정벌레이지, 배에서부터 등까지 높이가 3미터 가까이 되며, 작은 곤충이었을 때는 모르겠으나 거대해진 딱정벌레는 마나를 시전한 기사들의 검을 튕겨내고 날카로운 턱은 풀 플레이트 메일을 잘라 버릴 정도였다.

그런데 그런 대형 딱정벌레가 한 마리가 아니었다. 앞으로 전진하는 모든 통로를 바닥에서부터 천장까지 가득 메우고 있었다. 첫 1단계 지점에서 보았듯 이곳 던전은 무엇이든 물량 공세였다.

그렇다면 이런 거대한 딱정벌레 역시 끊임없이 몰아칠 것이 분명하였다.

"전투 준비!"

"전투 준비!"

제논의 말에 기사들이 복명복창을 하면서 2인 1조로 움직이기 시작했다.

"거대 딱정벌레의 등껍질은 방패와 같아서 오러를 시전한 검을 튕겨낼 정도이며, 날카로운 턱뼈는 풀 플레이트 메일을 두 동강 낼 정도이다. 하나, 그렇다고 약점이 없는 것은 아니다. 바로 거대 딱정벌레의 배 부분이다. 또한 다리의 관절 부분이 약점으로 몸이 거대해 움직임이 느리다는 단점이 있다. 이것을 잘 활용하도록."

제논은 거대 딱정벌레의 약점을 알려주었다. 물론 알려주었다고 해서 다 딱정벌레를 무 썰듯 썰어낼 수는 없을 것이다. 또한 약하다고 해서 많이 약한 것도 아니었다.

등껍질에 비해 약점이라는 것이지 그것이 딱정벌레의 모든 강점을 뒤엎을 정도의 수준은 아니었다. 하지만 46인의 기사는 굳은 결의를 다지고 있었다. 할 수 있다는 굳은 결의 말이다.

기사들이 진형을 갖춘 채 거대 딱정벌레를 향해 이동했다. 그에 제논은 안톤 경에게 작게 고개를 끄덕이며 눈짓을 주었다.

"타올라라, 마나의 힘이여! 모여들어 그 모습을 보여라! 뜨거운 불꽃! 파이어 필드(Fire Field)!"

화르르륵!

끼에에엑!

축축한 던전 안에 불길이 치솟아 올랐다. 그에 거대 딱정벌레는 거대한 동체를 들어 올리며 괴로운 비명 소리를 토해내었다.

"이때다! 목표는 거대 딱정벌레의 하부! 돌격 앞으로!"

"돌겨억!"

츄후웃!

46명의 기사가 2인 1조가 되어 거침없이 거대 딱정벌레를 향해 돌진해 들어갔다. 하지만 몬스터가 왜 몬스터인가를 알려주듯이 갑자기 몸을 좌우로 급격하게 흔들면서 몸 전체에서 짙은 녹색의 연기를 피워 올렸다.

"헛! 조심하라! 독연이닷!"

"숨을 멈춰라!"

거대 딱정벌레를 향해 돌진해 들어가던 기사들은 일사불

란하게 움직였다. 독연이라는 말이 나옴과 동시에 숨을 참고, 침착하게 들려진 거대 딱정벌레의 배를 향해 날카롭게 벼려진 무기를 쑤셔 넣었다.

키에에엑!

푸화아아악!

거대 딱정벌레 한 마리의 배가 난도질당하면서 검녹색의 체액을 내뿜으며 그 거대한 몸체를 뒤틀면서 괴로워했다. 사방으로 퍼지는 녹색의 독연과 체액. 어쩌면 거대 딱정벌레의 거대한 체구보다는 체액과 독연이 더 문제일지도 몰랐다.

그것을 증명이라도 하듯이 거대 딱정벌레의 체액이 닿는 모든 부분이 급속하게 녹아내리고 있었다. 그와 동시에 안톤경은 정신없이 바빠지기 시작했다.

치이이익!

"하늘과 땅에 존재하는 모든 사물의 근원인 마나여, 그 힘을 드러내어 생명을 수호하라. 견고한 방패, 매스 실드(Mass Shield)!"

"마나의 이름으로 명하노니, 독으로부터 행동을 자유롭게 하라. 안티 포이즌(Anti—Poison)!"

실드에 부딪치며 매캐한 연기를 내던 독이 분해되기 시작했다. 그에 기사들은 다시금 힘을 내 괴로워하고 있는 거대 딱정벌레를 향해 쇄도해 들어갔다. 순식간에 열맷의 거대 딱정벌레가 죽어나가고 던전의 벽과 천장, 그리고 바닥이 거대 딱정벌레의 산성 독에 의해 녹아내려 움푹움푹 파였다.

'정령 소환. 운디네(Undine), 정화(Purification)!'

안톤 경의 마법에 의하여 분해된 독연이 아직도 던전의 곳곳에 남아 매캐한 냄새와 함께 존재하여 시야를 방해하고 있었다. 혼자 감당하기에는 던전의 크기가 너무 컸고, 마나의 소모가 상당하기 때문이다.

스스슷!

키에에엑!

독연이 사라지고 던전이 맑아지기 시작하자 이제는 거대 딱정벌레가 괴로운 비명 소리를 질렀다. 운디네의 정화 마법이 거대 딱정벌레의 몸체까지 씻겨 내리고 있었기 때문이다.

거대 딱정벌레의 두껍고 단단한 등딱지가 녹아내리기 시작했다.

"지금이닷!"

"타하앗!"

검이 움직이고 창이 움직였으며, 방패가 날카롭게 변하여 사방에 잔영을 남기며 거대 딱정벌레의 몸을 난자하기 시작했다. 체액이 튀었고, 피가 튀었다. 인간의 피 냄새를 맡은 흡혈목의 뿌리는 꿈틀거리며 살아나고 있었다.

"5조는 흡혈목을 방어하라!"

아이작스 대공자의 외침이 들리자 거대 딱정벌레와 사투를 벌이고 있던 5조가 물러나 기사들을 향해 다가오던 흡혈목의 뿌리를 잘라내기 시작했다. 흡혈목의 뿌리가 잘리고, 사방으로 수액이 흘러내렸다.

그에 인간을 향하던 흡혈목의 뿌리가 사방으로 흩뿌려진 수액을 먹기 위해 꿈틀거리며 움직이기 시작했다. 흡혈목과 거대 딱정벌레와의 사투는 이제 시작이었다.

'정령 소환. 실프, 바람의 걸음(Step of Wind)!'

제논의 몸이 하늘로 떠올랐다. 마치 누군가가 그의 양발을 들어 올리는 것과 같이 말이다. 그리고 제논이 걸음을 옮겼다. 그가 움직이는 곳은 거대 딱정벌레의 중앙.

'정령 소환. 노움, 석주(Stalactic Column)!'

'정령의 힘. 엘리멘탈 파워(Elemental Power), 살라맨더. 실프, 화염의 폭풍(Storm of Flame)!'

쿠후우우웅!

제논이 서 있는 발 바로 아래에서 대지가 솟아올랐다. 갑자기 솟아오른 대지에 바둥거리던 거대 딱정벌레가 그대로 두 조각났다. 그리고 그 시체를 밟고 오롯하게 사방을 훑어보던 제논의 몸에서 갑자기 무언가가 넘실거리기 시작했다.

처음에는 엷은 주황색에서 점점 붉어지더니 종내에는 푸른색의 청염을 일으키기 시작했다. 그 청염이 제논을 중심으로 휘돌기 시작했다. 불의 바람이 불기 시작했다.

뜨거운 열기가 사방으로 퍼져 나가기 시작했고, 그 청염의 뜨거운 열기에 닿는 모든 것이 녹아내리기 시작했다. 거대 딱정벌레는 본능적인 공포로 인해 앞을 다투어 자리를 피하려 했으나 서로 엉켜 있는데다 느린 움직임으로 인해 폭풍으로 변해 버린 청염에 제대로 움직이지도 못한 채 녹아내리 시작했다.

하지만 제논의 움직임은 거기에서 끝난 것이 아니었다.

'정령 소환. 운디네, 인챈트(Enchant). 포스 레인!'

불과 바람, 그리고 송곳처럼 관통하는 물의 정령이 인챈트된 오러 포스의 비가 거대 딱정벌레를 덮쳤다. 수없이 많은 포스 레인에 관통된 거대 딱정벌레는 구멍이 숭숭 뚫려 비명조차 지르지 못하고 죽어갔고, 뒤이어 불어 닥친 청염의 폭풍에 시체조차 남기지 못했다.

"우와아아!"

"전진! 전진하라!"

그때 제논의 귓가로 들려오는 기사들의 함성. 거대 딱정벌레가 터지고 깨져 나가고 있었다. 이제는 어느 정도 거대 딱정벌레에 적응이 되어선지 튀어 오르는 체액이나 흡혈목의 뿌리, 또는 독연에도 한 치의 흔들림 없이 대응하고 있었다.

안톤 경의 마법이 쏟아지고 오러 포스와 오러 얀, 그리고 오러 리저넌스가 그 형형한 색을 빛내며 거대 딱정벌레에게 향했고, 그럴 때마다 거대 딱정벌레는 제대로 반항도 해보지 못하고 죽어나갔다.

아침나절부터 시작한 거대 딱정벌레와의 사투. 끝없이 몰려오는 거대 딱정벌레에 질릴 법도 하건만 점심을 거르고 늦은 저녁까지 계속됨에도 불구하고 지친 표정이나 질리는 표정조차 내비치지 않는 기사들이었다.

아닌 게 아니라 지금 기사들은 신이 나 있었다. 그 무섭던 몬스터가 자신의 검에 마치 치즈처럼 갈라지고 있었다. 체액이 튀어 눈을 가리고 독연 때문에 가쁜 숨을 삼킬지언정 지금의 상황이 힘들기는커녕 더욱더 오래 지속되었으면 하는 바람이었다.

45명의 기사는 지금 거대 딱정벌레를 상대로 무아지경에 빠져들고 있었다. 베고, 피하고, 전진하고, 찌르고, 막고, 격돌하며 거대 딱정벌레를 통해 지난 한 달간 힘들었던 수련을 풀어내고 있었다.

분명 위협적인 존재이지만 어찌 된 영문인지 점점 익숙해지고 있었고, 어느 순간 좋은 수련 대상이 되어가고 있었다. 기사들은 처음과 다르게 점점 자신감을 가지게 되었다.

그리고 기사들과 마찬가지로 유일한 5서클의 마법사인 안톤 경의 경우도 지치기는커녕 마나가 펑펑 남아돌고 있었다. 그렇다고 그가 마법을 쓰지 않은 것은 아니었다.

아침나절부터 지금까지 그는 화염계 마법부터 시작해 각종 무속성 마법과 수계, 풍계, 대지 계열의 마법을 무수히 사용하고 있음에도 불구하고 마나가 남았다.

그것은 바로 서클의 경계를 넘나드는 조합 마법과 그 숙련에 있어 완숙의 경지에 이르렀기 때문이다. 압축과 회전, 그리고 조합의 결과, 거대 딱정벌레의 독액을 제거하고 기사들에게 실드를 쳐 보호했으며, 거대 딱정벌레의 배에 커다란 구멍을 만들고, 태우고, 잘라냈다.

그 역시 기사들과 다르지 않게 신이 나 있었다. 수련의 성과가 보였기 때문이다. 그리고 기사들과 같이 끊임없이 몰려드는 몬스터의 중심과 후방을 넘나들며 전투의 쾌감을 느끼고 있었다.

그리고 끝이 없을 것 같던 거대 딱정벌레가 끝이 보이기 시작했다. 하지만 아이작스 대공자와 기사들, 그리고 안톤 경은 알고 있었다. 거대 딱정벌레의 파도를 제논이 뒤에서 끊어주지 않았더라면 여기에서 지쳐 쓰러지는 쪽은 자신들이었다는 것을 말이다.

그리고 기사들의 움직임을 전체적으로 조율하는 입장이었던 아이작스 대공자와 후방 지원을 하던 안톤 경은 제논의 절대적인 무력 앞에 자신의 본분조차 잊어버릴 정도였다.

제논의 무력은 그야말로 막강했다. 그의 검에는 오러 포스나 오러 얀, 혹은 오러 리저넌스나 오러 블레이드도 없었다. 그러함에도 불구하고 거대 딱정벌레의 접근을 불허하였고, 끊임없이 몰려드는 거대 딱정벌레를 땀 한 방울 흘리지 않고 기계적으로 처리했다.

결국에는 그를 중심으로 둥글게 원이 생기고 있었다. 무서움과 공포를 모르는 몬스터인 거대 딱정벌레가 공포를 느끼고 본능적으로 제논을 피하는 것이다.

46명의 기사와 5서클 마법사가 절반을 담당했다면 나머지는 오로지 제논 혼자서 감당했다. 그는 마법을 사용하지도, 검에 오러조차 시전하지 않았음에도 불구하고 말이다.

키에에엑!

마지막 남은 거대 딱정벌레가 그 목을 던전의 바닥에 떨궜다. 거대 딱정벌레의 목에서는 산성 체액이 끊임없이 쏟아져 나왔다. 던전의 바닥이 뿌연 수증기를 일으키며 녹아들었다.

하지만 아무리 강한 산성 체액이라 할지라도 대지를 다 녹일 수는 없는 법. 결국 던전 내부를 뿌옇게 만들던 뿌연 수증기가 몽글거리며 사라져 갔다.

"정비!"

제논의 외침에 기사들과 마법사는 저녁을 먹을 생각도 않

고 주변도 정리하지 않은 채 그 자리에 철퍼덕 주저앉아 가부
좌를 틀었다.

'정령 결계. 엘리멘탈 베리어(Elemental Barrier)!'

상당히 넓은 범위로 결계가 쳐지기 시작했다. 이미 한 번
등장했던 정령 결계. 다시 그 장면을 보는 것이나 역시 신기
한 것은 마찬가지였다. 주변과 동화되어 안과 밖에 완전히 같
아졌다.

제논을 포함한 넓게 퍼져 자리 잡고 있는 48인과 몬스터의
사체가 여기저기 널브러져 있음에도 불구하고 기사들과 마법
사는 금세 마나 호흡에 빠져들고 있었다.

그것은 아마도 제논이라는 존재가 있었기 때문이라 할 수
있을 것이다. 이제는 기사를 비롯한 마법사, 그리고 아이작스
대공자의 마음속 깊이 제논에 대한 신뢰가 굳건히 자리 잡고
있었다.

물론 그 기간이 지극히 짧다는 것이 문제이긴 하지만 지금
은 평상시의 상황이 아니었다. 사방에서 자신을 노리고 있는
몬스터가 득시글거렸다. 그곳에서 살아남기 위해서는 가진
힘을 모두 합쳐야만 했다.

단순히 어려운 상황이 아니라 목숨이 여벌로 서너 개는 있
어야만 할 만큼 그런 무지막지하게 어려운 상황을 극복해 왔
다. 그러는 와중에 저절로 생겨난 서로에 대한 신뢰였다.

믿을 만하다는 것이 아니라 믿지 않으면 살아남을 수 없는 그런 상황이었다. 자의에 의한 믿음은 아니었으나 이제는 스스로에 대한 믿음과 굳은 동료애라는 것이 굳은 암반처럼 자리 잡고 있는 탐사대였다.

*　　　*　　　*

"1조 좌측! 2조 우측!"

"진격!"

콰후우우!

끼에에엣!

이블 스파이더 한 마리가 커다란 비명을 내지르며 배를 까뒤집고 발을 버둥거리며 죽어 넘어졌다. 그리고 또다시 거미알이 툭툭 터지면서 어미 이블 스파이더의 새끼 수백 마리가 튀어나왔다.

"파이어 필드(Fire Field)!"

안톤 경의 마법이 발현되었다. 그에 방금 알집이 터져 태어난 이블 스파이더의 수백에 이르는 새끼 스파이더가 비명조차 지르지 못하고 매캐한 냄새를 피워내며 죽어갔다.

"3조, 어미 이블 스파이더를."

"4조, 안톤 경을 보호하라!"

"1조와 2조, 차륜진을 펼쳐라!"

한 사람의 목소리가 들려왔다. 그 목소리는 바로 아이작스 대공자였다. 피곤한 얼굴이었으나 그의 눈동자는 형형하게 빛나고 있었으며 곁으로 다가오는 수십의 이블 스파이더의 새끼를 검을 그어 제거했다.

후방으로 빠져 있던 안톤 경은 연신 불 속성 마법을 펼쳤고, 그러한 안톤 경을 둥그렇게 보호하는 4조의 기사들은 다가오는 이블 스파이더의 새끼들을 가차없이 제거해 나갔다.

모든 것이 톱니바퀴처럼 맞물려 들어가고 있었다. 수천에 이르던 이블 스파이더도, 수백만을 자랑하던 이블 스파이더의 새끼도 점차 줄어들고 있었다.

그 속에 제논은 없었다. 제논은 그저 허공에 둥둥 뜬 채로 아이작스 대공자가 이끌어 나가는 탐사대의 활약을 지켜볼 뿐이었다. 그가 하기 싫어서가 아니라 이제는 기사들과 마법사에게 그의 힘이 필요없기 때문이었다.

힘겹게 첫 번째 보스를 잡고, 한 달 이상을 전진하면서 두 번째 보스를 잡고, 또다시 두 달 이상을 전진하면서 세 번째 보스를 잡았다. 이 불귀의 계곡이라는 던전에 들어와 벌써 넉 달째를 보내고 있는 탐사대였다.

말이 넉 달이지, 그 넉 달은 그야말로 인세의 지옥이라 할 만했다. 끊임없이 몰아치는 각종 몬스터와 호시탐탐 인간의 피를 노리는 식인목과 흡혈목들의 기습.

하루에 한 끼를 먹으면 잘 먹는 것이었고, 하루 네 시간을 쉴 수 있으면 휴일이라고 할 정도였다. 하루 이틀도 아니고 장장 넉 달이다. 그 기간 동안 기사들과 마법사에게는 많은 변화가 있었다.

우선은 선임 기사 중 제일인 겜블 경은 완연하게 최상급에 진입했고, 그를 따르던 네 명의 기사는 상급의 경지를 일구어 내었다. 그리고 겨우 익스퍼트에 진입해 있던 아이작스 대공자는 이미 중급의 경지를 넘어서 상급의 경지를 바라보고 있었다.

이것은 누구도 예상 못한 결과인데, 신체적으로 상당히 유약하고 남자답지 않게 선이 얇던 그가 제대로 된 가문의 검법을 익히게 되자 타고난 천재성과 더불어 끈질김으로 인해 그 성취의 속도를 높였다.

그리고 가장 큰 도움이 된 것은 역시 가문을 떠나 생과 사의 갈림길에서 검술을 갈고닦은 것이라 할 것이다. 생사를 넘나드는 수련은 아이작스 대공자뿐 아니라 병사에서 기사가 된 신입기사들에게도 적용되었고, 5서클의 마법사인 안톤 경에게도 적용되었다.

마나조차도 제대로 느끼지 못했던 40명의 병사는 이제 완연하게 익스퍼트에 오른 기사라고 할 수 있었으며, 그들이 마나를 익히고 기사의 반열에 오르자 던전을 개척하는 속도는 뚜렷하게 증가했다.

그 연유는 바로 용병 못지않게 치러낸 실전 때문이었다. 그들은 마나가 없을 때에도 창과 방패, 그리고 짧은 글라디우스로 몬스터를 사냥했다. 그리고 끊임없이 근력을 강화시킴과 동시에 언제나 기본에 충실했다.

하지만 단점도 있었다. 너무 늦은 나이에 기사의 길에 접어들고 마나 로드를 개척한 탓에 혈관 속에 낀 노폐물이 많아 몬스터를 대하는 유연성이나 실전성에 비해 마나의 축척이나 응용도에 있어서 상당히 뒤떨어졌다.

하지만 그들의 유연성과 실전성은 충분히 자신보다 한 단계 위의 기사와 대적할 정도로 출중했다. 그 연유는 기사들도 견디기 힘들다는 그레이든 산맥에서 살아남은 것으로 증명되었다 하겠다.

그러한 그들의 절반 정도는 이미 중급을 바라보고 있었고, 나머지 인원은 초급 완숙의 경지에 이르러 있었다. 그러하니 던전 내부의 몬스터를 상대함에 있어 당연히 수월해질 수밖에 없었다.

그리고 가장 큰 변화는 바로 안톤 경이라고 할 것이다. 불과 넉 달 사이에 그는 4서클에서 5서클이 되었고, 불과 일주일 전에 6서클의 마도사가 되었다.

만약 그것이 마법 학계에 보고된다면 아마도 수많은 마법사들이 안톤 경의 몸을 해부해 보고자 할 것이다. 그만큼 단넉 달 만에 안톤 경이 6서클의 마도사가 된 것은 파격에 가까운 일이었다.

하긴 지금 제논을 제외한 47명 중 파격이 아닌 이는 아무도 없었다. 병사에서 일약 초급과 중급에 오른 기사들이나 수십 년을 고련했으나 결코 허물어지지 않던 벽이 단 몇 달 만에 무너져 내린 것만으로도 충분했다.

그리고 또 하나의 파격이 일어났다. 그것은 바로 두 번째 보스를 잡고 난 후의 일이다. 첫 번째 보스에 이어서 두 번째 보스는 리저드맨 킹이었다. 그 리저드맨 킹은 너무나 강해 도저히 기사들과 마법사만으로는 잡을 수 없었다.

그때 기사들과 마법사는 똑똑히 볼 수 있었다. 제논의 몸을 감싸고도는 물, 불, 바람, 대지의 존재를. 처음 그들은 그것이 어떠한 존재인지 알지 못했다. 하나 세상에 대해 많은 지식을 가지고 있는 안톤 경은 어렴풋이 알 수 있었다.

그리고 리저드맨 킹을 다 잡고 휴식의 시간을 가지던 그 시각, 마스터인 제논에게 조심스러운 물음으로 의문을 풀고자 하는 안톤 경이었다.

"마스터, 혹시……."

조심스럽게 물어오는 안톤 경의 행동에 그저 담담하게 대응하는 제논이었다.

"아마도 안톤 경이 생각하시는 것이 맞을 것입니다."

"허~ 그, 그럼 그것이 바로……."

"맞습니다."

"허어~"

안톤 경의 표정은 그야말로 가관이었다. 냉철한 마법사에게서는 절대 볼 수 없는 표정. 그저 얼이 빠져 입을 떡 벌린 채 지금 주변에서 무슨 일이 일어났는지 전혀 모르겠다는 표정이다.

절대 마법사가 지을 수 없는 안톤 경의 표정에 가장 먼저 관심을 보이는 이는 역시 아이작스 대공자였다. 평소 감정의 표현이 지극히 냉정한 안톤 경이 저리도 놀란다면 분명 굉장한 일이라 할 수 있었다.

"무슨 일이라도……."

"아! 그게……."

역시 조심스럽게 물어보는 아이작스 대공자의 질문에 그제야 정신을 차린 안톤 경이 답했다.

"어떻게 말을 해야 할지……."

그렇게 말하면서 제논에게 시선을 돌리는 안톤 경이다. 그의 눈빛은 바로 제논에게 허락을 구하는 것이었다. 지금까지 밝히지 않았다는 것은 그만큼 알리고 싶지 않았다는 의미로 받아들인 것이다.

안톤 경의 시선을 받은 제논이 고개를 끄덕였다. 상관없었다. 언젠가는 밝혀질 일. 또한 여기 있는 이들은 자신을 마스터로 인정하고 있는 이들이니 자신에 대해 안다 하여도 결코 나쁘지 않은 일이다.

제논이 고개를 끄덕이자 안톤 경의 얼굴이 살짝 펴졌다. 아무래도 자신이 선택한 주군인 아이작스 대공자에게 거짓말하기에는 심적으로 상당히 부담스러운 탓이다.

"정령이라는 존재를 아십니까?"

"……."

그에 아무런 말을 하지 않는 아이작스 대공자였다. 그 표정엔 의문이 가득했다. 기실 정령이라는 존재는 그저 전설로만 알려져 있다. 3천 년을 넘어 거의 4천 년 전에 잠깐 등장했다는 정령을 대체 어찌 알겠는가.

그러하니 당연히 얼굴 가득 의문의 빛을 띠는 건 당연했다. 제논과 무슨 말을 했느냐고 물었는데 뜬금없이 정령을 아느냐고 물어오니 말이다. 그러한 표정을 짓는 아이작스 대공자의 모습에 안톤 경은 당연하다는 표정이다.

마법사들 사이에서도 정령에 대해 알고 있는 자는 극히 드물었다. 물론 고 서클의 마법사는 정령이라는 존재를 감지해낼 수 있다는 말이 있으나 그것 역시 어디까지 전해져 오는 말일 뿐이다.

마법사가 정령을 감지할 수 있다는 것은 바로 마법의 원천인 4대 원소이기 때문이다. 하지만 정령이 쇠퇴하면서 마법 역시 쇠퇴하였고, 4대 원소를 모두 다루는 마법사는 눈을 씻고 찾아도 찾을 수 없을 지경이 되었다.

그리고 안톤 경은 제논의 가르침에 4대 원소 마법을 골고루 익히고 숙련한 덕분에 두 번째 보스를 잡을 때 느꼈던 그 느낌이 바로 정령이라는 존재가 아닐까 하는 생각에 이르렀다.

"물론 신화시대의 까마득한 과거를 서술한 고대 역사서를 통해 알고는 있어요. 하지만 정령이라는 것은 그저 신화 속에서나 나오는 존재가 아닐는지요."

당연한 대답이었다. 본 적도 없으며 단순히 역사서를 통해 잠깐 한두 줄 접한 정령이라는 것이 실제 존재하는지에 대해서 그나마도 답을 하는 것 자체가 대단한 것이라 할 것이다.

"정령은 존재했습니다. 어찌 보면 마법보다 더 강력한 존재일지도 모르지요. 하지만 그것이 존재하던 시절은 까마득한 오랜 옛날이지요. 그래서 인간의 기록에서도 찾아보기가 극히 드문 일이 되었습니다."

그러했다. 아이작스 대공자 역시 겨우 한두 줄 언급된 역사서의 한쪽 귀퉁이에서 정령에 대한 설명을 읽었을 뿐이니까.

"한데 왜 갑자기 정령이라는 말을 꺼냈는지요."

"마스터께서는 그 태고의 존재인 정령을 다루십니다."

"……!"

아이작스 대공자의 눈이 커졌다. 놀랍고도 놀라운 일이었다. 너무 놀라 입을 벌린 채 신음 소리조차 흘리지 못하고 그저 경직된 모습을 보일 뿐이다.

"그것이 정말입니까?"

"방금 전에 보시지 않았습니까? 용암처럼 붉은색과 가을 하늘처럼 새파란 색. 성결한 흰색과 영광의 황금색을 말입니다."

"하면 그것이……."

"그러합니다."

"그래서……."

그제야 지금까지의 모든 의문이 한꺼번에 해결된 듯한 표정을 짓는 아이작스 대공자였다. 그 알 수 없는 무력의 근원이 바로 정령에 있었다니…….

아이작스 대공자 자신이 알고 있는 정령에 대한 기록이라면 충분히 가능했다. 결계도 가능했고, 몬스터를 피하는 것도 가능했으며, 오러 블레이드가 없음에도 바위를 두부 자르듯 잘라낼 수 있는 것도 가능했다.

하늘을 자유자재로 날아다닐 수 있고, 형체도 없이 존재를 숨길 수도 있으며, 수백만의 적 앞에서 홀로 오롯할 수 있는 존재가 바로 정령이라는 존재였으니 말이다.

물론 아이작스 대공자가 알고 있는 정령이라는 존재는 최상급, 혹은 그 이상의 존재였지만 그렇다 하더라도 실로 대단한 것이었다. 작금의 대륙에 있어서 정령이라는 존재는 이미 사라진 것으로 보고되고 있으니까.

만약 안톤 경의 말이 사실이라면 아이작스 대공자 자신은 정말 엄청난 인물을 검술 스승으로 두게 되는 것이다. 대륙 역사상 전무후무한 존재를 말이다.

"그게… 정말입니까?"

그에 아이작스 대공자의 시선은 자연스럽게 피워놓은 불을 물끄러미 바라보고 있는 제논을 향했다. 믿기지 않은 일이니 확인해 보고 싶은 심정일 것이다.

끄덕끄덕.

그에 제논은 말없이 고개를 끄덕였다.

"어허허, 어하하하하, 아하하하하핫!"

제논의 인정에 아이작스 대공자는 정신없이 웃었다. 이건 상상할 수 없는 전력이다. 애초에 제논을 자신의 스승으로 모신 것, 기사들의 스승으로 모신 것은 강한 끌림에 의해서였다.

자신의 모든 것을 걸 수 있을 만큼의 강한 끌림 말이다. 그

끌림이 너무나도 강렬했기에 자신의 모든 것을 던지고서라도 그를 잡고 싶었다. 또한 모든 것을 체념한 상태에서 자신을 가장 많이 이해해 주고 알아준 사람이었기에 아이작스 대공자는 자신의 모든 것을 내던지고 그를 스승으로 모셨다.

그런데 그 존재 하나로 자신을 비롯한 모든 이가 빛이 나기 시작했다. 고작 다섯 명이던 기사가 45명으로 늘었고, 70 평생을 4서클에 머물렀던 안톤 경이 6서클의 마도사가 되었다.

자신은 또 어떠한가?

자신은 유약했던 과거와는 달리 건강한 육체를 가지게 되었고, 가문의 검법을 복원한 것이 아닌 원래 존재했던 유명한 검법을 얻게 되었다. 그것만으로도 자신은 만족했다.

충분히 숙부와 계모를 몰아내고 남작 가문을 일으켜 세울 수 있을 것이라 여겼다. 이곳 던전에서 충분한 보상을 받을 수 있다면 말이다. 아니, 보상이 없다 하더라도 조금은 어렵겠지만 가문을 일으켜 세울 수 있다고 생각했다.

그런데 생각지도 못한 곳에 아주 강력한 우군이 존재했다. 그 존재가 바로 제논이라는 자신의 마스터이다. 혹시나 소드 마스터에 이른 절대의 존재가 아닐까 하는 마음을 가졌지만 밝혀진 마스터의 실력은 그야말로 대륙에서 유일무이한 존재였다.

기록에 의하면 3천 년 전 판데모니움 대륙을 최초로 일통

했던 폴라리스 제국의 초대 황제이자 전신이며 나이트 킹이라 불렸던 베르누크 아이젠 황제가 정령 마검사로 알려져 있었다.

그는 일인 군단이라 하였다. 아니, 그의 일검에 산이 쪼개지고 바다가 갈라졌다 하니 그 신위의 대단함은 이루 말로 형언할 수조차 없었다.

특히 그가 마지막까지 드러내지 않은 힘이 있었는데, 그것이 바로 정령의 힘이었다. 그리고 그 정령의 힘은 홀로 백만의 적 한가운데서 오롯하게 존재하게 하는 진정한 힘이라고 하였다.

물론 이것은 그저 어린아이에게 침대 맡에서 이야기해 주는 동화와 같았으나 그것을 들었을 때 심장이 뛰는 것을 느꼈던 아이작스 대공자는 웃지 않을 수 없었다.

"제가… 제가 무슨 복이 있어 마스터와 같은 분을 스승으로 모실 수 있게 되었는지 실감이 나지 않습니다."

아이작스 대공자의 눈에는 습막이 차고 있었다. 모든 것이 절망적인 상황에서 나타난 존재. 그 존재가 자신에게 별이 되어 있었다. 달빛 하나 없어 깜깜한 밤에 밝게 빛나는 큰 별 하나가 자신을 이끌어주고 있었다.

믿을 수가 없었다.

그렇게 흥분하는 아이작스 대공자의 곁으로 기사들이 몰

려들어다. 나이답지 않게 좀체 냉정을 잃지 않고 자신의 생각을 드러내지 않는 아이작스 대공자가 몸을 부들부들 떨며 흥분하고 있었기 때문이다.

아이작스 대공자뿐만이 아니었다. 항상 냉정하던 안톤 경 역시 마찬가지였다. 그의 얼굴은 흥분으로 인해 붉게 달아올라 있었다. 그리고 다가오는 기사들에게 아이작스 대공자에게 했던 말 그대로 다시 해주고 있었다.

지칠 만도 하건만 전혀 지친 내색을 보여주지 않는 안톤 경이다. 안톤 경의 말을 들은 기사들 역시 놀람의 표정을 지었다. 그도 그럴 것이, 그들은 정령이라는 존재조차 몰랐기 때문이다. 이 시대를 살아가는 기사들의 대부분은 글이라는 것을 모른다.

기사가 싸울 줄만 알면 되었지, 글을 알아야 할 이유가 없었다. 그것은 귀족들도 마찬가지인데, 귀족들은 글을 읽어주는 전용 독수들이 있어 그들이 글을 읽어주었다.

귀족가에 흔히 볼 수 있는 커다란 책꽂이나 책장은 그저 장식으로 두는 경우가 다반사였다. 한마디로 이 시대의 기사들과 귀족은 무식하다는 말이다.

또한 여기 있는 기사들 역시 겜블 경을 제외하고는 글을 아는 이가 한 명도 없었다. 겜블 경 역시 글을 안다고는 해도 그렇게 독서를 많이 하는 편은 아니었음은 물론이다.

　그러하니 마도사인 안톤 경의 설명을 들은 기사들의 놀라움은 당연했다. 존재하지 않는 존재가 나타났으니 당연한 일이다. 그리고 그들은 직감적으로 알 수 있었다.

　자신들이 마스터로 모신 존재는 대륙의 유일무이한 존재라는 것을.

　그 이후 제논은 자신의 존재를 유감없이 드러내었다. 이미 자신이 정령을 다룰 줄 아는 정령 검사라는 것을 안 이상 그들에게 숨길 이유가 없기 때문이다.

　그럼으로써 기사들과 마법사의 수련은 더욱더 가혹해지고 힘들어졌다. 수없이 많이 쏟아져 나오는 기괴한 몬스터를 상대로 제대로 쉬지도 못하고 싸워야만 했다.

　하지만 힘들면 힘들수록 기사들과 마법사의 실력을 늘어만 갔다. 이제는 아이작스 대공자가 전체적인 지휘를 하고 안톤 경이 후방 지원을 하면서 자체적으로 새로운 몬스터가 나와도 힘들이지 않고 적응하여 이겨내었다.

　제논이 할 일은 별로 없었다. 그들을 보호할 필요도 없었고 그들을 지원할 필요도 없었다. 지금에 와서 그들은 제논의 도움 없이도 충분히 마지막 방으로 가는 던전의 몬스터를 모두 이겨낼 수 있으니까. 그저 만에 하나 있을지 모를 위험을 대비할 뿐.

　제논이 생각하기에 그들은 이미 어느 정도 실력을 갖춘 상

태다. 이제 이블 스파이더만 모두 제거하면 마지막 방에 이를
수 있었다. 바로 네 번째 방이다.

첫 번째 방에는 아무것도 없었으나 두 번째 방과 세 번째
방에서는 상당한 재화를 얻을 수 있었다. 두 번째 방에서는
각종 귀금속과 비약을 얻을 수 있었고, 세 번째 방에서는 각
종 무구와 방어구를 얻을 수 있었다.

불귀의 계곡은 그야말로 보물 창고라 할 수 있었다. 두 번
째 방과 세 번째 방만 해도 남작 가문을 골백번은 부흥시키고
도 남을 정도의 재화와 수천의 병력과 기사를 무장시킬 무구
를 얻을 수 있었다.

그 많은 재화와 무구는 제논의 마법 배낭과 안톤 경의 마법
배낭으로 들어갔고, 그러고도 남은 재화와 무구는 세 번째 방
에서 얻은 다섯 개의 대용량 마법 배낭 중 두 개에 가득 채워
담았다.

말이 대용량 마법 배낭이지 지금의 시대에서 보자면 거의
아공간 배낭과 같은 것이다. 겨우 옆구리에 찰 정도의 작은
포켓용 주머니이거늘 그 많은 양을 집어넣고도 그 무게조차
느껴지지 않았으니 아공간 배낭이라고 해도 과언은 아니다.

"오늘과 내일은 여기서 쉽니다."

제논의 입이 떨어졌다. 그렇게 말하고 있는 제논의 눈은 무
려 10미터 높이의 거대한 마지막 방 입구를 바라보고 있었다.

입이 쩍 벌어질 정도로 거대한 마지막 방.

제논의 눈동자를 따라 아이작스 대공자와 다섯 명의 선임 기사들의 시선 역시 자연스럽게 그 거대한 마지막 방의 입구를 지키는 석문을 바라보았다. 그 석문을 바라보는 그들의 눈동자에서 결의가 느껴졌다.

지금껏 제대로 쉬지 못한 기사들과 마법사에게 이틀 동안의 휴식을 주어 몸 상태를 완벽하게 갖춘 후 던전의 마지막 보스를 제거하고 가문의 부흥을 위해 이 던전 탐사의 임무를 반드시 완수해야만 했다.

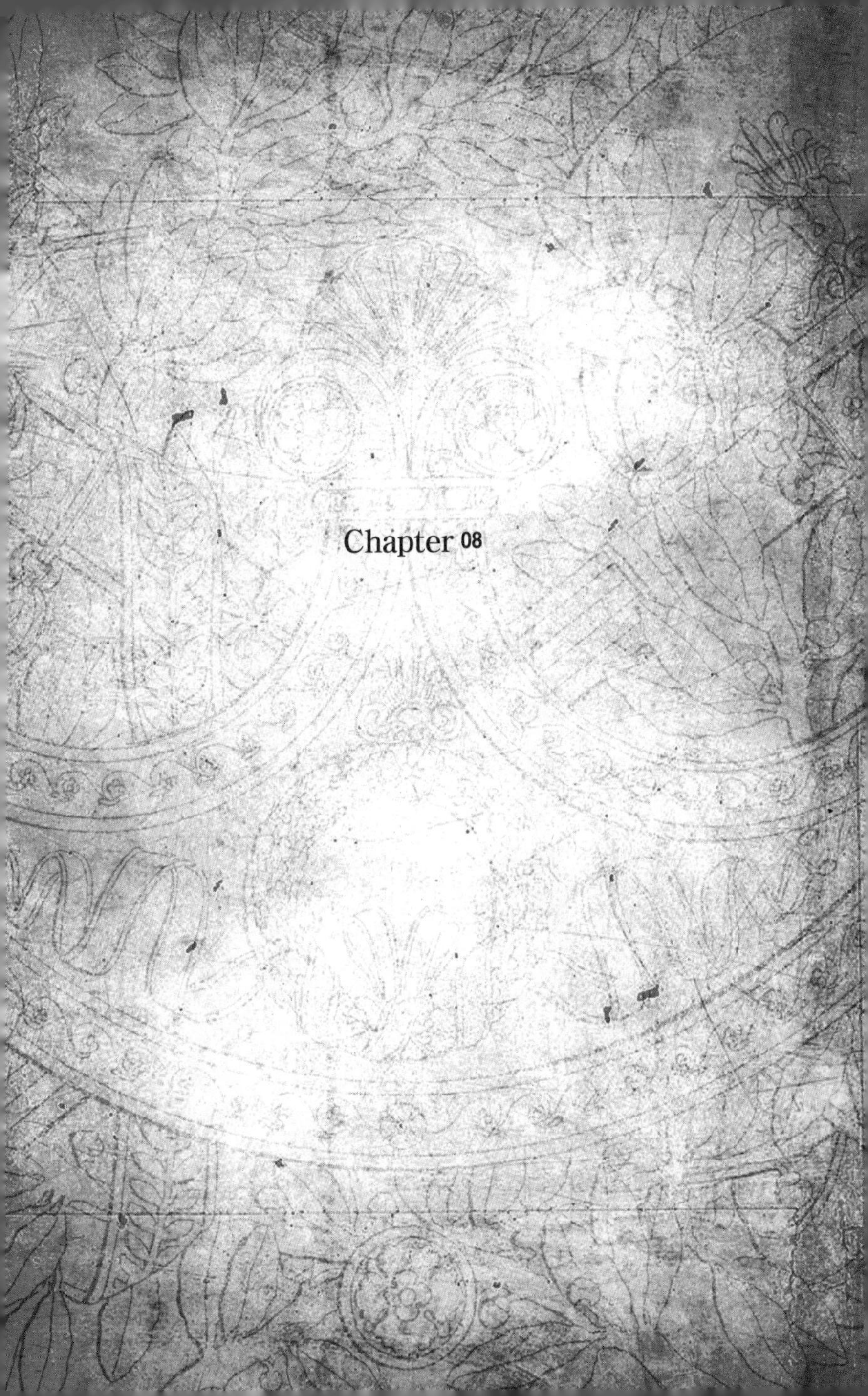

Chapter 08

<u>쿠르르르!</u>

거대한 석문이 가운데에서부터 좌우로 입을 쩍 벌렸다. 지금까지 던전의 음습하고 퀴퀴한 냄새가 났다. 하지만 거대한 석문이 좌우로 열리자 메마른 사막과 같은 냄새가 확 풍겨왔다.

지금까지와는 전혀 다른 마지막 방의 내부.

내부는 메말라 있었다. 식인목이나 흡혈목은 없었으나 사방이 온통 바위로 되어 있었으며, 그 흔한 이끼도 보이지 않았다. 바닥에는 모래가 가득했다. 또한 중앙에는 사막에서나 볼 수 있다는 오아시스와 입이 넓은 나무가 존재했다.

아마도 지금까지 그 지독한 던전을 통과해 오지 않았다면 모두가 이곳이 사막의 오아시스라고 믿어 의심치 않았을 것이다. 그만큼 넓었고 완벽하게 사막의 모습을 닮아 있었다.

스스스슷!

바람이 불어왔다.

건조하게 말라 있던 마지막 방의 바위로 이루어진 벽면이 미세하게 움직였다. 그 모습이 마치 강한 햇볕을 받아 바람과 부딪치는 사막의 모습과 전혀 다르지 않았다.

"경계!"

마지막 방의 모습에 넋을 잃고 있던 아이작스 대공자와 안톤 경, 그리고 기사들은 제논의 외침에 퍼뜩 정신을 차렸다.

아이작스 대공자와 안톤 경을 중심에 두고 사방을 둥그렇게 에워쌌다.

지난 넉 달간의 경험으로 그들의 움직임은 이제 완숙의 경지에 이르러 있었다. 당황스러워 하는 중에도 침착함을 잃지 않고 제논의 움직임에 자동으로 반응하고 있었다.

"준비!"

제논의 외침에 이제는 모든 기사의 검이 오러를 시전했다. 그리고 보이지 않는 적을 느끼기 위해 온몸의 감각을 극도로 집중시켰다.

꿈틀, 출렁.

벽면이 움직이고 사막의 모래로 생각했던 던전의 바닥이 움직였다. 아주 미묘한 움직임. 모든 신경을 집중하지 않았다면 느끼지도 못했을 그런 움직임이었다.

전과는 전혀 다른 움직임에 아이작스 대공자 이하 모든 기사들과 마법사가 긴장했다. 미처 감지조차 하지 못한 상황이었으니 말이다.

갑자기 던전 내부가 정적에 휩싸였다. 모든 것이 그대로 정지된 듯한 느낌이다. 기사들 역시 움직이지 않았다. 괴괴한 적막이 감돌았다. 잠시 잠깐 움직임을 보이던 바닥도 움직이지 않았고 벽면도 움직이지 않았다.

그그그극!

그때 그들이 들어왔던 던전의 거대한 문이 돌이 갈리는 듯한 소리를 내며 벌렸던 입을 다물기 시작했다. 발바닥에서부터 시작해 전신을 휘감아 오는 아주 미세한 진동.

쿠우웅!

거대한 석문이 닫히며 그 소리가 사방이 막힌 병면과 바닥, 천장에 부딪치며 울림을 만들었다. 그리고 또다시 시작되는 괴괴한 적막. 그 적막이 모든 이의 긴장을 더욱 고조시켰다.

스스슷!

그때 벽면과 바닥이 움직였다. 모래가 움직이고 바위가 움직였다.

"꿀꺽!"

누군가가 마른침을 삼켰다.

목이 탔다. 온몸의 수분이 모두 증발해 버릴 것 같은, 질식할 것 같은 적막함 속에서 이루어지는 무언가의 움직임이 제논을 비롯한 탐사대의 일행에게 극도의 긴장감을 제공했다.

그때였다.

촤하아아악!

모래로 이루어진 바닥에서 무언가가 솟아올랐다. 그 무언가는 하나가 아니었다. 송곳처럼 날카로우나 빛나지 않으며, 빛을 연상시킬 정도 빠른 움직임으로 기사들의 가슴을 향해 뻗어 나갔다.

"하아압!"

"매스 실드(Mass Shield)!"

기사들이 기합을 내질렀다.

눈으로 감지할 수조차 없을 정도로 빠른 움직임이었지만 기사들은 그러한 가늠할 수 없는 촌각의 움직임조차 각자의 무기에 오러를 시전하여 방어하고 있었다.

다가오는 무언가를 가차없이 베어 넘기는 기사들이었다. 놀람은 있을지언정 공포는 없었고, 또한 그 공포에 잠식되어

이성을 잃고 스스로 죽음 앞에 몸을 내던지는 기사는 없었다.

그만큼 정신적으로나 육체적으로 강인해졌다는 것을 의미한다. 물론 두려움이 없는 것은 아닐 것이다. 하지만 그동안 제논의 무지막지한 수련 덕분에 두려움에 잠식되지 않고 그것을 이겨내는 법을 알게 된 탐사대원들이었다.

"견제! 지휘!"

제논의 조용한 외침에 두 겹, 세 겹으로 아이작스 대공자와 안톤 경을 둘러싼 원을 풀고 단 다섯 명만이 아이작스 대공자와 안톤 경 주변에 남고 나머지 인원은 열 명씩 한 조가 되어 네 개 조로 나뉘었다.

갬블 경이 1조를, 패티스 경이 2조, 구스타프 경이 3조, 실바 경이 4조 조장을 맡았고, 바리오 경이 네 명의 기사를 대동하여 아이작스 대공자와 마법사 안톤 경을 지켰다.

제논의 눈이 사방을 살폈다. 첫 공격을 막아내었다. 아니, 어찌 보면 공격이 아니라 마치 탐사대의 실력을 살피는 것 같은 탐색전의 성향이 강한 공격이었다.

"정령 빙의! 노움. 대지의 기억!"

"정령 소환! 실프. 바람의 추적(Tracking of Wind)!"

두 정령을 한꺼번에 불러내는 제논이었다. 조용한 공간에 산들바람이 불어 긴장하고 있는 기사들을 달래듯이 어루만지며 사막을 휘돌기 시작했다.

제논과 함께하는 노움은 대지의 기억을 읽음으로써 이곳의 오래전 과거에서부터 있었던 일을 마치 오늘 자신의 눈앞에서 펼쳐지는 것처럼 보여주고 있었다.

이것은 상당히 정신력을 소모하는 것으로써 과거 신화시대의 한 장을 장식했던 정령 시대의 정령사조차도 쉽게 할 수 있는 스킬이 절대 아니었다. 그만큼 대단한 정신력이 아니고서는 결코 행할 수 없는 정령 빙의.

자칫 잘못 행할 경우 정신력이 고갈돼 정신 착란이나 혹은 정신 이상 증세를 보일 수 있기 때문이다. 그런데 그런 정령 빙의의 기술을 사물도 아닌 자신의 몸에 직접 실현시키는 것이니 신화시대의 정령사가 살아 돌아온다 해도 입을 벌릴 일이었다.

그러한 기술을 자연스럽게 실행시킨 제논은 지금 이 순간 두 가지 일을 한꺼번에 하고 있었다. 대지의 기억을 읽고, 바람으로써 마지막 방에 존재하는 미지의 존재를 찾아 나섰다.

그리고 그러한 제논의 기억 속에 나타나는 존재.

"내가… 보이는가?"

뻥 뚫린 동공, 살점 없는 새하얀 턱뼈가 움직이며 제논에게 말을 걸고 있었다. 묘한 느낌이 드는 자다. 산 자도 죽은 자도 아닌, 삶과 죽음의 사이를 방황하는 자.

“그대는 죽은 자인가?”

“죽어? 내가?”

뻥 뚫린 동공에서 시퍼런 광망이 터졌다.

“흐으, 으흐하하핫!”

그렇게 한참을 하늘을 쳐다보며 살점 없는 새하얀 턱뼈를 덜그럭거리며 웃음을 터뜨리는 자. 웃음소리가 들렸기에 그것이 웃음이라 생각하지, 만약 소리가 들려오지 않았다면 웃는 것인지 무엇을 하는 것인지 몰랐을 것이다.

“흐으, 죽음이라……. 이미 죽음을 초월한 나에게 죽음이라…….”

마법사 로브를 입은 그자는 허공을 둥둥 떠다녔다. 마치 스펙터처럼 말이다. 그 모습은 무언가 마음에 걸리는 듯한, 혹은 무언가 깊이 생각하는 듯한 모습이었고, 어찌 보면 안절부절못하는 모습이기도 하다.

“내가 죽어? 정말 내가 죽었어? 아니, 아니야. 난 죽지 않았어.”

허공을 둥둥 떠다니며 뼈만 남은 턱뼈로 계속 혼잣말을 하는 마법사 로브를 입은 자의 모습은 실로 괴기스럽기 그지없었다. 분명 이것은 노움의 대지의 기억으로 읽은 사념일 뿐이다.

하지만 제논은 이것이 결코 사념, 즉 대지의 기억이 아님을 알 수 있었다. 현실과 죽음의 경계, 바로 그 경계 지점에 있는 존재. 그 존재에 대해서 제논은 기억해 낼 수 있었다.

'리치(Lich)!'

리치!

마법사들의 사악한 욕망과 함께 원념이 만들어낸 언데드들의 왕, 혹자는 불사의 왕이라고도 하고 죽은 자들의 왕이라고도 한다. 그 이름에서 알 수 있듯이 몬스터, 인간 등을 가리지 않고 모든 죽은 생물을 언데드로 부활시켜 수족처럼 부릴 수 있다.

대륙에서 리치가 나타난 것은 자그마치 신화시대로 거슬러 올라가야 했다. 신화시대는 정확히 정령의 시대와 마도의 시대, 그리고 기사의 시대로 나누어진다. 리치는 세 개의 시대로 나눠지는 신화시대 전체에 분포했던 악의 종자라 할 수 있었다.

그러나 신화시대 이후 1만 년이 넘는 동안 그 무서운 리치는 역시 역사책의 한 귀퉁이에서만 존재하는, 그저 할아버지가 아이에게 전해주는 재미있는 동화책 속의 존재일 뿐, 그 이상도 그 이하도 아니었다. 그러한 막강한 존재가 지금 꿈과 현실의 경계에서 안절부절못하고 있었다. 마치 너무 오랫동안 존재해 왔기에 정신적인 붕괴를 가져온 것처럼 말이다.

원래 리치는 죽은 자들의 왕이라 불리나 그 본래는 학문을 탐구하던 고 서클의 마법사였던 존재. 하니 지극히 냉혹한 성격을 지니고 있었다.

그러하기에 어둠에 물듦에도 불구하고 정신을 온전히 가질 수 있게 된 것이다. 하지만 지금 제논의 앞에 현신해 있는 리치는 어딘가 불안정해 보였다.

"쉐도우 샤우트(Shadow Shout)! 전원 전투 준비!"

제논은 지금의 상황이 지극히 위험하다는 것을 느낄 수 있었다. 그에 리치의 불안정한 상태를 틈타 각 조를 나눠 대기 중인 기사들에게 외쳤다. 그에 기사들과 마법사는 긴장하기 시작했다.

바로 제논의 말과 함께 서서히 그 모습을 드러내고 있는 무엇인가가 그들의 눈을 사로잡았기 때문이다. 허공에 둥둥 떠 있는 상태로 짙은 보라색 바탕의 화려한 로브 비슷한 옷차림을 한 무언가가 발부터 모습을 드러내기 시작했다.

서서히 드러내는 모습. 아이작스 대공자를 비롯한 안톤 경, 그리고 켐블 경 역시 휘둥그레진 눈으로 발끝부터 서서히 공간을 일그러뜨리며 등장하고 있는 거대한 무엇인가를 바라보았다.

발, 다리, 허벅지, 엉덩이, 허리, 배, 가슴, 목, 그리고 마침내 얼굴이 드러났다. 얼굴이 드러나자 제논을 제외한 모든 이들은 그동안의 침착함을 잃고 헛바람을 들이켜고야 말았다.

“저게…….”

“무슨…….”

“리, 리치라니…….”

안톤 경이 힘겹게 입을 열었다. 그는 정확하게 알고 있었다. 그는 마법사였기 때문에.

가슴의 마나 서클을 옥죄어 오고, 스멀스멀 밀려 나오는 어둠의 기운.

화려한 로브와 인간이라 볼 수 없을 정도의 거대한 신장, 거기에 로브에 가려져 있으나 회백색으로 빛나는 광택과 함께 시퍼렇게 빛나는 안광이 마법사인 안톤 경의 오금을 저리게 했다.

“뭐지? 뭐지? 왜 내가 여기 있지? 난 누구지? 음? 너희는 또 누구더냐? 누구이기에 나만의 던전에 들어와 있느냐?”

시퍼런 안광을 내뿜으며 사방을 울리는 굵은 목소리가 정신없이 묻고 있었다. 자신의 존재도, 이 던전 안에 들어온 기사들의 존재도, 이 공간 자체 또한 새롭다는 듯이 연신 물음표를 던지는 리치였다.

“옳아! 옳아! 너희는 나의 보물을 노리고 온 놈들이렷다! 우흐흐훗! 그럴 수는 없지! 그럴 수는 없어! 내 어찌 모은 보물이거늘 하찮은 너희에게 나의 보물을 빼앗길 수는 없지! 크하하하핫! 죽이겠다! 죽이겠어! 너희를 모조리 죽여야겠어!

크하하하하!"

쿠드드드득!

커다랗게 웃는 리치의 웃음에 던전 전체가 흔들리면서 바위가 깨지는 것인지 아니면 무언가가 새로이 나타나는 것인지 땅이 갈라지며 모래가 치솟아 올랐고, 던전의 천장에서는 돌가루가 흘러내리기 시작했다.

"크하하핫! 죽음이여! 나에게 오러!"

리치가 울부짖었다.

이미 리치는 자신들을 적으로 여기고 있었다. 정신이 이상한 가운데 그는 정확하게 산 자의 냄새에 반응하고 있었던 것이다.

리치의 거대하고 긴 팔이 펄럭이며 뼈만 남은 앙상한 회백색 손가락이 탐사대의 일행이 있는 곳을 가리켰다.

"산개! 견제!"

제논이 즉시 외쳤다.

이 싸움은 자신만의 싸움이 될 것이다. 리치라는 죽은 자들의 왕을 대적하기에는 아직 기사들과 마법사의 실력은 약했다.

꽈아앙!

스펠도 없었고 외침도 없었다.

어느새 산개한 일행이 있는 곳에서 거대한 폭발음이 들려왔고, 모래가 던전의 천장까지 치솟아 올랐다.

"정령 융화! 실프, 노움, 운디네, 살라맨더, 엘리멘탈 마스터(Elemental Master)!!"

제논은 자신이 정령술로 펼칠 수 있는 최고의 절기를 자신의 몸에 펼쳤다.

제논은 느낄 수 있었다, 전신을 지배하는 강력하고 인간을 초월하는 힘을. 그에 자신은 일정 시간만큼은 리치와 버금가는 절대의 존재가 될 수 있음을 느꼈다.

"크후후후, 죽은 자의 왕으로 명하노니, 나의 종자들이여, 일어나라! 일어나 산 자들을 제물로 삼을지어다! 서먼 언데드(Summon Undead)!"

리치가 뼈만 남은 앙상한 팔을 드러내고 가슴을 내밀어 팔을 좌우로 펼쳤다. 그에 검은색의 기류가 사방에서 리치를 향해 몰려들기 시작했다. 간단한 마법의 경우는 어떠할지 모르나 이런 대규모의 마법은 역시 시간이 걸리는 법.

제논은 자신의 명령에 따라 단단하게 이중, 삼중의 견제 태세를 갖추고 있는 기사들을 흘깃 바라보았다. 이미 모든 준비가 완료되었다.

"우선 가벼운 인사로 시작하지."

그의 말처럼 진정 가벼운 인사일지는 모르나 제논은 자신이 서 있는 자리에서 그대로 박차 올라 5미터 가까이 되는 리치의 머리를 향해 뛰어올랐다.

"정령 검법(Elemental Sword). 블레이드 레인!"

쫘앙! 쫘가가가광!

제논의 검에서 쏟아져 나오는 수없이 많은 물의 파편. 그 파편 하나하나가 일점, 즉 리치의 이마를 향해 거침없이 쇄도하여 폭발했다. 원래 물이라는 것이 정화의 의미를 담고 있어서 그러한지 그 소리는 자못 대단하여 듣는 이의 귀청을 먹먹하게 만들었다.

제논의 갑작스런 공격에 맥없이 당하는 리치였다. 리치가 아무리 대단하다 하나 아직 정상적인 상태가 아니었고, 또한 일정 시간 동안 인간의 범주를 벗어난 제논의 공격은 쉽게 막을 수 있는 수준을 넘어서 있었다.

그 상상을 초월하는 공격에 5미터에 이르는 거대한 리치가 뒤로 주르륵 물러나며 던전의 벽에 부딪쳤다.

"크하아악! 아프다! 아파!"

미친 듯이 아프다고 악을 쓰는 리치였다. 그리고 그 아픔을 참기 위해 사방으로 마법을 날리는 리치였다. 리치에게는 겨우 스펠도 없이 마구 사용할 수 있는 저급 마법이었으나, 그를 상대하는 기사들과 마법사에게는 미치고 환장할 정도로 강력한 마법이었다.

같은 마법이라 할지라도 그 끝을 알 수 없을 정도의 마나를 가지고 있는 리치가 사용한다면 수준 자체가 달라지니 어쩔 수 없었다.

"실드! 베리어!"

"막아! 검으로 쳐내라!"

사방으로 떨어져 내리는 암흑 마법에 정신없이 이리 뛰고 저리 뛰는 기사들과 마법사였다. 하지만 제논은 아직 그들에게 신경 쓸 여유가 없었다. 분명히 상당한 충격이 가해졌을 것이다.

하지만 리치는 아프다고는 하지만 여전히 생채기조차 나지 않은 상태다.

후와아앙!

'다크 캐논(Dark Cannon)!'

다크 애로우(Dark Arrow)도 아니고 다크 캐논이었다. 어느 정도 예상은 하고 있었지만 설마 4서클의 마법조차 스펠도 없이 사용할 줄은 몰랐다.

"회피(Evasion)! 고속 이탈(Rapid Breakaway)!"

파바바밧!

제논의 몸이 흐릿해지면서 리치가 시전한 다크 캐논의 사정권에서 급격하게 벗어나고 있었다. 회피는 보법(Step)과는 또 다른 것이다. 보법은 검이 가는 길에 따라 발전하는 것이지만 회피는 순간적인 가속을 이용하는 것으로 지금과 같은 위급 상황에 가장 적합한 스킬이라 할 수 있었다.

제논은 빠르게 움직였다. 절대 한자리에 머물러서는 안 되는 것을 알 수 있었다. 아무리 제정신이 아니라 할지라도 상대는 최소 7서클이나 8서클의 마법사이다.

그러한 존재에게 틈을 주어서는 안 될 것이고, 또한 자신에게 모든 시선을 잡아두어야 할 필요가 있었다. 아무리 6서클의 마법사와 익스퍼트의 기사가 46명이나 있다고 하지만 지금 제논의 앞에 있는 리치와는 비교조차 할 수 없었다.

그 단적인 예로, 어느새 리치가 소환 마법을 완성했는지 수없이 많은 언데드들이 46명의 기사와 한 명의 마법사를 중심으로 원을 만들어 끊임없이 공격을 퍼붓고 있었다.

"소환(Summon)! 정령의 창(Spear of Elemental)!"

두 자루의 짧은 검으로는 무리였을까? 제논은 바로 긴 창을 소환해 내었다. 그러자 밝은 빛을 뿌리며 한 자루의 창이 그의 손에 잡혀 있다.

"죽어라! 다크 파이어 밤(Dark Fire Bomb)!"

"정령 창! 방패의 벽(Wall of Shield)!"

꽈가가강!

부딪쳤다.

제논의 전방으로 나타난 수없이 많은 창영이 나타나 거대

한 방패를 만들어 일부는 흘리고 일부는 흡수하였다. 검은색
과 녹색으로 이루어진 검녹색의 폭발이 일어났다.

'해볼 만한 건가?

창을 잡은 손이 저릿했다. 하지만 왠지 모르게 괜찮다는 생
각이 들었다.

해볼 만하다는 생각이 들었다. 자신의 손목이 저릿했지만
리치 역시 손가락이 저릿한지 가볍게 손을 터는 모습이 보였
기 때문이다.

"다크 윈드 커터(Dark Wind Cutter)!"

쉴 틈을 주지 않았다. 계속되는 리치의 공격.

"회피! 고속 이탈!"

일단 피했다. 하지만 제논은 결코 피하기만 하지 않았다.

"정령의 창! 그림자 폭발(Shadow Explosion)!"

쿠화아아앙! 화르르륵!

"으아! 뜨, 뜨겁다! 뜨거워! 부, 불을 꺼야 한다. 워터(Water)!"

리치의 몸에 백염의 폭발이 일어나며 불이 붙었다. 시뻘건
색의 불이 아닌 세상의 모든 것을 태워 버릴 듯한 새하얀 백
색의 불이 일었다. 물을 소환해 불을 끄려 했으나 정령이 토
해낸 불은 그리 쉽게 꺼지지 않았다.

"으으으! 소, 소멸(Extinction)!"

물로 불을 끌 수 없자 아예 불이 난 지점을 소멸시켜 버리

는 리치였다. 해골만 남아 있는 리치의 얼굴이 순간적으로 찡그려지는 것처럼 보였다.

"오러! 나의 종속들이여!"

그때 리치는 탐사대 일행을 공격하던 언데드의 일부를 자신의 곁으로 끌어들였다. 리치의 손에서 검은색의 마나가 흘러나오자 괴로운 비명을 지르며 빨려들어 가는 언데드들이었다.

"끼아아아악!"

언데드들이 리치의 손아귀로 빨려들어 가자, 소멸되었던 지점이 조금씩 생성되고 있었다. 리저렉션 마법을 사용할 수 없으니 언데드들을 흡수하여 소멸되었던 지점을 회복시키는 것처럼 보였다.

'그렇게 둘 수는 없지.'

"정령 공격(Elemental Attack)! 플레임 스트라이크(Flame Strike)! 디바인 워터(Divine Water)!"

소멸된 부분으로 백염의 불꽃을 꽂아 넣고 물의 정령 특유의 치유의 힘을 담은 정령 마법을 뿌렸다.

"크하아아악! 죽인다! 죽인다!"

자신의 소멸된 곳을 회복시키는 것을 제지당한 리치는 커다란 비명을 토해냈고, 분노에 찬 외침과 함께 시퍼런 동공이 짙은 녹색으로 변해갔다.

울부짖는 리치.

리치와 제논의 대결은 계속되었다. 시간이 지날수록 점점 더 치열해졌고, 어느 순간에 이르자 분노가 극에 이르러서인지 자신이 소환한 언데드들을 밟아 죽이면서 광분하기 시작했다.

꽈가가가강!

"끄허어억!"

꽈드드득!

지금 리치의 몸은 걸레가 되어가고 있었다.

수없이 많은 제논의 공격에 의해 소멸되고 파이면서 회복되지 못하여 걸치고 있던 고풍스럽고 화려했던 로브는 너덜너덜해졌다.

그리고 여기저기 뼈가 움푹 파이거나 뻥 뚫려 버렸다.

"정령 공격! 에로우 스톰(Arrow Storm)!"

파바바밧!

제논의 손에서 눈으로 쫓을 수조차 없을 정도의 물과 바람의 화살이 쏘아져 나갔다.

물론 쏘아져 나간 화살은 그저 그런 화살이 아님은 분명했다. 무려 정령을 빙의시킨 제논의 손에서 나가는 화살이 평범하다면 그것이 더 이상한 일일 것이다.

쿠우! 콰가가강!

이제는 처음과는 달리 많이 느려진 리치는 제논이 쏘아 보낸 화살을 고스란히 맞았다. 화살의 폭풍이 리치의 전신을 강타하고 있는 것이다. 그 폭발의 순간 제논의 눈이 반짝였다.

제논이 본 것은 바로 리치의 가슴 어림에 있는 리치의 라이프 베슬이었다. 리치는 라이프 베슬을 파괴하지 않으면 결코 죽지 않는다. 다시 살아난다. 그 무지막지한 공포의 존재가 말이다.

"쿠화아아! 다크 매직 애로우!"

수백 발에 해당하는 어둠의 화살이 한꺼번에 제논을 향해 쏟아져 들었다. 많이 지치기는 했으나 여전히 리치의 마법은 위력적이었다. 제논은 빠르게 움직였다.

그 무시무시한 다크 매직 애로우를 그대로 맞아줄 생각은 전혀 없었다.

"정령 공격! 대지의 방패!"

쏟아져 오는 어둠의 화살을 일부는 회피하고, 일부는 허공에 흙으로 방패를 만들어 흡수하고, 또 일부는 튕겨내었다.

쿠드드득!

지루한 공방전이 지속되었다. 분명 제논이 우세를 점하고는 있지만 딱히 제논이 우세라고 말할 수는 없었다. 폭파하고, 자르고, 불을 지르고, 녹이고, 관통시킨다 하여도 끈질기게 되살아나고 회복하는 리치였다.

처음 수만에 이르던 언데드는 지금 많이 줄어 있는 상황이다. 물론 탐사대의 검과 마법에 쓰러진 언데드도 많았지만 가장 큰 원인은 바로 리치가 자신의 상처를 치료하는 데 언데드들을 사용한 덕분이다.

그 때문인지 지금 아이작스 대공자 이하 모든 탐사대원은 피곤하고 힘들지언정 처음과는 전혀 다르게 침착한 모습으로 언데드들을 제거해 나가고 있었다. 물론 처음과 비교해서 그렇지 여전히 그들은 힘겨운 싸움을 계속해 나가고 있었다.

그에 제논은 한편으로 안심하며 지루하기도 하고 힘들며 공포스럽기까지 한 끈질긴 리치와의 싸움을 끝내고 싶었다. 지금 제논이 노려보는 것은 단단한 갈비뼈로 둘러싸여 있는 리치의 라이프 베슬이었다.

리치의 뒤로 돌아가야만 했다. 지금까지 리치는 한 번도 자신의 등을 허용한 적이 없다. 어떻게 해서든지 상대를 앞에 두고 전투를 이끌어가고 있었다.

"정령 마법(Elemental Magic)! 일루젼 더미(Illusion Dummy)!"

"이동(Moving)! 순간 이동(Instant Movement)!"

일종의 환영 마법이다. 그것은 바로 바람의 정령을 이용한 것인데, 불과 몇 십 분의 지속 시간이지만 그 정도면 충분히 리치의 배후를 점하고 라이프 베슬을 제거할 수 있을 것이다.

두 가지의 기술이 한꺼번에 사용되었다. 평소라면 뚜렷하지 않고 약간은 부자연스러운 움직임을 보이고 있는 일루전 더미에 속지 않을 리치였으나 지금은 이미 너무도 난폭해져 제대로 된 판단을 내리지 못하는 상태였기 때문에 의외로 쉽게 속는 리치였다.

"이노옴! 다크 플레임(Dark Flame)!"

제논의 모습을 그대로 복사한 일루전 더미를 향해 분노에 찬 일갈을 날리며 마법을 난사하는 리치였다. 그리고 제논의 눈에 들어오는 것은 어른 주먹만 한 크기의 라이프 베슬이었다.

'이제 이 지긋지긋한 싸움을 끝내자.'

"정령 공격! 엘리멘탈 버스터!"

쿠후우웅!

텅 비어 있는 리치의 등판을 향해 엘리멘탈 버스터가 날아갔다.

그때 리치가 무언가를 느꼈는지 잠시 움찔하는 모습을 보였다. 환영 마법이 깨진 것이다.

그리고 리치의 고개가 급격하게 자신의 뒤를 향해 돌아갔다. 엘리멘타 버스터가 큰 기술인만큼 리치의 라이프 베슬에 도착하기에는 아직 시간이 필요했다.

"정령 공격! 실프, 운디네, 노움, 살라맨더! 엘리멘탈 스파이크(Elemental Spilke)!"

퍼벅! 퍼버버벅!

땅속으로부터 솟아나온 날카로운 돌기둥이 리치의 발아래를 공격했다.

허공을 격하고, 바람과 물과 불의 송곳이 리치의 전신을 강타했다. 실로 순식간에 일어난 일이었다.

이미 오랜 전투로 인해 약해질 대로 약해진 리치였다. 리치의 힘의 원천이었던 언데드도 얼마 남지 않은 상황. 그러한 리치는 제대로 저항조차 하지 못하고 제논의 최후의 일격에 고스란히 노출되었다.

"크르릇! 다, 다크 실드(Dark Shield)!"

마지막 마나를 쥐어짜듯 녹고 파이는 전신을 방어하기 위해 어둠의 방패를 실현하는 리치였지만 역시 그 힘이 많이 떨어진 상태이기에 리치가 실현한 실드는 이내 소멸되고 말았다.

"이만 끝을 보자!"

정령의 창을 소환 해지했다. 그리고 이어지는 외침.

"트윈 소드 소환!"

두 자루의 검을 소환하는 것과 동시에 제논은 검을 교차시키며 맹렬하게 회전하기 시작했다.

"정령 공격! 실프, 운디네, 노움, 살라맨더! 엘리멘탈 스톰(Elemental Storm)!"

콰가가각! 후와아아앙!

바람이 불고 모래가 일며 폭풍이 불어닥치기 시작했다.

그 순간 제논은 자신의 손을 떠난 엘리멘탈 버스터가 완성됨을 느꼈고, 엘리멘탈 버스터가 리치의 라이프 베슬을 감싸 폭발하고 있음을 보았다.

쩌저저저적!

라이프 베슬에 금이 가기 시작했다. 마계의 특수한 유리 금속으로 만들어진 투명한 라이프 베슬에 금이 가기 시작한 것이다.

"으아아아악! 아, 안돼애애애!"

빠지지지직! 콰아아아앙! 쾅! 쾅! 콰앙!

연쇄적인 폭발이 일어났다. 리치의 심장에서부터 시작된 폭발은 전신으로 퍼져 나갔고, 한 줌의 재도 없이 몽글한 검은색 연기만을 남긴 채 사라지기 시작했다.

"후욱! 후욱!"

리치의 폭발에 급속 이동을 한 제논은 거친 숨을 내쉬었다. 힘들었다. 땀이 날 정도로 힘들었다.

"정령 스킬 해제!"

정령 빙의 스킬이 해제되었다. 그가 모든 것을 마무리하고 지상으로 내려섰을 때 지상 역시 언데드가 모두 깔끔하게 사라진 후였다. 그리고 그런 제논을 맞이한 것은 피곤한 얼굴을 하고 있는 30여 명 남짓의 기사였다.

이번 마지막 방에서 열여섯의 기사가 죽고 아이작스 대공자와 갬블 경, 안톤 경 등 불과 30여 명이 살아남았다.

"수고… 하셨습니다."

비통한 와중에도 아이작스 대공자는 제논에게 말했다. 그 말에 제논은 잠시 고개를 끄덕였다. 그리고 제논의 눈이 죽어 있는 열여섯의 기사를 바라보았다.

그들은 다행히 언데드가 되지 않았다. 전투 중임에도 불구하고 악착같이 죽은 동료들을 안으로 끌어들인 덕택이다. 아이작스 대공자와 안톤 경, 그리고 갬블 경을 비롯한 모두 넋이 나가 있었다.

물론 생전 듣도 보도 못한 리치를 상대로 열여섯 명이라는 사망자가 발생했음은 실로 대단한 전과라 할 수 있었다. 하지만 이들의 표정은 비통하기 그지없었다.

"우리는 아직 해야 할 일이 남은 것으로 알고 있네. 죽은 동료를 대신해서 남작가를 일으켜 세워야 하지 않겠나? 그들을 위해서 끝까지 살아남아야 하지 않겠나?"

제논이 작은 목소리로 말했다. 작은 목소리임에도 불구하고 살아남은 모든 이의 귓속에는 천둥처럼 크게 울렸다.

"안톤 경은 구덩이를 파고 기사들은 죽은 기사들의 유품을
정리하도록."

그렇게 말하고 제논은 등을 돌렸다. 이곳은 리치의 던전.
그리고 던전의 마지막 보스를 제거하였다. 이제 남은 것은 살
아남은 이들이 던전의 유물을 수거하는 것뿐이다.

리치가 끝까지 움직이지 않았던 지점.

그곳에 무엇인가 놓여 있었다. 커다란 상자 같기도 하고 무
슨 탁자 같기도 한 것이다. 하지만 여는 곳이 없었다. 제논은
그 앞에 서서 통 모양의 그것을 요모조모 살펴보더니 한쪽으
로 그 물건을 밀었다.

그그그극!

돌이 갈리는 듯한 소음을 내면서 물건이 밀리기 시작했
다. 제논은 조금 더 힘을 가했고, 물건은 육중한 소리를 내
며 어느 정도 밀리더니 그 이후에는 저절로 움직여 길을 열
었다.

그리고 나타나는 지하로 향하는 돌계단.

어느새 아이작스 대공자가 곁으로 다가와 있었다.

"죽은 기사를 묻고 내려가도록 하지요."

"알겠습니다."

제논의 말에 아이작스 대공자가 고개를 끄덕였다. 모든 것
이 다 풀렸다. 300명에 이르는 대규모의 탐사대 중에서 남은

이는 겨우 30명. 그것도 제논이 아니었으면 성공했을지도 미지수인 던전 탐사였다.

하지만 던전 탐사는 성공적이었다. 던전의 모든 유물을 수습할 수 있었으니까 말이다. 기사들은 죽은 기사들을 안톤 경이 파놓은 거대한 구덩이에 밀어 넣었다.

"파이어(Fire)!"

그리고 안톤 경은 1서클의 파이어 마법을 실행하였다. 매캐한 냄새가 던전 내부를 뒤흔들었다. 하지만 누구 하나 인상을 쓰는 이는 없었다. 생사를 같이했던 동료들이다.

지금은 살아 있는 자와 죽은 자로 나뉘었지만 말이다.

"묵념!"

겜블 경의 외침에 제논을 비롯한 모든 기사들은 검을 가슴에 모으고 고개를 숙여 죽은 기사들에게 좋은 곳으로 가라고, 혹은 열심히 살겠노라고 다짐하며 묵념을 마쳤다.

"이동한다!"

그리고 정신을 수습한 아이작스 대공자의 입이 떨어졌다. 역시 이동하는 대열의 가장 선두에는 제논이 섰다. 혹시라도 무슨 일이 일어날지 아직 모르는 단계이다.

마지막 보스라고 생각하지만 그것이 진짜 마지막 보스인지는 알 수 없었다. 계단은 꽤나 길었다. 하지만 아무리 계단이 길다 하여도 그 끝은 있는 법.

계단의 끝.

그 끝에서 모든 기사들은 입을 벌릴 수밖에 없었다. 온통 황금으로 이루어진 방이 나타났다. 바닥도, 벽도, 천장도, 그리고 그 방을 구성하고 있는 집기마저도 황금으로 이루어져 있었다.

"축하드립니다."

제논이 아직 입을 다물지 못하고 있는 아이작스 대공자를 향해 입을 열었다. 던전 탐사는 대성공이었다. 아이작스 대공자의 눈에 눈물이 그렁그렁 맺혔다.

그동안의 설움과 고난과 힘들었던 모든 것이 한꺼번에 폭포수처럼 터져 나왔기 때문이다. 아이작스 대공자는 말을 할 수 없었다. 말을 하면 어린아이처럼 엉엉 울 것 같아서 말을 할 수 없었다.

툭툭!

누군가가 아이작스 대공자의 등을 토닥거렸다. 아이작스 대공자의 눈이 그 손의 주인공을 찾아갔다. 그 손의 주인공은 다름 아닌 제논이었다.

"감사… 합니다. 감사합니다."

아이작스 대공자는 연신 감사하다는 말을 거듭했다.

"감사는 저에게 할 것이 아니라 저들에게 해야 합니다. 그리고 이 자리까지 함께하지 못한 죽은 동료들에게 하는 겁니다."

"그래요, 그래. 마스터의 말이 맞습니다. 감사는 그들에게
해야겠지요."

아직 격한 감정이 가시지 않은 아이작스 대공자였다. 그것
은 그동안 아이작스 대공자의 곁에서 호위하던 겜블 경 역시
마찬가지였다. 그에 제논은 작게 고개를 끄덕인 후 입을 열었
다.

"오늘 하루는 이곳에서 아무것도 하지 않고 편히 쉬도록
하지요. 아마 나가는 길엔 그리 큰 위험은 없을 겁니다."

"알겠습니다."

재빨리 겜블 경이 제논의 말을 받았다. 아직 격한 감정을
다스리지 못하고 있는 아이작스 대공자 대신에 겜블 경이 명
을 받아 일을 처리했다. 지독히도 피곤한 하루였다. 정신적으
로도 그렇고 육체적으로도 그러하다. 별다른 위험이 없다면
이곳에서 하루쯤 편히 쉬는 것도 좋은 방법이었다. 그에 기사
들은 제각기 자리를 잡고 앉았다.

그리고 불을 피우고 배낭에 넣어둔 육포를 꺼냈다. 꺼낸 육
포를 하나로 모으고 일정량을 나누는 행동이 시작되었고, 몇
몇은 작은 솥에 물을 넣고 아끼고 아끼던 이런저런 식재료와
향신료를 넣었다.

물이 끓기 시작하자 육포를 솥에 집어넣고 다시 끓이기 시

작했다. 그동안 기사들은 오랜만에 꽉 조이던 플레이트 메일을 느슨하게 풀었고, 한 번도 떼어놓은 적 없는 무기를 내려놓았다.

그리고 그들은 삼삼오오 둘러앉아 과거와 현재의 이야기 등 망설임 없이 이런저런 대화를 나눴다. 그렇게 하지 않고서는 죽어간 동료를 잊을 수가 없을 것 같아서였다.

제논 역시 지금은 편안한 자세로 쉬고 있었다. 누구도 제논에게 말을 걸지 않았다. 아니, 말을 걸 수 없었다. 아이작스 대공자도 안톤 경과 겜블 경도 지금은 너무나도 피곤했다.

그것은 제논 역시 다르지 않았다. 처음이었다. 거의 전력이라고 해야 할 정도로 모든 것을 발휘한 것이 말이다. 그 덕분에 제논의 뇌는 뜨거운 불에 녹아내리는 치즈처럼 말랑말랑해진 상태이다.

이럴 때는 그저 쉬어주는 것이 최고다. 자신이 신이 아닌 이상 정신적으로나 육체적으로 힘든 것은 똑같다. 그것을 아는 것인지 그 누구도 제논의 곁으로 와서 말을 거는 이가 없었다.

제논이 주변을 둘러보니 다른 이들도 마찬가지였다. 저녁 식사를 마치고 잠깐 가진 대화를 빼고는 벌써 코를 골면서 잠에 빠져드는 이들이 늘어나고 있었다.

'힘들군.'

오랜만에 느껴보는 감정이다. 새로운 삶을 부여받은 이후 제논은 힘들다는 것을 느끼지 못했다. 자신이 전력을 다할 존재가 없었기 때문이다. 하지만 오늘은 정말 길고 긴 하루를 보냈다.

어찌어찌 리치라는 존재를 잡기는 했으나, 솔직히 혼자서 리치라는 존재를 잡을 수 있으리라고는 생각지도 못했다. 다만 자신을 믿어주는 이들을 위해서 최선을 다하고자 했을 뿐.

그러한 생각을 하며 제논은 혼자 피식거리며 웃었다.

다시는 인간들 틈 속에서 살지 않으리라 생각했다. 원한도 증오도 모두 잊으려 했다. 그런데 어느 틈엔가 자신은 그토록 싫어하고 멀리하며 두 번 다시는 엮이지 않으리라 다짐했던 그 정신없는 진흙탕 속에 몸을 담고 있었다.

'어쩔 수 없는 것인가?'

자조적인 웃음을 지어 보이는 제논이다. 문득 제논은 자신의 수염을 쓰다듬었다. 오랫동안 자신과 같이해 온 수염이다. 까칠하고 제멋대로 자란 수염. 다듬지 않고 그저 너무 길어 조금 쳐내는 수준이었던 수염이 손에 잡혔다.

'운명은 다시 날 진흙탕 속으로 끌어들이는구나.'

씁쓸한 웃음과 함께 제논은 가죽 부츠 안에 상비하고 있던 작은 단검을 꺼내 들었다. 그리고 수염을 깎아내리기 시작했다.

서걱사각.

점점 그 형체를 잃어가는 거뭇거뭇한 수염. 그 수염이 형체를 잃어갈 때마다 수염에 가려졌던 제논의 얼굴이 서서히 드러나기 시작했다. 조금은 창백한 피부, 푸른색 눈동자, 단단하게 다문 입술이 파르스름하게 깎인 수염 속에서 빛이 났다.

수북하게 쌓인 잘린 수염. 파르스름한 턱을 손으로 매만져보는 제논이다.

'그레인키 아저씨, 다시 세상 속으로 들어가야 할 것 같네요. 잊고 싶었는데, 그토록 잊으려고 노력했는데 쉽게 잊히지가 않아요.'

제논은 품속에서 무언가를 꺼냈다. 그것은 그레이든 산맥에서 어쌔신을 처단하며 얻은 하나의 표식이다. 스물이 넘는 어쌔신 중 단 한 명이 소지했던 조그맣고 동그란, 그리고 그 안에 그리핀이 양각되어 있는 물건이다.

엄지손가락으로 그 물건을 문지르던 제논은 자신의 목에 걸어둔 것을 꺼내보았다. 목에는 예의 두 개의 동그란 물건이 걸려 있다. 손에 들고 있는 것과 다른 점이라면 제논이 목에서 꺼낸 것은 황금으로 된 것이나 손에 들고 있는 것은 구리로 만들어졌다는 것이다.

　한참을 그 물건을 바라보던 제논은 이내 두 개의 동그란 물
건을 다시 목에 걸어 품속에 갈무리하고 손에 쥐고 있던 물건
을 손바닥에 놓고 주먹을 말아 쥐었다.

『넘버세븐』 2권에 계속…

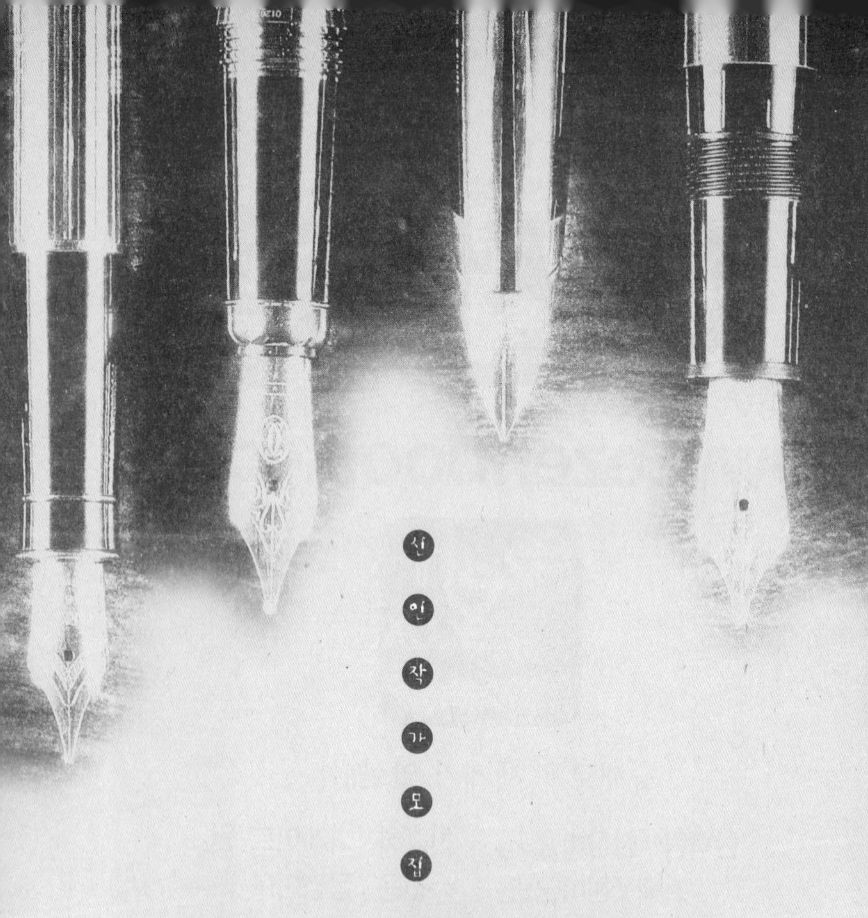

국내 최대 장르문학 사이트를 휩쓴 화제작!
여름의 더위를 깨뜨리며 차가운 북방에서 그가 온다.

『귀환병사』

열다섯 나이에 북방으로 끌려갔던 사내, 진무린
십오 년의 징집을 마치고 돌아오다.

하지만 그를 기다린 것은 고아가 된 두 여동생, 어머니의 편지였다.
그리고 주어진 기연, 삼룡공……

"잃어버린 행복을 내 손으로 되찾겠다!"

진무린의 손에 들린 창이 다시금 활개친다.
그의 삶은 뜨거운 투쟁이다!

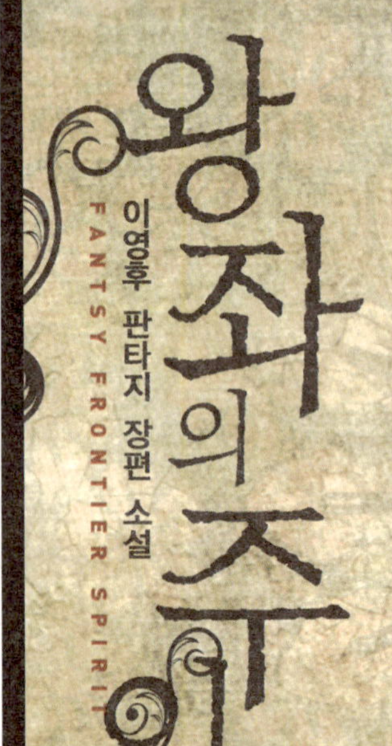

작가 이영후가 선보이는 야심작!
가슴을 떨어 울리는 판타지가 찾아온다!

『왕좌의 주인』

세계를 몰락 위기로 몰았던 이계의 절대자들
그들의 유적이 힘을 원한 자들을 불러들이고…
그 힘을 취한 어둠은 암암리에 세계를 감쌀 뿐이었다.

"세계를 구원할 것은 너뿐이구나."

어둠을 걱정한 네 영웅은 하나의 희망을 키워낸다.
이계 최강의 절대자 티엔마르.
그리고 이 모두의 힘을 이어받은 새로운 존재…
은빛의 절대자 레오!

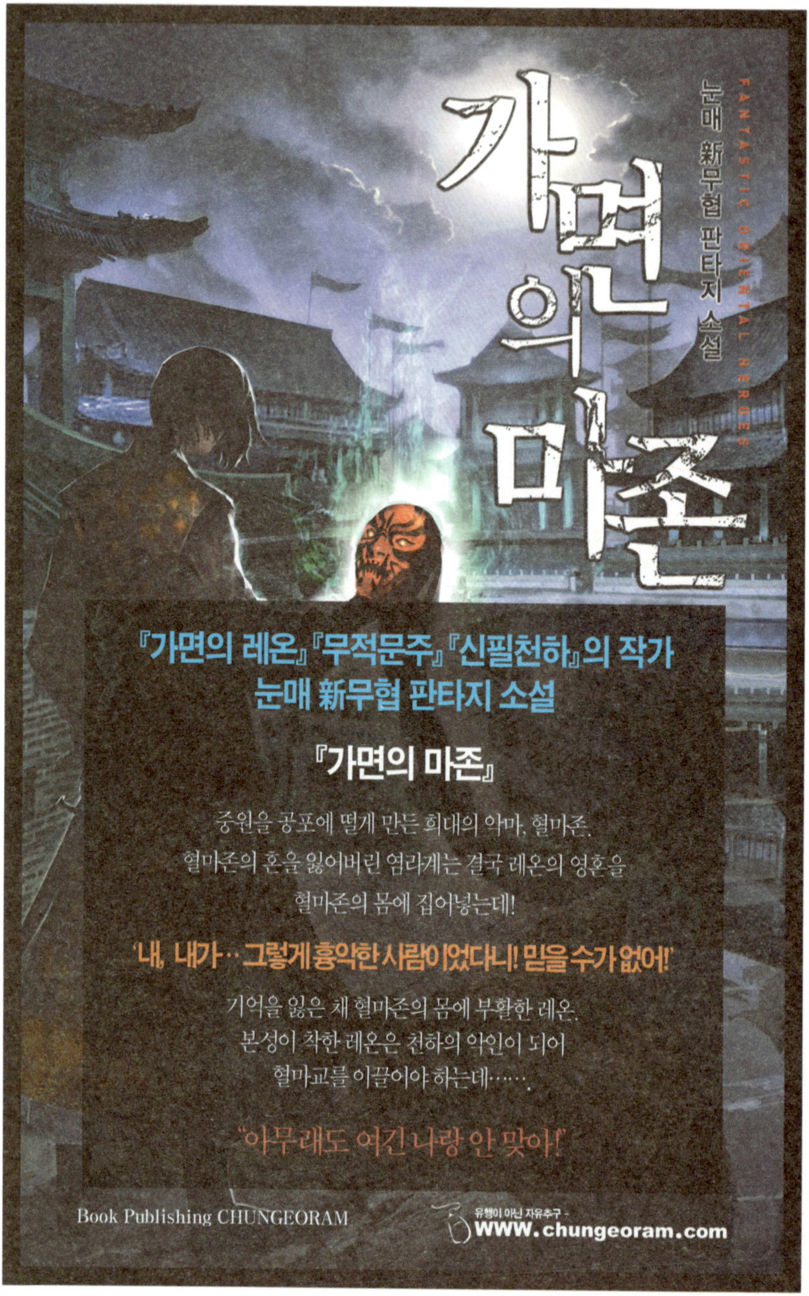
가면의 마존
눈매 新무협 판타지 소설
FANTASTIC ORIENTAL HEROES
『가면의 레온』『무적문주』『신필천하』의 작가
눈매 新무협 판타지 소설
『가면의 마존』
중원을 공포에 떨게 만든 희대의 악마, 혈마존.
혈마존의 혼을 잃어버린 염라계는 결국 레온의 영혼을
혈마존의 몸에 집어넣는데!
'내, 내가… 그렇게 흉악한 사람이었다니! 믿을 수가 없어!'
기억을 잃은 채 혈마존의 몸에 부활한 레온.
본성이 착한 레온은 천하의 악인이 되어
혈마교를 이끌어야 하는데…….
"아무래도 여긴 나랑 안 맞아!"
Book Publishing CHUNGEORAM
유행이 아닌 자유추구 -
www.chungeoram.com